悄吟文丛（第二辑）

古耜 主编

海心山

辛茜 著

中国言实出版社

图书在版编目（CIP）数据

海心山 / 辛茜著 . -- 北京：中国言实出版社，
2020.12

（悄吟文丛 / 古耜主编 . 第二辑）

ISBN 978-7-5171-3636-1

Ⅰ . ①海… Ⅱ . ①辛… Ⅲ . ①散文集－中国－当代
Ⅳ . ① I267

中国版本图书馆 CIP 数据核字（2020）第 254381 号

出 版 人　王昕朋

责任编辑　李　岩

责任校对　崔文婷

出版发行　**中国言实出版社**

地　　址：北京市朝阳区北苑路 180 号加利大厦 5 号楼 105 室

邮　　编：100101

编辑部：北京市海淀区花园路 6 号院 B 座 6 层

邮　　编：100088

电　　话：64924853（总编室）　64924716（发行部）

网　　址：www.zgyscbs.cn

E–mail：zgyscbs@263.net

经　　销　新华书店

印　　刷　北京中科印刷有限公司

版　　次　2021 年 1 月第 1 版　　2021 年 1 月第 1 次印刷

规　　格　787 毫米 ×1092 毫米　1/32　10.125 印张

字　　数　200 千字

定　　价　59.00 元　　ISBN 978-7-5171-3636-1

目录

第一辑　像河流那样

第二辑　青鸟飞过

第三辑　思凡的眼睛

第一辑

像河流那样

仰望昆仑

海拔，本身就是一种境界。

青海多山，多高山。当你进入宏大的山脉，你的心、你的视野会无比开阔，仿佛已经开始接受命运的模拟和暗示。

金盏花还在盛开，绿叶缠绕的湟源峡谷迂回曲折，任河流在谷底穿行。越过日月山，草地葱绿，翠珠般闪烁的湖水在远方微微波动。岸边的油菜花是黄的，青稞是绿的，天空是蓝的。再往西，便没了青稞，没了菜花，只剩下凝重的土地与天空组成西部壮美旖旎的风景。

两天之后，绵延不绝的昆仑山横亘在眼前。我像在梦中，注视着眼前的一切，呼吸着清纯的空气，在沉默的大山里呼喊、奔跑。

古老的传说中，昆仑山是一座神秘的大山，同希腊神话宙斯居住的奥林匹斯山一样，为众神所居。

> 海内昆仑之虚，在西北，帝之下都。昆仑之虚，方八百里，高万仞。上有木禾……百神之所在。《山海经·海内西经》

昆仑山位于天地之正。其山又称锺山，锺即中也。《淮南子·淑真篇》："锺山之玉。"高诱注："锺山也，昆仑也。"典籍记载，中国历史上被称作昆仑山的至少有三处：先秦人心目中的昆仑山，其地望在天地正中，实为山东泰山；西汉人心目中的昆仑山，是甘肃临洮西北酒泉县南，界于甘、青两省之间的祁连山；唐代以后，人们心中的昆仑山，即是西起帕米尔高原，地跨青海、四川、新疆、西藏四省区的昆仑山。

如此，昆仑山的概念宽广深远，不仅显示出中国版图不断向西北延伸的大趋势，中国人天地地理概念之庞博，且与古人追溯黄河之源的认识过程相互呼应，解除了《山海经》中对昆仑山（实为泰山）的诸多描绘与今日中国西北昆仑山地理不相吻合的种种疑惑。

历史在发展，天地之中心在向西缓缓迁移，耸立在西北的昆仑山寄托了中国人对黄河源头及中华民族之源的深厚情感，成为世界著名的大山、中华民族的鼻祖。昆仑山因山体呈碗状称宛丘；因傲立群山通向天空称天柱；因对应北斗星称璇玑玉衡；因传为天帝夏都，盛产玉石称为玉京山，是雪峰与冰川、野草与藏羚、高山草甸与野牦牛、金雕的世界；是天地之筋骨，是男人的脊梁，犹如煌煌巨龙横卧在青藏高原腹地。

猎猎北风中，由北至中至南东西走向的阿尔金山、祁连山、唐古拉山组成的昆仑山壮阔的山形，是中亚仅有的内流水系、数条大河的分水岭。山岭间谷地、丘陵漫无边缘，美丽的湖泊冷艳绝美。

昆仑山把青海分成了两半。一半是飞仙缥缈、奇阔俊美的青藏高原，一半是干旱缺雨、少有人烟的柴达木盆地。无论从南向北，无论从北向南，只要翻越昆仑山，只要经过昆仑山口，截然不同的地貌、气候，与众不同的生物类型便会呈现在人们眼前。

海拔高达 6178 米的玉珠峰，又称可可赛极门峰，是昆仑山东段的最高峰，与昆仑山西北面的玉虚峰遥遥相望。玉珠峰被远古冰雪覆盖，周边是研究价值极高、山体多变的大陆冰川。6000 万年前形成的积雪平缓、坚硬、密实，极少发生冰崩现象，纵深的冰层中竟然保存着浩瀚宇宙、无极天文的大量信息。玉珠峰北侧的西大滩，冰雪形态丰富多样。大景巍峨壮观，小景鬼斧神工。山地平缓，空气清新。

一朵紫色的小喇叭花兀自开放，将我引向大山深处，昆仑山竟不像我想象的那般高峻挺拔，整个身形就是一座巨大的高地，肃穆庄严。山峦之上，莲座状的野花匍匐在山坡，昂首瞩目着圣洁的布喀达坂雪峰。

粗糙的砾石间、沙土地被野菊、红景天点缀。

阳光洒落，楚玛尔河如美妇身影，缠绵柔美；如高原阳光，光艳明亮，懒洋洋地躺在可可西里宽阔的胸膛上。

与我同行的是青藏线上的一位老兵、作家王宗仁。他摘下帽子，伫立在楚玛尔河边朱红色的土地上，双眼湿润。

良久，他才告诉了我，流传在藏地的一段传说。

多年前，一位肩披长发、留着胡子、脚蹬长筒毡靴的老猎人在通往藏北的路上踽踽前行，油光锃亮的权子枪斜挂在身，威武挺拔。他无名无姓，风餐露宿。饿时，火烤水煮野物；渴时，融一碗冰凉的河水。雪山是他心中供奉的男神，河源是他爱恋的女神。有一天清早，他的对面，竟然站着一只体态丰腴的藏羚羊。他眼睛一亮，举起了权子枪。奇怪的是，藏羚羊没有逃跑，突然近前两步朝他跪下，满脸祈求之色，热泪款款而下。

猎人的心一软，却也未被打动。左眼一闭，扣动了扳机。

一声枪响，藏羚羊倒在草地上。

他是位猎人，一切均在情理之中。但是，一种异样的感觉却总令他心神不安。他没像往日一样迅速动手，踌躇片刻后，才轻轻剖开藏羚羊的胸膛。天呢！他手中的尖刀掉在地上。母藏羚腹中一只完美娇嫩的小藏羚羊已然成形。原来，是身怀六甲、迁徙路上掉了队的母藏羚在为自己的孩子求情！老猎人的心在剧烈地颤抖。

他不知，罪孽深重的自己将朝向何方。

那天，老猎人在山坡上将母藏羚羊和小藏羚羊一起埋葬，连同他身上的权子枪……

从此，老猎人的身影消失在昆仑山，没有人知道他的下落，没有人知道他的生死，只留下作家王宗仁的散文名篇

《藏羚羊跪拜》。

第二天，满身披雪的玉珠峰，霞光万道，站在昆仑山口，呼唤拜谒神山的人飞向四野。玉珠峰不再遥远，雪山不再冷漠，一切就在你眼前，仿佛伸手可触。当然，你也可迎面抬脚便走。然而，遥远的过程远不如你想象的那般简单，甚至超过了你的能力范围。

草原上空荡荡的，山像是在天边，你只能借助想象把河流、高山、草原连接起来。于是，你只能叹息，你只能徘徊。草原上没有规程，没有故乡，没有死亡，只有灵魂飞跃千里，通向天堂。走到纳赤台昆仑泉，我们停了下来。一位长着栗色眼睛的男人，正往一个绿色的塑料瓶子里灌泉水。泉水沿着一块石头的表面往下流，水池边上开着几朵紫色的花。我跪下一条腿，紧贴住池子，用双手捧了水喝下去。泉水很凉，我抬起脸的时候，鼻子上沾满了水，那个男人不由得伸手抚摸了一下我的头发，我感觉到了他皲裂的手在我头发上嗞嗞作响的声音，于是又俯下身子，为他喝了一口。晚上，我和王宗仁老师披着大衣，在五道梁兵站和战士们一起围坐在火炉旁。我的嘴唇和喉咙干裂，撕开了般在燃烧，而战士们的嘴唇早已失去了水分和颜色。夜深了，战士们把我带到最暖和的屋子，打来了洗脸水，我像一个受宠的公主，躺在洁净的床上，想着长年坚守在青藏公路上，守卫着输油管道、公路、通信线路的战士们进入了梦乡，一觉睡到了大天亮。

1989 年，一对台湾夫妇来到昆仑山，寻根问祖，朝拜修行。丈夫的名字叫廖美钢，妻子的名字，没人敢问，只称她为廖夫人。自古，仙人界中，昆仑山乃道士和仙人主要修行之地。传说中，商朝时代的仙人、道士与普通人生活在一起，整个世界被划分为人间界及仙人界。人间界泛指在世上生存的普通人，但也包括骨骼清奇的"仙人骨"。未经过修炼的仙人骨，只能成为肉体强大的"天然道士"，得到仙人界招募的仙人骨经过修炼后会成为"道士"，修成正果的"道士"又会成为"仙人"。这对来自台湾的夫妇，是否传说中的"仙人骨"不得而知，但他们尊崇昆仑、拜谒昆仑之心，足以让人心生敬意。最终，他们用长达 4 年的时光，在万山之祖，用一双纯净的眼睛看待山川河流、野生珍禽、奇花异草，使自己的心灵获得救赎，灵魂得以升华超度。在领教了世俗世态凶顽冷酷的同时，得知世界尚留有温存与美好，心满意足地离开。

在昆仑山上生活，需不断补充给养，需克服重重困难。酷寒、缺氧、寂寞、惊惧、悲伤，意想不到的雪灾、风暴、急雨随时侵扰。这对夫妇家在台北，廖夫人的父亲有一个 700 辆桑塔纳的车行，有实力每隔半月从格尔木往山上为他们送一趟生活用品。于是，在背倚大山、面朝大河的野牛沟，这对夫妇扎下四顶帐篷。一顶放贡品，一顶放杂物做饭，一顶住厨师和保安，一顶留给自己。每天清晨，不等天亮，已经在寒风中面对雪山打坐、静思、冥想。

1990年，西北高原生物研究所派专家在昆仑山开展野生动物调查，每50公里扎一个工作点。动物室的专家蔡桂全和李维平师傅，来自美国的学者丹布里奇和利奇先生，在2号工作点坚持了三个月。2号工作点离这对夫妇较近，与他们多有交往，也见证了这对夫妇守望昆仑、兴建祭坛无比敬畏、虔诚的深情。

有天早上，一声炮响，李师傅急忙驾车来到他们营地，这是廖美钢夫妇与2号点之间约定的信号。李师傅进了帐篷，从窗户上看见一头野牦牛卧在帐后。野牦牛性情暴烈凶猛，如果不是发生意外，绝不会卧在这里将息。廖美钢夫妇不敢惊扰，又有些害怕，故请他们前来帮助。

衰弱无力的野牦牛眼睛微闭，脚爪苍老皲裂，脖子上的皮肤松弛无力。见多识广的李师傅断定，这是一头生了重病的老牛，急忙返回2号工作点请教专家蔡桂全后，把带来的消炎药全部碾碎，和麸皮拌在一起，盛出一部分装入铁盆，拿到夫妇俩的营地，大着胆子推到野牦牛跟前。

一天过去了，野牦牛慢慢吃光了盆里的东西。

第二天，李师傅和蔡桂全一早过来，把拌好药的食物又放到野牦牛跟前。第三天，他们刚到，整日观察着野牦牛的廖美钢夫妇笑容满面。药起作用了，野牦牛耷拉着的头抬了起来，眼睛里有了光彩。

第四天，他们再来时，野牦牛竟然站了起来。

那一晚，他们留在夫妇俩的帐篷里，共享美食，喝了一瓶红酒。

第五天清晨，夫妇俩醒来，趴在窗子上。

啊！野牦牛走了，走得无声无息，走得踪影全无，夫妇俩竟有些怅然若失。

白雪皑皑，龙胆盛开，紫云迷蒙的天光下，廖美钢夫妇幸福圆满。眼中，蓝空灿然，映照群峰。河流逶迤，万籁俱寂，圣山辉煌……

重返荒野

当可可西里这片雄踞于青藏高原的旷野，被全世界瞩目，被列入《世界自然遗产名录》，成为中国第51处世界遗产的时候，最应该感到欣慰的是生活在这片高地的藏羚羊、野牦牛、白唇鹿、雪莲和紫花针茅，还是终年守候在可可西里、面对死亡和恐惧淡然一笑的巡山队员呢？对于这片习惯孤独、冷漠，曾经遭受过蹂躏的大地而言，又将意味着什么？

乘车蜿蜒而上，向南不断延伸的青南高原、无人之地可可西里在唐古拉山和昆仑山之间徐徐展开，中国大地上最富有传奇色彩的一片荒野，出现在你的眼前。仿佛为宇宙生命之洪流弥漫，仿佛与自然界本身之大生机、大无限，与善与美相得益彰。可可西里腹地壮美无垠，黄绿参差的草地、翠珠般的湖水、赭黄的土地、绵延的雪山，在透明的天空下像大海一样波澜壮阔、缓缓起伏。

太阳在头顶高悬，新鲜的冷风吹打着面颊，我似乎掉进了陌生的苍穹，感觉到高深莫测。我没有奔跑的勇气，脚下像踩着弹力十足的海绵摇摇晃晃。但可可西里依然平静，依然浩瀚，让我渺小的身躯不知置身何处。这是我第三次进入可可西里，一次比一次吃力。虽然没有人们臆想的那般可怕，但我还是放缓脚步，调整了呼吸。我没有别的奢望，只想再次扑进它的怀抱，细细品味它独有的体味，那属于人类沉思默想、心潮翻滚的东西。

白云在轻轻地飘，把天空打扫得干干净净。宽广的谷地上，密集的湖泊卓乃湖、太阳湖、可可西里湖、库赛湖、科考湖、西金乌兰湖如珍珠洒落，如群星荟萃，在散发出异香的大地上轻轻荡漾。

放眼望去，布喀达坂山巅的皑皑积雪点缀在遥远的天边，它是可可西里最雄伟、高峻的山峰，无比自豪地向人类阐释着地壳发生巨变后大自然皈依的真理、伟大的先哲曾经讲述过的美妙寓言。

任何美的事物都在运动中行进，只有人的悟性、觉悟方能领会可可西里罕见的美，那轻轻的咏叹和血雨腥风，而故事如此惊悸，常带我陷入梦境，凝神注视，倾尽全力。在这片孕育苦难、光明和理想的大地上，每一种生命的存在都具有非凡的意义。

可可西里高寒缺氧，可不知什么时候，数以万计的野生动物藏羚羊、野牦牛、西藏野驴、白唇鹿、雪豹、金雕、盘羊、棕熊、藏原羚、藏雪鸡、红隼却义无反顾地占领了这片有着宿命之痛的奇谲之地，以超常活跃的生命力主宰着令人瞠目的生物链。如密西西比海岸荒野海边的灌木丛，让迁徙中的热带鸟，穿越开阔水域到达中美洲、南美洲；如阿拉斯加州阿留申群岛的荒野，1000多万个海鸟巢，为全球一半的帝雁提供了越冬地。而缔造这一切的是遍布可可西里的雪山冰峰、荒漠戈壁；是长时间的日照，强烈的温差，充足的水源、食物、清新的空气。更重要的是，没有人类的干扰，更确切地说，是因为守卫可可西里的巡山队员。在历经20年爬冰卧雪、风餐露宿的艰辛努力后，赶走了凶残的盗猎分子，保存了青藏高原特有种、濒临灭绝的藏羚羊和其他哺乳动物完整的栖息地，使它们免遭屠杀。

而植物的种类也远远超出了我的想象。山峦之上莲座状的、以细绒遮蔽身体的野生植物染遍了山坡、沙砾，处处惊现出生命的奇迹。为了存活，驼绒藜、马先蒿、垂头菊、毛猴花、水柏枝、钻叶风毛菊匍匐在地，扎下了深深的根；为了证明自己的存在，多刺绿绒蒿、垫状点地梅、蓝花棘豆、卷翅鸢尾、迭裂黄堇、微孔草开着鲜艳迷人的花。它们在此生存了上万年，或秀丽或沧桑的面容，代表着可可西里200多种野生植物的命运；它们伸展四肢，不得不匍匐在地，是为了吸纳地心甘泉，储存能量；它们昂头向上，精神矍铄，是为了于短促盛夏，完成生长、开花、结果、孕育新生命的过程。

在可可西里，您无法忽略这些野花的存在。它们庄严伟岸，是荒野的伴侣、月亮的情人；它们不惧风寒，任天地荒芜，只管在通往湖泊、伸向小溪的山坡上不停地歌唱，歌唱。它们给予人类的启示，不仅仅是火，是爱，是洗礼，更是无言的珍重、呵护与嘱托，是人类必将倾力付出，必将对这些朴素而滚烫的生命关怀备至的美德。我不知道，这个世界上，还有什么比生长在可可西里植株矮小、匍匐在地的野花有更强大、更辉煌的生命；还有什么有比这些野花更纯净、更夺目的色彩，它们生活在世界屋脊青藏高原，它们和南极、北极同誉为世界三极，有着人类无法企及的高度，通透明亮。4月的可可西里，于清冷的风中，开始了植物群落新生命的又一次轮回。成群结队、身怀六甲的雌藏羚携幼羚，正沿着千年万年踏出的茫茫古道，前往可可西里腹地卓乃湖产仔育幼。这是一条神奇的、充满艰辛的生命通道。至今，藏羚羊的研究者还无法用科学、缜密的理论解释这一现象。

前方，便是诱人的卓乃湖。那软缎似的、刚刚融化的蓝色湖水，紫光闪耀，迎接着来自青海三江源、西藏羌塘和新疆阿尔金山地区繁殖育幼的雌藏羚。迁徙的路，遥远、神秘，犹如魔道，藏羚羊清澈的眼眸眺望着远方。朝阳，映红了布喀达坂山峰的皑皑白雪。卓乃湖畔年复一年积聚热量的产房，尚留有一丝温暖的气息。高寒生态系统与高原湿地生态系统相互交织的这片热土，是祖先传下来的产仔之地、藏羚羊记忆中的天堂。描述过藏羚羊迁徙过程的作家、我的父亲辛光武曾经告诉我，动物的迁徙是生物学界的老话题。藏羚羊、凤蝶、飞蝗、大雁、驯鹿、北美野牛的迁徙，都是具有代表性的研究课题。几千年来，藏羚群在海拔 5000 米的阿鲁盆地和可可西里荒原上自由往来。迁徙路线的两边，大多是海拔 6000 米以上、永远被冰雪覆盖的高山群峰，而散居于昆仑山下和阿尔金山一带待产的雌性藏羚羊，身体沉重，为保护胎儿免遭天敌侵害，必须小心谨慎，组成团队，沿着记忆中的路线，前往可可西里腹地卓乃湖、太阳湖，完成生命中一年一度的产仔生育史。

此时，卓乃湖、太阳湖相对一年其他季节较为干燥，风沙较少。平均最低气温 5.3 摄氏度，最高可达摄氏 10—20 度，全年降水也几乎集中在这个季节。湖泊虽为咸水，但入水河流却是含有盐碱物质及多种微量元素的淡水。茂密的苔草类、嵩草类及良好的禾本科植物，红景天、高山大黄、风毛菊、绿绒蒿这些极具药用性质的植物群落，又为雌藏羚提供了繁殖期间必需的营养。

与此同时，父亲还惊讶地发现，湖周围，细腻的胶泥表土，板结成了一个个瓦片状的凹形碟盘。产仔前后雌藏羚常卧于此，挤压出的奶水不会渗漏，成了许多水鸟争抢的美食，而水鸟的粪便富含氮磷钙，又成了母羊和出生不久的幼仔喜欢舔食的食物。

如此流畅、如此优美的食物链，就这样像花瓣一样张开在荒野上。像月亮的银辉，像风又像黎明，雕塑出了可可西里奇谲的荒野景观，而庞大的山脉、险峻的冰川、艳丽的湖泊群、河流湿地，则记载着地球演变的历史和生命进化过程的精髓。这就是藏羚羊，这美妙的生命在可可西里这片荒野，走入生命审美的一段历程。

就在我沉思不语的时候，一群藏羚由远及近，奔突而来。四蹄之声杂沓激越，卷起阵阵尘土。我凝神静气，眼见奔波的藏羚齐刷刷停下脚步，微闭褐色美目，把俊俏的头颅伸进无比清凉的楚玛尔河中……

荒原上没有声息，只有心脏在胸中怦怦作响。这是多年未遇的场面。我惊喜，我能目睹这样的美。

牧 归

青海湖畔宽广的草原上，每一天，都会有炊烟伴随太阳从帐房里升起又飘散。每一天，晨光下的牧人们都重复着永远也做不完的事情，感受着不一样的欢乐和遗憾。

晨光微露中，拉羊家的女主人和长大了的女儿们先起床，给取暖的炉子和烧饭的炉子生上火。房子很快暖和起来，开水和奶茶飘散着热气和浓香，男人们闻着味起来了。当然，如果愿意，男人们还可以多睡会儿，但，早出晚归的放牧生活，让他们马上打起了精神。

用过永远以糌粑、奶茶为主的早餐后，女主人和女儿们开始给十几头母牛挤奶。这时候，太阳已经离开地平线，草原从沉睡中清醒过来，空气中满是甜滋滋的味道。

挤牛奶之前，先要让小牛吸一阵母牛的奶。小牛贪婪有力的吮吸会使沉积了一夜的乳汁活跃起来，再狠心地把小牛拉开。小牛极不情愿，这件为难的事通常由拉羊最小的女儿来做。

被激活的乳房生动饱满，乳汁也会更加顺畅，尽管如此，不得技巧的人仍然会一无所获，甚至会弄疼母牛招来抗议。挤牛奶是一门艺术，随着女人富有弹性的双手上下舞动，两股洁白的乳汁会交替着流进桶里。

挤牛奶的工作完成后，拉羊家的女主人停留片刻，目送着丈夫和儿子远去的身影。羊群和男主人离开家后，拉羊家的女主人带着两个女儿，着一件单衣，把袖子挽得高高的，用双手把散落在四处的湿牛粪捡到一起，然后用手抹开，像做煤饼似的一块块摊在草地上。

清晨的青海湖畔气温很低，不超过五六度，抹湿牛粪的双手冰凉，但是她们习以为常，没有丝毫抱怨。相反，她们乐此不疲，一边干活一边说笑嬉闹，使静谧的草原很快有了生气。

如果天气好，这些牛粪会在一天之内转化成可燃性能源，假如需要较长时间的储存，她们就得把湿牛粪做成厚厚的圆饼贴到墙上，晒干后堆放。

捡牛粪、晒牛粪、储存牛粪，是牧民日常生活中很重要的事，晒干的牛粪是四季唯一的燃料。在牛羊被赶到深山四处游牧的季节，燃料得不到及时补充，漫长的冬天更需要大量的牛粪取暖，没有足够的储备是不行的。特别是，对一些牦牛较少的人家来说，靠牧归后自家栏中积存的牛粪更是捉襟见肘，需到草场上捡牛粪以补充家用。

女人们要做的事很多，打酥油也是一件极重要的事。没有牛奶的日子几乎不像牧民的生活，有相当一个时期内，他们是吃不到牛奶的，那是牛羊群远征深山牧场的两个月，以及严寒的冬春季节。为保证刚下的牛犊能够安全度过冬春的寒冷与饥荒，牛乳首先要满足这些脆弱的小生命。因此，必须靠夏秋季节挤出的牛奶提炼酥油，并尽可能多地储备。

虽然追求快节奏的生活也波及到了草原，摩托代替了骑马，牛奶分离器比传统打酥油的方法方便、省力，但牧民的生活依旧古朴，像古老的歌谣，平静透明。他们享受新鲜空气和食品，享受自然美景。取自自然、回归自然。交流感情的过程，自由、轻松、愉快。

湖光闪耀，白云浮动，鸟雀鸣叫。除了每天必做的工作，牧人们还有一些需要做，但又并非马上去做的事情。比如，磨炒面、杀羊宰牛、编织、亲友聚会、准备嫁出女儿、做婆儿媳的准备，等等。总之，他们会做出适当的安排，以便使日常生活不至于紧张忙碌，也不至于太过清闲无聊。

冬天的下午无忧无虑，小村庄和茫茫原野增添了独具高原风格的恬静和温馨。定居点的房顶上冒着炊烟，女人们在晾晒羊毛、翻晒牛粪，有的则闲坐在门前的草地上，眯着眼看孩子们玩耍，任太阳沐浴全身。打破村落宁静的是男人们驾着摩托车或手扶拖拉机出入村庄的声音，还有游荡在草原上的牦牛拖着长调的浑厚中音、绵羊啃食嫩草时的阵阵颤音。永远此起彼伏，永远心满意足。

羊毛已经剪过一段时间，新长出来的毛使每一只羊看上去洁白、年轻、漂亮。此时，它们吃饱了肚子，高声歌唱，翻过山岭，涌向山下。草原变得更加美丽、更加壮观，成千上万的牛羊布满翠绿的山坡，大团大团的白云从后山蜂拥而来，像是在为牧归的牛羊送行。

斜阳照射，白色的羊、黑色的牛让草原再度辉煌。

暮色中，牛羊成群结队返回各自的家。这时候，女人们又忙碌起来，她们把母牛和牛犊拴在绳栏上，把羊赶进羊圈，把晒干的牛粪收拢起来，然后开始挤最后一次牛奶。作为一家之主，男主人则要做一些佛事活动，给佛龛前的净水碗里添上水，让电动的经筒转动起来，让小女儿背着放在佛龛下用黄布包裹的经卷，绕着庭院按顺时针方向转圈。最后，在晚霞将要退尽的时候，点燃煨桑台前的桑烟，祈求佛祖保佑生活平安、人畜兴旺。

晚饭的炊烟，随着袅袅桑烟再度升起，这是一天中全家人围坐一起的一道正餐。除了必不可少的奶茶，还有一些面食，包括面条、面片、饺子，甚至偶尔会做一锅米饭。当然，这些都是从城里学来的。但不管什么饭，都必须要同时煮一盘羊肉或牛肉，才算真正填饱了肚子。牧人们用来做饭和吃饭的时间，比城里人少，也不费神琢磨该增加什么营养，配什么蔬菜。他们每天饮用的奶茶、糌粑和酥油，并没有让他们缺乏营养。

晚饭结束后，一家人会坐在一起谈谈家常，有电视的人家可以看看电视，但那里面的事情离他们太遥远，不值得他们过于认真。

草原的夜晚沉静甜美。

生活似曾相识，日子循环往复。对牧人来说它是平淡的，并不乏味。它是辛苦的，并不痛苦。每天晚上，他们都能做个好梦，心儿像草原上的花、湖中的鱼，自由呼吸，轻松自在。

湖 岸

城里的树发了青芽，青海湖怕是要开了。

太阳还没出来，小路深处是大湖，大湖前是融化了的淡水湖连成的湿地。湖畔的湿地大多很美很美，即便是冬季，即便是早春，不见一点绿。

脚冻得麻木，说什么也走不到。真想和鱼儿一起走，可一转身，又迷路了，又辨不清哪是天空，哪是湖面。湿地是生物的温床，连最冷的季节都会有大天鹅出没。

大天鹅是什么，是人类无法模仿的舞蹈家、动物界的贵族。

几只棕头鸥、两只白头鹎在小湖里荡漾，清澈的湖面漂着嫩黄的浮萍，一圈一圈像绸缎般展开，似融化在水中的白云。

白云是什么，当然是牵挂，是思念。

终于走近了，以为能看见冰湖壮阔的容颜。不料，它却早已开了，几只红色的赤麻鸭在湖面浮动，一行渔鸥窃窃私语，转动着黑色眼珠。

渔鸥呼啦啦扑打着双翅，赤麻鸭急忙移动身子游动。朦胧中，一对傲慢的黑颈鹤不慌不忙消失在岸边。

"嗨，不管多么小心翼翼，还是惊动了它们。"

格桑说，前几天和司机小李来这儿，还看到一对求爱心切的黑颈鹤，在这里跳舞。

太阳的光晕越来越浓，越来越亮，照遍湖面，闪烁着金光。湖心的一座座冰堆被大浪推向岸边，汹涌澎湃。

我惊讶地张大了嘴巴。

一只大天鹅向岸边游来，颈项粉白、颜面杏黄、嘴巴黑亮，不停地梳洗、打扮，全然不顾身后滚动的浪花冰堆，也根本不把我们放在眼里。正午过后，狂风骤起，气温下降，水鸟纷纷离去，我们只好钻进越野车，向一户牧人家驰去。

湖岸辽阔杳无人迹，芨芨草在风中飘摇。迎面而来的风冲撞着车子，挡风玻璃被弹起的石头击中裂开了一条缝隙。车子颠簸，土路昏黄一片，和天空一样被大风扬起的沙土掩盖。越过山岗，出现了平坦的草原、流动的小溪、错落有致的平房，甚至还有小卖部，风也没有刚才猛烈。小李跑过去为牧人家买礼物，门帘一撩，出来一位盛装的藏族女子。门口的马桩子上系着一匹披红挂彩的骏马。是不是有赛马啊，我心里一阵惊喜，草原深处的赛马仪式朴素、原始，难得一见。格桑急忙问那个漂亮的女子，女子摇摇头，没听懂。又问一位牵着马驹走过的年轻小伙子，才知，这里刚刚举行过一场赛马。我顿感遗憾万分，嘴里嘟嘟囔囔，没来由地向格桑抱怨，好在要去的牧人家已经不远，翻过一道山梁就到了。

见到汽车，一只黑色的藏獒追了过来，疯狂地跟在车轮后面吼叫。这是只纯种藏獒，目光犀利，身材魁伟，尾巴像风毛菊一样卷起又张开。听到狗叫，一位清瘦的老人从房间里弓身走出，牵过藏獒。见到下车的格桑，他热情地伸出了双手。

这是牧人索南的家，索南的家在山坡上。

正房中间是牧户人家使用的大火炉，里间屋子里除了一张大炕，还有陈放碗杯器皿的柜子、佛龛，一盏金灯。吃饭的时候，全家人围着炉子，坐在单薄的毯子上；睡觉的时候，又挤在炕上，相互取暖。更多的时间，他们在草原上牧羊、挤奶、贴牛粪饼，在小河里取水、饮马、唱歌。他们的家就是草原，屋顶就是天空。可眼下要紧的是，索南的大儿子生了重病，躺在炕上不能动弹，得病的原因很蹊跷……

有那么一天，这里来了一群城里人。他们盛气凌人，态度傲慢。为引诱飞禽拍照，不顾索南一家人反对，光天化日下，把一只死去的羊扔在纤尘不染的草原上，就像把亡去的人随随便便带进了他们的家。

这是一片点缀着野花的草原。来历不明的城里人，无视他们的存在，把残忍、邪恶、诱惑、死亡全部带到这里，弄脏了圣洁的草原。那群人走后，大儿子就突然病了，腰部断了似的疼，只能躺在炕上忍受，去城里的大医院花了 8 万元也没有治好，而这些钱是一家人所有的积蓄。

索南一家过着逐水草而居、迁徙往来的生活，每一处自然景观，都跟他们的生活、喜乐有关，都有着他们丰富动人的乐趣。他们一家对大自然的热爱、关切，使他们对自然产生了十分特殊的感情，不仅欣赏美，还常常把自己沉浸在美的自然之中。他们总是选择有山有水的地方居住，这与生俱来的情感，来自艰难的生存环境，来自他们对自然的崇拜敬仰。他们山一样的情怀、水一样的柔肠、太阳一样明快的个性，让他们难以辨清周围的自然景物，究竟是因为传说而美，还是因为自然的美，被赋予了神性。

索南一家六口人，大儿子是家里的顶梁柱。小女儿长得小巧精致、眉目如画。年轻的小女婿更是英俊挺拔，肤色红润健康。屋子里来来回回跑着一只玩具似的白色卷毛小羊，一只腿瘸着，头上不知为什么还长着犄角，模样可爱又可怜。调皮的小孙子见我在注意这只小羊，揪住了它的耳朵，小羊发出了婴儿般的叫声。

格桑随索南进了里屋，我跟在身后。生病的人躺在炕上，疲惫消瘦，唯有一双哀愁的眼睛里发出的光是亮的。

我呆呆地站了许久，脑子空荡荡地走出屋子，上了一面坡地。

草原没有尽头，连着天的山梁后是另一片草原。这片草原是索南一家冬天的定居点。夏天，索南和大儿子需留下老人、孩子到更远的地方牧羊。一年又一年，无穷无尽，有时一连几天连个人影子都见不着。

夏季的高寒草场，草势茂盛，一大早赶着羊群出去，为的是让牲畜充分享受沼泽草地、灌丛草中的营养。中午天热，又移至高山山顶、湖畔河边，或有泉水的地方。每当这时，野生岩羊、黄羊与羊群遥遥相伴甚至混群，情景极为壮观。到了8月底9月初，草场渐冷，日趋枯黄，索南一家赶着牛羊进入山地草场，10月下旬转入冬季草场。

常言道："清晨放马，露里放羊。"冬季草场一般在海拔较低的平地或山沟，避风向阳。每当太阳升起，索南一家人的心如朝霞般明媚，可如今，儿子躺在炕上，父亲束手无策，一家人陷入困境。

这时，身后传来索南低沉的声音：

"你知道我儿子的病是触犯了神灵？"

"触犯了神灵？不知道。"

"可是我觉得奇怪。就像脱了魂的躯壳。我儿子，只剩下一副肉体。"

格桑停了停："这些钱你先留着，到县上去看病。我回去后，去寺里为你儿子祈福消灾。"

索南万分感谢地推辞着，又无可奈何地收下了。

一条干枯的河道，带着我们离开了索南家。索南的女儿和儿媳裹着红色的围巾，露着两只美丽的大眼睛目送我们。

她们信任我们，可我们又能怎么样？

几年前，格桑在湖畔拍摄野生动物时认识了索南一家。

为了拍到高山兀鹫,格桑读书学习,掌握了高山兀鹫的生活习性,不知来了多少趟。他们一家很喜欢格桑,格桑为他们的女儿、儿子、儿媳拍了许多照片,给他们家带来了电视,带来了城里人享用的日常用品。

车子爬上山坡,峡谷深不可测,两壁的山色是金黄的,长着密密丛丛的干草。谷底有河流穿过,河上有一层开始融化的冰。

看不见一个牧羊人,空旷的原野寒风刺骨,不见尘土。吹起的头发,飘着清新的气息。天空泛出灰蓝,黄昏渐近,斜阳横扫,山顶光色娇艳。忽而,一处避风的山崖下,响起悦耳的哨音。旋即,一只褐色的高山兀鹫,腾起身子,张开宽大的翅膀,旋风般划过天宇,在我们头顶急促盘旋。

两位摄影师迅速端起相机,在一连串快门声中,留下了这只庞大的飞禽在高原苍穹之上的雄姿。

我的青海湖

春

青海湖的春天来了。

深居内陆的青海湖，春寒料峭。但即使这样，当平原上的蜡梅、迎春、玉兰竞相开放，青海湖沿岸看似枯黄、平淡的河谷灌丛，高寒草甸，流石坡上的点地梅、晶晶花、微孔草也在悄悄发生着变化。特别是环绕青海湖的西北针茅、沙嵩和芨芨草，高寒草地上的紫花针茅、冷蒿、风毛菊、冰草、铁线莲也都在春天清冷逼人的空气中渐渐吐出了新蕊。

青海湖的春天是多雪的。

刚刚伸出黄绿色嫩芽的草叶在一场大雪后，会被积雪层层遮盖。可等到正午，太阳出来了，雪化了，植株矮小的野花又会马上露出温柔甜美的身姿，在白雪滋润过的土地上微笑。你还会惊奇地发现，雪后的草地、坡塬深褐色的地皮，连一小片叶子都来不及长大的枝干上，会冒出一朵蓝色、紫色、黄色的小花；一只、两只冬虫夏草黑色的脑袋，抱团取暖，匍匐在地。

第二天清晨，灰色的云沉甸甸地挂在天上，大朵大朵的雪花复又落在小草、野花和湿润的沼泽里。然而，不必担心。春天的雪是有温度的，像暖洋洋的潮水，漫过大地，使青草的身子、龙胆的花叶、绿绒蒿的娇容在阳光下重现，在不经意间，将薄雪轻轻抖落。仔细听时，还能听见飘零的种子、蛰伏在地下的根茎，发出的一声声欢笑。

就这样，在一次次璀璨的白雪中，被草原人称作格桑的野花、被雪水滋润的草甸、复苏的眼子菜，终于在海拔 4000 米以上的青海湖沿岸，发出了奇香。

此后，又一批繁衍生命的种子，继续耐心等待，一直到发芽、生长、开花、结果……

这个季节，从冬季牧场迁徙返回的牛羊，闻到了青草的香味。

朴实敦厚的牧羊人，按捺住心跳，在期待中，渴盼草木丰盛、鲜花怒放。

这个季节，人们有太多的理由，幻想未来……

这个季节，草原把阳光收进了自己的身体……

大地回暖，春草萌动，白皑皑的山峰露出了山的原色。青海湖流域的无数条河流，在冰雪覆盖下，长长地吸了一口新鲜的空气，活动着有些僵硬的身子，开始缓缓流动。

青海湖人，从不敢忽视那些看似不那么宽大、不那么肥硕的每一条小河、小溪，如果没有它们，青海湖也许早已变成死水，早已干涸成盐池。所以，草原上，牧人的帐房要扎在离河不远的地方。只有面对流淌的河水，他们的心才会安定下来，他们的日子才会慢慢地过下去。

环湖周围，与青海湖直接有关的河流很多。径直入湖，流域面积较大的是伊克乌兰河、哈尔盖河、布哈河。还有一些虽不直接入湖，却不影响与青海湖之间亲密的关系，比如希格尔曲、夏而格曲、峻河和夏日哈河，同样属青海湖水系，同样源于四周连绵的群山，以青海湖为最后归宿，滋养着大湖，庇护着诱人的水域。

青海湖的春天是多风的。

因为风，青海湖有了一种特有的解冻方式，"武开"和"文开"。

文开优雅，于夜间悄然进行。狂风后，千里冰封、晶莹璀璨的湖面，会在一夜间，成为平和如镜、青蓝透绿的一湖春水，碧波荡漾；武开的前奏还是风。但因风力过于强大、威猛，冰层内温度陡然升高，致使湖面在瞬间炸裂、分离、漂移、撞击，咆哮如烈虎、如战场，景象极为浩大壮观。可欣赏到武开，要靠运气，只有常年在青海湖边生活的人，才能偶遇。可不管怎样，从青海湖融化的那一刻起，青海湖流域暗藏着生命迹象的琼浆玉液，便会似春潮般缓缓而来，不可阻挡。

春天的晴空下，湖水开化，湛蓝无比、洁净无比。远处的山峦清晰可见，连绵不绝。举目远望，环湖碧草无止无尽，鲜嫩欲滴。

湖岸生活的人，顿时神清气爽，头脑清净，呼吸顺畅，忘记了尘间烦恼。

5月，一阵小雨过后，青海湖畔浅浅的山麓、相对低洼的地方，冒出了青稞葱绿的嫩苗。青稞的模样与春小麦相似，但颜色偏重，深墨绿。认真看时，才知青稞的麦芒比麦子长，略显粗糙，边缘密布纤细小刺。肉眼看不出来，可以用手摸，青稞的穗沉甸甸的，与麦穗给人的手感不同。

此时，青海湖的春天真的来了。

青海湖的春天，不像平原春水细雨中抽丝的青柳，也不像桃花般嫣红的江南少女。青海湖的春天是狂喜的诗、翻卷的风。阴阳交会，生命力强盛。是月亮、母亲，叫人忘却忧伤的梦。更何况，只有青海湖的春天，才能让你目睹海拔4000米以上的野生植物，如何在雪中抬头、绽放，如何在荒芜寂寥的大地、冰雪飘零的天空敞开胸怀、拥抱生命。让你感受到草原人并非单调、枯燥的生活。

你还会发现，青海湖人不可能轻易摘取一朵小花，也不会随心所欲地捕捉每一条游动的小鱼、小虫。

春天里，牧人们需精心侍弄降生的羔羊，修补帐篷，编制氆氇，准备嫁衣，在忙忙碌碌中迎接夏天。

高贵的天鹅心满意足地离开了青海湖。但是，来自我国东南的斑头雁、棕头鸥、赤麻鸭、渔鸥、鸬鹚却又日夜兼程，不辞辛苦地向青海湖奔来。

你无法倾听鸟儿的内心，却可随意看到，每一只展开双翅的鸟儿，在青海湖满怀爱意，对爱侣诉说衷肠，或追逐配偶、欢悦腾飞的情景。你会发现即便是舞蹈、唱歌、捕食，它们的心思也全然不在自己身上，只是围着、顾着、恋着亲爱的伴侣、即将出世的幼鸟踯躅徘徊。五六月，雌鸟开始孵卵，候鸟已不像初来乍到时那般兴奋、好斗。雌鸟在窝中安心孵蛋，雄鸟在一旁精心守护，或飞来飞去为雌鸟觅食，等待小鸟出世。

20多个昼夜的孵化后，幼鸟破壳而出。雪中，金黄、赤色、栗色的绒毛像风中的花朵，橙色的小嘴巴轻声唤着，嗷嗷待哺。

这就是青海湖的春天。

白雪中大地返绿。劲风中湖水绽开。微波迎接着迁徙的候鸟。这样的地方，如果是一棵小草、一朵花、一只小鸟，该有多么幸福。

在多次往返青海湖的途中，曾经多次吟诵。

> 我希望独自
>
> 在奶与蜜的岸边
>
> 在你的岸边，一天
>
> 又一天，直至
>
> 你的蓝色的盐分使我变成化石
>
> 直至你的湿润的嘴唇使我的骨骼松软……

我愿意就这样进入梦乡

裹着清晨的白露

枕着湖水的波涛

像一尊雕像

看着你怀中抛出的星星

再落到你的身旁

远处，偶有几只鸟飞过

那是去蛋岛孵卵的斑头雁

它们和我一样热爱你

只是比我更执着

我愿这样死去

在湖岸金黄的色块里

在温暖中隐藏

看不见一切

发不出声响

什么也不想不闻

除了水与太阳

太阳与水

青海湖啊！谁能夺去你的精华。

夏

　　青海湖的夏天短暂，可它清香的空气、怒放的生命，太阳般夺目的光芒和极尽奢华、嫣美的色彩，会永远留在人们心里。

这是青海湖最辉煌的日子。

这个世界上，还能有什么比绚丽的颜色，更能够诠释大自然的威仪与庄严呢。夏天的青海湖，似乎让所有的生命迹象在同一瞬间，以逼人的气势奔放于大地，并以其神圣的思想光照人类，促使人们展开非凡的想象，而不至于让思维过早枯萎。

很久以来，当日月山这座重要的山脉，成为这片辽阔的土地上，草原与农田、黄土高坡与青藏高原、季风区与非季风区、内流河与外流河鲜明的分界线，人们的视野总会沿着古老的丝绸之路、唐蕃古道、茶马互市，越过重重山峦，望见或粗壮、或纤细的河流，如何组成强大水系，汇入青海湖这一气象万千的水域，显现出壮阔。而流域内，因四季轮回、地势高低、气温变化形成的不同景观，不仅是大自然万象更新、物竞天择、生物多样性特征显著的特定环境，更是需要用心、用灵魂叩问自己，让理想有所皈依的精神家园。

高原上，许多民族信奉"忌伤生灵""万物有灵"的宗教教义，这应该是所有人面对自然应该遵循的自然法则。山川河流、湖泊树林、土地山脉、动物植物，无一不是大自然的馈赠，无一不是值得崇拜、赞美、尊重的对象。裸鲤不能食用，树木不能砍伐，湖泊不能污染，草地不容践踏。而这种禁忌，不仅符合当地人的意志，还成了普遍存在于青海人内心的一种庄严而神圣的生命哲学，对青海湖流域生物多样性的发育繁荣，客观上起到了很好的保护作用。同时，也关乎人的身心与自然相契合的通感。在体验与感受自然美的过程中，铸造出当地传统文化的多样性。

陪很多朋友去过青海湖，有几个竟是在海边长大的，应该说对青海湖没有多少兴趣了吧！可是，凡去过的人，没有一个人有过抱怨，青海湖跟大海不一样的。而且去过不知多少趟的我，也常常在想，为什么每一次去青海湖，都会发现不同的美，会产生不同的感觉。像梦幻，像绿松石，或如临天界，总像是头一回去，心情总那么激动。

湖当然不是海，也许没有海那么伟大，它仅仅是安静地躺在那里，等着你去发现、欣赏，然后再呆呆地独自默想。有时候，面对湖水，久久的凝视中，会突然分不清，那躺着的是湖还是天，它们的生命究竟怎样延续？

初夏的午后，依湖而坐。眼看着春天的蓓蕾，已然从干枯的树枝上冒出，又像是受到魔法驱使，长成了直径一英寸的嫩绿枝条。枝条的顶端附着一朵沉郁的、被称为龙胆的蓝花，零星遍布于青海湖流域温暖潮湿的凹地、河边、沟叉。此外，还有紫红的卷叶黄精，粉嫩的报春，淡蓝的马蔺，艳黄的蒲公英、金露梅，或清雅、或浓烈妖娆地开放。

青海湖被群山簇拥，湖泊面积 4500 多平方公里，最大水深 32 米，湖滨宽阔平坦，牧草丰盈，入湖河流多发源于周围山地，占全流域河流入湖总水量的 80%。为全国第一大咸水湖，也是全世界最美的湖泊之一。

其中，源于湖西北疏勒南山的布哈河，是入湖水量最大的一条河。从曼滩日更峰北麓，经天峻县河口，向东南流入青海湖。河口处，被冲积为平坦的三角洲，逐年向湖中延伸，与鸟岛相连，吸引着成千上万的候鸟来此营巢、孵卵。而且，布哈河还是稀有水生物种青海湖裸鲤产卵育子后，重返湖中的主要河道。

夏天的青海湖，阳光充足，生命力活跃的食物链主宰着这里的一切。湖中营养丰富的裸鲤，是候鸟的佳肴。湖岸滩涂、三块石、鸟岛，有机物、淡水、浮游生物丰富，甚至连生长着苔草、扁穗草、杉叶藻等湿生植物的沙岛，都成了众多禽鸟的育雏区和栖息地。

蓝色晴空，壮阔幽静。沙滩上斑头雁、渔鸥、白色秋沙鸭、白琵鹭身后，蹦蹦跶跶、紧跟着急于张开双翅的小鸟。小鸟知道，自己的羽毛已然变得丰满、浓密，禁不住闪动着一双玻璃球般晶莹透亮的黑眼睛，左右顾盼，期待着在细纹波动的湖面上自由飞舞。

应该说，碧蓝的湖水、白色的天使、清澈的河流、鲜艳的野花足以勾画青海湖夏日斑斓的色彩了吧！然而，七月，正当中国内地酷暑难捱的炎热时节。清风中，早已在三月的川西坝、五月的玉龙山脚下开过的油菜花，却正在青海湖畔，以汪洋恣肆、浪涛般涌动的骄傲的姿态，盛开，盛开，不断地盛开。装点着草原，涂抹着大地，映衬着辽阔无垠、波光盈盈的湖水。

多少年来，不知有多少人为青海湖灿烂的夏日惊叹、驻足、流连。不知有多少人为那青绿色的湖、黄色的花，为冰雪如银的祁连山峰下，鲜艳、热烈又不失优雅的环湖奇景如痴如醉。

任何微小的事物，都能构成美妙的风景。

身居内陆的青海湖，于短暂夏日聚起的热浪，让人们纷纭而至，尽兴而归。

当然，夏天也是牧民最繁忙的时候。剪羊毛，打酥油，储备过冬的干牛粪。收割地里的青稞、燕麦，挑选肥壮的牛羊出售，修复完善自家的草场，在温暖中享受生活。乐此不疲，充实又满足。

一年一度的赛马会、歌会，庄严的祭海仪式、裸鲤放生节，也都选择在夏季。届时，盛装的女人款款而立，与鲜花媲美争艳，暗送秋波；健壮的男人骑马射箭，摔跤，豪饮，谈情说爱。

可这热腾腾的一切，最终会全部融化于青海湖天然的色彩——朝露中静静浮现、晚霞中隐隐遁去，因天气、光线折射、明暗度迥异，出现的深青浅绿。

深青浅绿是湖泊的容颜，更是湖泊的心境，曾一度成为人们心中寂寞和孤独、憧憬和乡愁的沉静之色，象征着法国古典主义崇尚的青涩淡雅，又似明代画家沈周所崇尚的"丹青隐墨墨隐水，其妙贵淡不贵浓"（《题子昂重江叠嶂卷》），是人有所顿悟之后，冥合于自然天性的真情皈依，藏于内心，始终遥望着的、无法实现的愿望。

我久久地凝视着湖水，让我得以周身沸腾、血液交融、忘情的湖水。

凝视着，久久地无法转移自己的目光。

青海湖的美，来自大自然坦荡的胸怀，来自鲜花迎送、河流淙淙、鱼翔鸟鸣、草地芳菲的天地人间。调和的流畅，季节的更替，未知世界的边缘。

飞鸟往来，花开花落。无论繁华似锦，无论斗转星移，青海湖总是这样，拒绝凡俗，将尘世风烟渐渐淡去，过滤为一个静谧的空间，一个沉默的世界，一个清洁的天堂。

最终，青海湖的夏天清明浩荡，无敛无迹。

只有母羊发出阵阵颤音。

秋

一个人半生的愿望是什么呢？夏季过去，秋天来临，金碧辉煌的富贵之色在草原上渐渐消失，人们最容易想起来的就是这个问题。

可草原能回答你吗？

很多年前，青海湖流域河流密集，草木葳蕤，林深浩渺。仙女似的鸟儿、蝴蝶四处飞舞。人们闲居理气，拂觞鸣琴，畅神野趣，过着神仙似的生活。然万物轮回，气象更迭,自然之变化奇妙无穷。可尽管如此,青海湖依然用阳光、蓝天、河流自然之气,调和着独有的景致。

10月后,旅游的过客匆匆离去,欢腾了一夏的候鸟远赴他乡。白云翻滚,草木见黄,只有蓝色的湖水波澜不惊,宁静淡远,依然与蓝天相伴。牧人们更是心如止水,安详平和,任由思绪随云随风飘向远方。

这是秋天的安顿,也是一年中享受安宁的极好时光。

青稞磨成粉,收进了帐房,装酥油的"加木热"一排排堆在角落。行吟的歌手弹着"扎姆捏"四处游唱。赞颂英雄,表达爱情。黄昏临近,男人默默地坐在火炉边,身心被日子、牛羊、草原和天空占据,懒洋洋的,女人们则里里外外,井井有条地擦拭忙碌。

漫长的冬天就在眼前,草地变得坚实硬朗,萧瑟的风呜呜吹过,可生活在湖畔的人并不担忧。草原人的心太大了,大得能容下千丘万壑,世相更新,秋的夜来风霜,冬的冰雪严寒。秋天,虽有不堪的惆怅,可秋天疏朗开阔,从容豁达,其神、其灵、其韵,反而成就了青海湖固有的宁静致远,如人格的高与洁,自有脱俗质朴、平静的风韵。

清晨,红色霞光使湖面微红,牛奶的甜味与雾一样弥漫在空中。静静站立,默默注视中,青海湖的神情,让人很难揣度。在它面前,人世间的一切功名利禄变得如此黯淡、微弱、渺小。但,你是否能真的放弃沉郁已久的各种欲望,超离凡尘,让自己的心安静下来?

草原依旧不能回答你，唯有你的心，唯有你自己才能救助你自己，让生存归于永恒。

300 年前，湖畔曾经留下过一个孤独无依、迷惘绝望的身影。那是仓央嘉措，五世达赖的转世灵童，离我们既遥远又亲近的诗人。他一生短暂，却为我们留下了 60 多首传扬在草原上的情诗。他扑朔迷离的身世，留下了与这片湖水难以割舍的不解之缘。

有人说他被处死在青海湖畔；有人说他还俗于青海湖畔，成了牧羊人；又有人说，他在逃亡途中，被青海湖打动，在去往心心所念的"理塘"、驾仙鹤西去之时，氤氲在碧水蓝天中！

多年后，西部歌王王洛宾在大湖北岸金银滩草原，因与千户之女卓玛的一段情缘，创作了《在那遥远的地方》，充满深情别恋的旷古绝唱。晚年时，王洛宾来到金银滩，想再见见卓玛。可他没能如愿，一切和从前不一样了，只有这首歌曲，一直像鲜花一样散发着浓郁的芬芳，回荡在草原。

哲人们说，人生最大的快乐，是内心的宁静。可又有多少人能做到这一点？青海湖湖心偏南，距南岸约 30 多公里的地方，有一个孤岛海心山。山体由花岗岩、片麻岩构成。一年四季有别，各有美意，夏季如绿色长叶漂在湖面，秋天如白色海螺静卧于天湖之间。

海心山四周环水，远离尘世，千百年来与尘世隔绝。可汉代时，却有僧人于冰合时出海取一年之粮而入居，在岛上修行，整年不复出。自藏传佛教名僧、夏嘎巴活佛在海心山苦修之后，海心山在教徒心目中的地位更加神圣。在海心山修行一天，相当于在其他地方修行七天，故而，更多的修行者来到海心山，期望自己在岛上苦修、祷告、守斋的日子，能让普天下蒙受精神苦难的人脱离苦恼，保持心地明净，成为幸福的人。

古代有诗云，"一片白银浮白雪，无人知是海心山"。有多少人知道，这茫茫湖水中，还有这样一处清幽静心、安顿心灵的地方。

青海湖东北岸的沙岛，也是秋天的好去处。那里生长着芦苇、马莲，离湖水不远，有淡水，月牙湖、太阳湖。秋风荡漾时，湖水涟漪，沙丘泛金，黄绿色的芦苇随风摇曳，一只只渔鸥脚步轻柔，站在芦苇湖厚厚的苔藓上，像一位位仙子梳理羽毛。我一直以为，沙岛的秋天最美，阳光、沙滩、芦苇和淡水湖蕴含的生命迹象，甚至沙漠中生存的小蜥蜴，都足以使我们感受和理解生命的本质。

正午之后，秋天的原野厚重丰满，像一位露出倦怠之色的美妇，伴随湖水的从容而从容，优雅而优雅。此时，草木微吟低唱，满身秋华，不再惊慌的珍稀野生动物普氏原羚，终于得以在湖水边缘、有沙漠的地方来往觅食，早出晚归。这些因栖息地破碎、种群分割、基因交换困难等诸多问题，仅衍息在青海湖南山、湖东，数量极少、极度濒危的野生动物普氏原羚，之所以会生活在这里、不至于完全消亡，是因为湖东种羊场与小北湖一带半固定沙丘和流动沙丘人迹罕至，成了普氏原羚的避难所。

说起来，极度濒危的野生动物普氏原羚、湖水中唯一的水生生物青海湖裸鲤和雪豹、藏野驴、黑颈鹤、玉带海雕、野牦牛才是青海湖真正的主人，唯有它们才能以自然之性、天地造化之功，使这片美丽而广阔的湿地，永远保持新鲜旺盛的活力，并以它自身的生存智慧，成就青海湖流域丰富的草原文化、诗性般洒脱的魅力。

也许，自然生命的生存并不需要人类，但人类的生存却必须依附多样化的生物物种。希望人类能够在充分意识到环境恶化和人的心灵被影响、被物化的严峻现实后，将生存问题从狭隘的人类自身，扩展到地球上互为依存的所有物种，体会大自然对于人类的真实含义。

秋天的青海湖幽雅、超脱，像天空中飘动的云，舒展、自由、飘逸，这是一种命定的美。忘我，却并不忧伤。

冬

群山在耀眼的红晕下露出层层皱褶，向遥远的天边绵延而去。金色的草地似起伏的波涛在银色的湖岸滚动。天地间相融的光明，照在晶莹闪亮的湖面上，冬天的青海湖辽阔无垠。

这是一年四季中，青海湖最荒芜、寂寥的日子，也是最明净、素颜、澄澈的时节。逐水草而居的牧人，遵从世代沿袭的生活习惯，正在接受大自然富有生命气息的召唤，准备把夏秋季节迁至大山深处的牛羊帐房，转移到避风、温暖、离湖水不远的地方。

此时，湖岸干爽、发黄的草地成了最好的冬季牧场。牧人们选择理想的草地，撑起帐房，安置好家当，又一次谨慎而认真地面对漫长的冬季。无非是守望湖水、神山，转动玛尼，吟诵吉祥祈福的经文，眯着眼睛，盯着黑色的帐房里飘出的阵阵炊烟。

迁徙的路线是祖先们定下的，没有人违背祖训。

迁徙的过程是艰难的，但牧人们毫无畏惧。

这其中，充满悲壮欢乐、生与死的考验、澎湃生命的足迹。

站在阒无人迹的草原上，感受光与影在冰封如玉雕般圆润的湖面上发生的微妙变化，是一件幸福的事。有些地方像一面平滑、巨大的镜子，在曙色中闪动着橘红的光泽。有些地方水蛇般拧动着淡蓝色的身子，那是因为湖水结冰的过程是缓慢的，而湖边夏日里浪涛喧嚣，与大地接壤的橙色的湖岸，曾经飞跃、旋转、舞蹈过的湖岸线，早已凝固成一道道优美的弧线。

冬日的太阳光芒四射，亲吻着青海湖冷艳如冰美人的湖面，岸边每一根吮吸着地下水源的草根，都在尽可能地让每一个新鲜的生命、每一段强劲的音乐，在苍苍茫茫的蓝天白云下无限伸展。

南山脚下，紧挨着湖水的地方长着一棵挺拔的白杨树。虽然孤独、寂寞、低调、普通，但因为生长在日月山以西海拔3000多米的湖岸，便有了一些不同寻常的意义。每一次，经过它身旁，或驻足岸边，凝视它卓然而立、从容自若的样子，都会心生感喟，涌起难言的悲怆之感。就像去年冬天乘摩托车踏冰冒险去海心山，见到莲花庵里稚气未脱的尼僧一样。既敬重她们的无畏与坚韧，又不可抑制地，对她们产生了情同姐妹般的依恋与不忍。

一棵白杨树，就这样长在那里，毫不张扬地，静静地，执拗地长在那里。冬天的雪落在它的身上，春天的风吹在它的树梢上，每一只南来北往的斑头雁都忍不住对它颔首致意，表达思念。

但是它，依旧很朴素很平静地长在那里，傲然独立，神情自若。

许多人以这棵树为背景，或者站在它的角度观赏青海湖，并留下了无比和谐的美的画面；也有人体会到了生命原有的姿态，感受到了人类和自然之间血缘般亲密的亲属关系；还有人目睹了这片湖水是怎样在原始的青春里萌动，环湖植物每一片微弱的细叶又是如何在青海湖边新生的土壤里展开、奔放、凋零、重生。

更何况，除此之外，冬日青海湖空邈的荒芜里，还暗藏着神奇的生命世界。封冻的湖面下，唯一的水生物种青海湖裸鲤，在相对温暖的深水里游动，等待春天产卵洄游的日子；有着可以食用的有机物和淡水的泉湾、那尕则滩涂以及布哈河沿岸，那些冬季不封冻、人畜不易进入、有水草和浮游生物的湿地，长着芦苇和苔草的浅滩，都为陆续来自俄罗斯北部、西西伯利亚以及新疆巴音布鲁克等地的天鹅，准备好了良好的育雏区和栖息之地。由于近几年保护措施得当，冬季在青海湖流域见到上千只比雪还要白的天鹅，已经不是一件很困难的事。可以想象，在冰雪环绕的深蓝色的湖水中，美丽的天鹅或轻轻浮动，或展翅飞翔，或喃喃自语，在阳光下梳理羽毛的身姿该有多么动人。

冬夜降临，青海湖畔荒芜透明，人迹罕至。深邃的夜空中，硕大的星星通体发光，冷峻逼人，仿佛黑色的天幕已无力支撑这些耀眼夺目的躯体，随时会掉下来，砸在草地上。

通常，这样的夜晚极其寒冷。冷得透彻心扉，冷得心无旁骛，透过冰雪严寒，透过此间的空旷与苍凉，悟到生命的另一种存在方式。

静静的，一个又一个冬夜悄然过去，朦胧的天宇中，圆圆的月亮还挂在天上。冬天，是食物短缺的季节，牧人们还没有从睡梦中醒来，雪豹、藏野驴、玉带海雕、鹅喉羚、高原鼠兔不得不在大雪纷飞的清晨，睁开眼睛，在荒野里寻找食物。雪雀、黄雀、鹰雀、百灵、黑尾地鸦，冲破风雪在空中遨游。真想知道，漫长的冬天，它们怎样度过，会不会和春天百花盛开时一样，放开喉咙鸣叫。另外，可以肯定的是，还有一些冬眠的野生动物，比如棕熊，比如喜马拉雅旱獭，是藏在哪个山洞里了吧？总之，都在想办法照顾自己，安全过冬，等待春天来临。

清晨，天上飘着雪花。深冬的湖水，被白雪覆盖。周围山峦平缓，在云雾中若隐若现，银色的山形，平复着内心的不安。我小心翼翼地行走在厚厚的冰层上，任白雪吹打，浸湿我通红的面颊。极目远眺，冰雪连天，已无法分清哪儿是天哪儿是湖，就连我自己好像也变成了小雪人。接近正午，天上的云不知被什么东西突然抽走，露出了本来的模样，与晶莹透亮的青海湖一起，通向不可捉摸的天界。

白与蓝的组合，纯洁的颜色。

一切静止不动，只剩下简单的色块、简单的思绪。

如果说，夏日的青海湖色彩明朗、鸟语花香。那么，冬天的青海湖便是站在荒凉的山岗，面对月亮、苍穹、冰雪和金黄色的针茅草领略大自然、自然本色，让身心自由，精神融入天然的安宁之地。

冰清玉洁，气韵生动。无隔绝的美，绵延不尽。

三月的巴塘

玉树巴塘草原上的人，抬头就能看见雪山。雪山并不险峻，但实际上，海拔超过了 5000 米。

桑周丈人的家，需要绕过一条不太宽的河沟。若是夏季，这条河沟必是充盈得像面镜子。但是，冰雪未消的早春，草还没有泛绿，河沟是干枯的，这就更加让人想念巴塘草原的夏季。

爬上一面缓坡，房子依势而建。登上台阶走进正门前要经过一个很大的院子，院子空旷，或许有东西，但引不起人们太多的注意。因为一只像极了赤古的巨大的藏獒，正勇猛地狂吠着冲向我们。

在此之前，我在桑周的家里、洛桑的大宅院里都见过藏獒，有几只是长毛的后代，有几只是牛腿、玉树一号的后代。勒巴沟的赤古、文成公主庙附近的脑古努努，还有洛桑家里的长毛都待在家里。珠玛家里的牛腿，一只非常漂亮、像牛一样健壮的藏獒，离开玉树去了遥远的内地，等待它的将是不可知的命运。

桑周丈人家的客厅，整洁、温暖。而桑周的家里几乎连小孩子睡觉的地方都没有，完全是藏獒的天下。桑周丈人家的客厅正中央是三个连体的大烤炉，依次安顿着大锅、小锅和茶壶，壶里炖的奶茶是自家牦牛下的奶，正冒着热气。

桑周的岳丈和岳母健康结实，他的小姨子、未出嫁的姑娘不仅长得秀丽、端庄，还是干活的一把好手。客厅的东面是一面靠墙的壁柜，壁柜的最上端是擦得锃亮的银器、绘有龙凤图案的盖碗，中间一层摆着家人的照片以及一些小的装饰物件，下层是中开门的柜子，许是装宝贝的地方。

奶茶很香、很浓，给奔波了两天的我补充了一些体力。风干的羊肉和新鲜的生牛肉让河北来的两位新朋友惊诧不已，但是我们三个青海人都抵不住诱惑，各自品尝了一点。

吃过生牛肉的我感觉和平时的我不太一样，身体增添了一种力量。难怪有人说过，吃素的和吃肉的民族，谁都认为自己离上帝更近，可实际上，吃肉的民族离真理更近。

但是，桑周的小姨子和一位长得非常漂亮、看起来是这家儿媳的两位女人却出奇的平静。她们没有城市人善于交际的表情，也不过分冷漠，只是照旧在炉边做自己的事，火炉里的火映红了她们的脸。

不知道，三月的巴塘草原，草未见绿，天空和河流在等待消融，女人们有多少事要做。等待的日子里，牛羊肥壮，日子一天比一天好起来。这期间，桑周丈人家里的女人，包括他的岳母，要做的事情就太多了，以至于做到晚年的时候，腰都塌陷下去了。

我走出院子，特别想和他们家的媳妇说上几句话，可是她听不懂汉话，我们无法沟通。我只能默默地看着她，把一块一块圆圆的牛粪饼从墙上揭下来再摆放整齐。

雪山比起我初来的时候更加耀眼，远远看去与天辉映，连没有发芽的草地也因了雪山的缘故，镀上了一层淡淡的银光。

除了桑周继续用汉话跟我们交流，其余人都沉默着送我们走出院外。正在干活的儿媳停下手中的活，用铁锹把支撑着下巴望着我。她的身段极其苗条，即使肥厚的藏袍也遮掩不住她美好的体态，在我眼里，就这样静静地站着已经是非常动人了。这才悟出，藏族舞蹈中挺胸塌腰的舞姿为什么那么难以把握。假如没有经历过草原生活，没有在草原背过水，打过酥油，拾过牛粪，即使舞蹈家也跳不出传神的富有弹性的韵味。

坐在车上，走了好远，我的思绪还停留在那个表情安详、歪着头、支着下巴望着我的女人身上。

雪山依旧在蔓延。此时此刻，除了天空、雪山、草原，仿佛一切都不存在。桑周家里的人，一年四季对着蓝天、雪山和重复变化的草地，心中该留下什么呢。那些残留的梦幻和艰辛的努力，像沉重的心，又像风雪中飘渺的躯体，或者影子。最终都会和所有的人一样，把自己和世界连成一个永远也想不完全的东西，一个永远有遗憾的生命。

如果不是外界力量的进入，也许巴塘草原上的生活更加平静。

走了不过十里地，一排排揭起的草皮、高高垒起的墙，令我触目惊心。那成片的、失去了草木护佑的土地，因为裸露变得干涩、生硬，正在趋向沙化。我不知道，那些用草皮筑起的墙有什么用途，但是，我却看到了脆弱的伤痕累累的土地，在天地日月间流下的最后一行眼泪。

我一时茫然无措，生活中的罪恶、恐惧，一起向我袭来。割不断的愁苦，让我对未来失去了信心。

这是一片草原人世代依赖的草地。据说，五十年，一百年，被破坏的草地也难以恢复原有的模样。

三个天真的孩子，向我跑来，差不多一般大。黑色的头发乱蓬蓬地覆在额头上，每一双天真无邪的眼睛都在阳光下闪烁。我给一个女孩拍了照片，然后给他们看相机中的女孩。他们嘻嘻哈哈地笑出了声，牙齿白白的。

这些孩子，已经到了上学的年龄，以后的路还很长。可是，草地裸露着身子，失去了草皮，孩子往后的日子该怎样过。

有一种沉甸甸的感觉压迫着我，让我忘记了桑周的存在。桑周是一个富有的牧羊人，这几年，碰到好机遇，加上自己的勤劳，生活比以前不知好了多少倍。但是，我认为桑周不应该忽略这些已经荒芜了的土地。他很快乐地说笑着，完全忘记了这片草原曾经给予过他的无限恩惠，忘记了这片草原和人之间亲密的关系。可是我相信，迟早他会清醒过来的。

就这样，一路痴想着，在雪山的映照下，走出了三月的巴塘。

三月巴塘

藏獒赤古的家

脑古努努的家

奶茶飘香

热情是火塘的牛粪

美如帐篷一角年轻妇人羞赧的脸

那低头摆弄着袍襟的妇人

我是投宿的远客

我是返回自己身体的影子

雪在天上

雪花大又甜

草根深处　星星梦见了花朵

就像那些

灾难中嘴唇失血的人

和我一样　梦回那健硕的身体

静好的生活

雪域藏獒

巴塘草原的藏獒曾享誉四方。它是1000多万年前，由喜马拉雅獒演变而成的高原狗。它四处游弋，并非寻找栖身之地或是觅食。它生来承担着一种责任，且由来已久。它在努力实现自身价值，并在得到认同之后，爆发出凶猛而持久的力量。

数次地壳运动，万般风雨磨难之后，藏獒一直没有离开过青藏高原。为此，它深感自豪，心满意足，为自己的选择感到庆幸。青藏高原包括西藏全部、青海大部、甘肃南部、川西北高原以及滇西北整个地区，平均海拔4000米，空气稀薄，昼夜温差极大。雪线以上，终年白雪覆盖。特别是，属于青藏高原的玉树藏族自治州、果洛藏族自治州、黄南藏族自治州，自然环境相对封闭，让繁衍至今的藏獒，形成了自己的性格特征，并凭借内在特质和外在气象，成就了属于自己的精神品格。

可以肯定的是，藏獒是大型獒犬的祖先，世界上最古老的珍稀犬种之一。虽然，有关它如何起源、传播至世界的问题，一直没有得到翔实的记录和解释，但即便如此，历史仍然为这一强悍的特有物种保留了一个特殊而重要的位置，并被公认为已拓展的大型犬的基本型。

藏獒和高加索犬、中亚牧羊犬、纽芬兰犬等被视为世界猛犬，并毫无愧色地位居世界猛犬之首，是唯一不惧怕猛兽的大型猛犬，敢于同侵犯它的豹子、熊、豺狼搏斗。擅写豹子的蒋蓝，对豹子的描绘出神入化。他曾发问："豹子与几条藏獒搏斗胜算几何？"回答是"在人类嗜血的本性之外，不少猛兽其实对此并不以为然，因为走兽并非为搏杀才来到这个世界"。

不为厮杀而生的它，和同样不为厮杀而存在于世的豹子一样，更多的状态是静卧。石头般沉静，流水般古朴。微闭的双眼，任由松弛的头皮遮盖。但是，一旦自己的主人遇到危险，便会一跃而起，奋起抗击，且视死如归，永不妥协。这一点，即使狮子、虎豹也不能做到。

在人和藏獒共同生活的世界中，人的背叛和藏獒的忠诚似乎成为对照，似乎已经成为现实世界最真实的一部分。你很少会听到，藏獒对主人、对草原的背叛。然而，人对伙伴、对家园的背叛则比比皆是、不足为奇。

草原上，有许多凶猛的藏狗。但，一只真正的藏獒和一只普通的藏狗有着严格的区别。獒就是獒，不可与频频发出叫声的藏狗同日而语。

《尔雅·释畜》中言："狗，四尺为獒。"60厘米高的狗才能称为獒。玉树地区，藏獒被称为"匝古"，藏狗被称为"布切"。海南藏族自治州等地藏獒被称为"拉幄"，藏狗被称为"拉切"。

它野性未泯，凶猛胜兽。有着"藏于骨而形于外"的气质，其霸王之气，睥睨旁物、不怒自威。纯种藏獒，头大嘴方，嘴吊眼吊。公獒的嘴围从眼睛至嘴头中部，可达40厘米以上。

由于身处高原广阔自由的天地，活动空间充分，它桀骜不驯的野性特征、强健的体魄才得以保留完善，才得以在同猛兽激烈的搏斗中占据先机。任凭风霜雨雪酷寒，大地冻结，卓然而立。

与藏狗相比，藏獒高大威武，身高一般在70厘米以上，母獒稍逊，但也在60厘米以上。它脖颈强壮，其耳如桃，长垂过腮，头皮极松，抓起来一大把，抹下来可遮盖颜面。它前胸宽阔，腿粗爪大，骨架匀称，比例均衡，毛色丰富，有豹斑、青色、金色、棕红、白色、黄色、麻黄色、黑色、黑黄色。前四种已很难见到，目前以黑黄居多，主色为黑，吻部、眼眉、脚部及四肢内侧呈现黄斑，俗称铁包金，又称四眼。但，所有品种均有一个共同特征，胸口皆有一菱形白斑，为"护胸毛"，且越小越好。它尾根较高，尾大而侧卷至脊背，形如菊花。它音量也大，低音浑厚，高音如雷，穿透力极强。

十年前，我曾经和一位著名诗人在玉树州勒巴沟，见到过一只在藏区声名显赫的藏獒，名曰赤古，浑身赤黑，头面广阔，头骨宽大，脖子周围鬃毛直立，眼睛上方两条醒目的金黄色短眉，酷似两只金眼，特别是当它在我们眼前缓缓行走的时候，其雄壮、威武、盛气凌人的气势，令人屏息。

当年，全国闻名的藏獒，比如赤古、民保、大王子、小雄鹰、野狼、狮王、红豆，其血统均源于青海玉树。它们的后代长毛、丛林、牛噜、玉树一号、脑古努努等等也曾名震四方，威名远扬。除自身品质，还因过去玉树地处偏远、交通不便，当地藏獒与外界犬少有杂交，保留了较为纯正的血统。

一天傍晚，我意外地见到了一只罕见的、披满金色长毛的金狮子獒。它的颈部粗大有力，四肢健壮匀称，前肢五趾尖利，后肢四趾有钩，身长过1米，肩高80厘米。见到突然造访的我们，金毛四散，爆发出如雷吼声，骇得我连连倒退，感觉到了玉树草原上，属于藏獒的世界。

更多的时候，玉树州结古镇散漫而忙乱的大街上，轻松漫步的藏獒陪伴在主人身边，神态和主人一样冷峻、孤傲、自信，围在脖子上的火红项圈，标志着它的身份。

高原、草地、戈壁、荒漠中的游牧民族，长久地沉浸在无垠的自然中。流动的生活方式，猛兽对人、对畜群构成的威胁，给他们的生活带来了极大的不稳定性，所以，被驯服的藏獒便成了牧人家庭的一员，承担着保护主人、看护牛羊的重任。

更加可贵的是，它从不嫌贫爱富，从不轻易离开自己的主人；它忍受万般苦难，却无须人过多关爱；它比人更忠诚、更有道义、更有责任感，也更懂得遵循自然法则、天人合一的至高境界。在牧人家里，它是家中成员，和孩子、老人一起提前享受美食，和牧人同床而卧。在草原上，它是护卫，是勇士，承担着风险和责任。

它是通人性的。它粗犷的外表下，有着一颗无比真诚细腻的心。它体贴和关怀主人的安危，感激和报答主人的抚养之恩，甚至会察言观色、揣摩主人的心思。藏獒为牧人守护家园，给老人安慰，给孩子快乐。当人类俘虏和驯服了藏獒，让这勇敢而善良的兽类，成为人类的助手和朋友，也许并未清醒地认识到，实际上是为自己增加了一种新的感官、新的能量。

草原赋予它的使命，使它极具控制与忍耐力；牧人交给它的权利，使它聪慧、冷静，而绝非人们想象的杀手。独自在家的藏獒，看似悠闲，在闭目养神，实则保持着高度警惕。当生人进来，它会装出一副不在意的样子，微微斜视来者，而实际上，它是在用目力悄悄丈量来人的脚步，一旦发现危机，可瞬间冲到来人面前，咬住对方要害。

也许是它勇于献身的品质和不怒自威的王者气概，感染了许多因生存压力而身心疲劳、更由于人与人之间感情淡漠而焦虑的人，很多人不惜用重金购买，试图圈养。可是，他们不会明白，任何一种生物都有适合自己生存的环境和条件，而藏獒的身心和灵魂，野性四射的魅力，永远属于青藏大地自由浩瀚的天地。就像草原养育的蒙古人，也曾告别大兴安岭，离开额尔古纳河，从三河之源到达多瑙河畔，又从贝加尔湖到阴山南北，纵横恣肆、疯狂驰骋，直至里海西岸、阿姆河上游、阿尔泰山，但是最终，仍然会回到北纬40度线以北、莽莽高原之上。

刚出生的藏獒只有1斤多。2个月后，开始喂少量肉食。10个月后，外形开始发生变化：头部变大变方，额面渐宽；嘴巴短粗，嘴角略重；鼻翼加宽，舌大唇厚，犬牙锋利无比，一双眼睛黑黄炽烈。毛色黑中泛红，光滑而浓密，大尾巴翻卷而上，灿若菊花。几月后，这只铁包金的体重已达70公斤。

藏獒把第一个喂它食物的人，认作一生唯一的主人，无论贫富，终生不悔。即使离开藏区移居异地，藏獒也会因思乡心切，眷念旧主，一蹶不振，客死他乡……

来自陕西的一位朋友抵不住对它的喜爱，从桑周家里带回一只两个月大的小母獒。小獒为牛腿后代，通身赤黑，眼睛发亮，比同龄小藏獒重出许多，走起路来，虎虎生风，煞是可爱，给它起名"格桑花"。

深秋季节，格桑花被带回玉树配种，再来西宁的时候，已经是怀有身孕的妈妈。那段日子，我们时刻关心着它，希望它能顺利生产。

元月的一天，天气格外寒冷，屋外刮着呼呼的北风，经过一夜折腾，格桑花生下八只小獒。这八只小獒每隔一小时生一只，最后一只生下来时，天已大亮，格桑花筋疲力尽地瘫在木板床上。一会儿，两只小獒死了，剩下的六只老鼠般大小，嗷嗷待哺，趴在母亲身下。又过了两天，格桑花的奶水无法满足小獒，奶头被小獒嘬烂流着血。即使这样，格桑花依旧忍痛喂小獒吃奶。那几天，我经常去看格桑花，格桑花的身体非常虚弱，独自承受着苦痛。它非常疼爱自己的孩子，每一只小獒排泄完后，它都要撑起身子，把小獒舔得干干净净，即使躺着，眼神一刻也不离开孩子。

3 个月后，再去看它的时候，竟有些吃惊，六只小獒个个长成了 30 多斤的铁包金。金黄色的斑纹下，一对眼睛又黑又亮，金黄色的爪子粗壮有力。它们为我带去的牛奶而兴奋异常，冲到盆子边，一头扎了进去。

与纯种藏獒交配后产下的一窝藏獒，一般有四只、六只或九只，但它们不可能都是精品，其中只有一二只才是真正的纯种藏獒。但是，在我眼里，它们一样可爱，傻傻的、憨憨的。

高原的春天已经来了，院子里的桃花打了粉色的花苞，丁香的气味也飘了过来。格桑花安静地躺在太阳下，无限爱怜地望着跑来跑去的小宝贝。

巴塘的草绿了，朋友们合计着，再过些日子，把它们母子一起送回草原，它们的老家。

祁连如梦

草木在祁连山阳坡，展示的是繁茂、丰润。

可是山丹，亚洲最大的天然牧场，已然没有了过去战马嘶鸣、牧草连天的景象。

油菜花还在盛开，阳光灼热。

经过小平羌、大平羌沟之绝景，胭脂山就在前方。想当年，匈奴单于率猎猎骑兵，与大汉年轻的将领卫青、霍去病喋血大战于苍天白日之时，也是这样晴朗的天吗？这场战役最终以匈奴大败告终，维护了中原的和平，独留下单于喟叹之声不绝如缕。

失我胭脂山，使我妇女无颜色。

但观两山夹接之势、阴阳坡景色之大不同，才悟出我巍峨祁连山之重要，但风云中人物的命运呢？同行作家徐剑身为军人，以长篇《大国长剑》《东方哈达》闻世，西部情怀浓烈，遂在山下徘徊良久，吟哦不绝。

此次，跟随徐剑老师，有感于蛰伏于贯通祁连山高铁隧道筑路人大气磅礴的英雄气概，又一起穿过9公里长的隧道，来到胭脂山。可感受到的又何止这些。

纵望河西走廊，南岸祁连，山顶上有雪，其余裸露部分整体苍凉。一时无法确定，这样的洪荒是否会延伸到世界尽头。

嘉峪关北边的野麻湾，是镇守肃州长城的重要关口，曾经水草密集，如今失却了水分，成为腾格里沙漠与巴丹吉林沙漠联手的边缘。文殊山东头的青衣寺，豪华气盛，是古代皇太子为反抗统治者腐化、暴虐，出家当和尚时百姓自发捐资修建的。

河西走廊多庙，由于土质、空气干燥，依山而建，经年耐用。也才有了辉煌的艺术珍品敦煌莫高窟、榆林窟、千佛洞。

走走停停，一面是祁连山的白雪，一面是粗粝的黑山。

祁连山与黑山原本是一样俊秀、漂亮的姊妹山。由于黑山心胸狭隘，只许别人夸赞自己，便使出招数，让自己比祁连山高出了一半。玉帝大怒，派火德真君放火，烧得黑山浓烟滚滚。善良的祁连山一步一个头磕到天上，哀求玉帝原谅黑山。玉帝被祁连山感动，又划指为河，让祁连山将大火扑灭。

传说毕竟是传说。一切都有存在的理由。植被与河流，与地势、温度有关。人改变不了什么，只能遵从。重要的是，人的一生该怎样度过。

离开苍苍莽莽的胭脂山行至霍城。霍城是霍去病驻帐之地，没有找到古迹，就连路边的小杨树也消失得无影无踪。

草原金色的黄昏铺天而来，想起唐朝韦应物之作。

胡马，胡马，远放胭脂山下。跑沙跑雪独嘶，东望西望路迷。迷路，迷路，边草无穷日暮。

边草无穷日暮。多好的诗句啊。绕了一大圈后，又从扁都口贴进祁连山，穿行在山谷中。

扁都口，是甘肃进入祁连的山口，地位可想而知，假如匈奴之铁骑翻过胭脂山，踏入扁都口，中华历史又当如何书写呢？祁连深不可测，历史总让身在现实的人思虑万千。

山谷中，白色帐房时隐时现，黑色的狗狂叫着。草原还是草原，只是接近了黑色，乌压压的潮水般涌来。

我感到了潮湿，感到了呼吸的顺畅和自由。从祁连山阴坡走进阳坡，一切都不一样。

青海的青，不只是因为青海湖的水，还因为青海的绿，祁连山的水。祁连山的胜景也如横空出世，让走过山山水水的徐剑老师大吃一惊。

但，通往祁连县城的路，总是寂静的。西部的旷达与辽远，在山与天空之间，在目力无法触及的草原深处。

伫立于卓尔山山顶，又一次坠入雾海。云朵在脚下游弋，山峰在轻轻摇荡。站在山顶，感觉自己与对面的山峰平行。有一种遗世独立之感。山腰间平缓的草地被金黄的线条切割成碎片，兀自靓丽。

许多次，穿行于草原，伴着细小的水流，闻着野蘑菇的清香，越丛山而过。然而沉醉的感觉，没有一次是相同的。314 省道溯河谷而行，山下谜一样的村庄一闪而过。一片云飘了过来，落下了阵阵细雨。湿雾中，祁连山像天宫、天边、天界。自高坡倾斜下来的绿，水一般流淌。

从前一日，自冷龙岭出祁连高铁隧道，到山丹、胭脂山，再从霍城回到扁都口，一直在祁连山身边环绕。这不是简单的游历，是一种难得的经历，是内心体验的冰山一角，却又壮观而繁复，沉重而欣慰。假如没有这座山，至少，巴丹吉林沙漠的大风，有可能荡尽大青海的旷野与草原。

此刻，这座山像一个伟岸的男子、一个缠绵的父亲，凝视着我这个只顾及眼前野花的女人。

但是，又不得不说到野花。祁连山腹地，任何一条河沟里的野花，都是海洋，是微波不惊的茫茫大海。当然，这完全不是人工种植的薰衣草能给你的，也不是法国普罗旺斯装饰一新的美。紫色的马莲、粉色的柳兰、黄色的马先蒿，各自为战，与云卷一起扑面而来，令人目眩，望洋兴叹。似有一种野性的力量在向你挑战、向你示威。唯一的愿望就是诚服于此，卧于花丛，让身体融化。

前面的山体在滑坡，一连几天的降雨使公路边的山石松动滚将下来。我们疾驰而过，但河沟里的景色依旧明丽、依旧难忘。

一位戴红头巾的年轻女人，直起身子定定看着我们。她正在采蘑菇，手里提着篮子。问她路，去天峻的路对吗？她遗憾地笑了："对是对，可是河水冲坏了桥，你们过不去。"

不甘心，又往前走了一阵。果然，原本连接河沟对面公路的桥、去天峻的路，只剩下露出累累青石的半边桥墩，一任翻滚的水浪冲刷。

和徐剑老师下车，面面相觑，又相视而笑。看样子，今天无论如何是走不出祁连山了。只有重返祁连、卓尔山下，再度过一个云遮雾罩的夜晚，明天一早越达坂山返城。

走吧，祁连山。重新上路，目的地还是这座山，这片妖娆的牧场。

回首眺望，年轻的女人还在采蘑菇。她哪也不去，哪也不想去。她的头巾鲜艳明亮，她的笑容朴实真切，与草原融为一体，与祁连山合而为一，成了最美的风景。

这不就是我日思夜想的生活、我青春般干净的梦吗？

草　湖

草湖扑入视野，似莲花绽放。

木草萧萧，风吹额发，头顶的太阳在缓缓移动。

巴丹吉林的黄沙覆盖了昔日岁月、辛酸往事。

微蓝的湖水映着野花倒影。仲夏的湖水里单瓣的花朵是粉色的、轻柔的。它们开在绿色枝头，与草湖相伴，于寂寞中惺惺相惜。

看惯了浩瀚无际的青海湖，青海湖的碧波，青海湖的蓝天，眼前残存于稀疏芦苇中的草湖，被连绵20余里黄沙遮蔽的草湖，竟是这样寂寥无助、脆弱哀伤，像一位失去情人、缱绻已久的美妇，慵懒中深藏忧伤。

不远处，明代用于守护草湖马厂、瞭望西北虏寇来犯的烽火台在蓝天下昂首屹立。迎着风站在土坯砌筑的古墩之上，草湖的千丘万壑尽在眼中。恍惚间，狼烟腾起、战马嘶鸣，又仿佛勇猛将士冲入沙场，以血肉之躯抵抗入侵者。刀戈、撕裂之声隐隐传来，血光中纵横着生死无常。

走下古墩，再睹汉大将李陵的墓冢，又多了几许沉甸甸的感慨。想当年，李陵奉汉室之命，率五千步兵对搏匈奴十万新装骑兵，斩将夺旗，视死如归。后迫于卷土重来的十万匈奴大兵，投降保身，以伺机向国君报答恩德。或有更多的人痛恨他没有战死沙场却苟且保命，胆小懦弱，给替他求情的太史公引来杀身之祸，惨遭腐刑。但不论怎样，在这位悲情英雄的胸中，依旧沉淀着含辱负重、平定西北的壮志豪情，依然深深寄托着对亲人、对生活的炽热感情，而这种交织着生与死、血与泪的情感在大漠孤烟、苍凉辽阔的黄河西岸，绝不是能用一腔哀愁和饮痛泣血的离情伤悲所能尽述的。巧的是此番与我同行嘉峪关的军旅作家朱秀海，也因李陵写下过一首五绝："沙漠三千战，惭降恨难言。空望秋日雁，又过长城南。"

李陵长眠在草湖岸边，他也只能在这里将息。多少年过去了，墓碑前的蒿草随风摇曳。不可能有一个亲人为他落泪，也不可能有一个人为了他等候。这样一个为人所争议的灵魂，也只能在边塞大地悲哀萧条的风中四处游荡。

西汉至明代，草湖在河西走廊承载着作为酒泉郡抵御匈奴、稳定西北的重要使命，为战争提供大量粮草战马，是丝绸之路通向西域的第一个岔路口，更是阻止巴丹吉林沙漠向东迈进的天然屏障。那时，源于地下水的草湖有芦苇环绕，涌泉相助，是与苍儿湖、花城儿湖连为一体的300多平方公里的大湖。连天的沼泽、欢跃的羚羊野兔、肥美的牧草养育着来此屯田、垦荒、驻戍、通驿的人们，也是游牧者牧羊、狩猎、纵马驰骋的天然牧场。即使上世纪 60 年代，草湖依旧是黄河以西面积最为广阔的一片绿洲。

可如今，草湖原来的绿野、喷泉、大湖、芦荡、冰草坡已不复存在，只有少量的芦苇、茇茇草和为数不多的柽柳环绕在湖岸。不过，大自然总是这样神奇，又这般富有规律。因为草湖的海拔比青海湖畔更低的缘故，草湖岸边的野花要比青海湖边的晶晶草、金露梅、银露梅长势茁壮，而且离湖不远，还生长着几棵枝干粗壮的沙枣树。这可是青海境内海拔较低的谷地和平原上生长的树。

沙枣花香气浓郁、甘甜，是青海人也是西北人非常喜欢的味道。喇叭形的黄色花瓣娇小秀丽，为西北干燥的土地增添了颇为细腻、精致的柔美风情。有一回，来自南方的朋友因为没有在青海看到沙枣树而深感遗憾，到了敦煌后，如愿以偿。但是生活在南国的他，又怎能体会这平凡素朴默默无语的树种在青海、在西北人心中的分量呢？

自然的变化有时候残酷得令人无法想象。站在草湖岸边，体味着阳光洒在湖面上的感觉，内心是悲哀的。风过处，微波涟漪，生动怡人，干燥的湖岸掠过一丝丝凉意。人是多么渴望绿色的生命。当绿树新鲜的肉体，出现在河西干枯、贫瘠的大地上，酒泉、嘉峪关、玉门、瓜州、敦煌、西宁这些重镇，才能穿越时空，才能迎接往来商贾，连接起丝绸之路的纽带，架起沟通东西方文明的桥梁。

自然的美是无限的。人感受到的美却是有限的。草湖的美，草湖之岸的野草、小花和芦苇，草湖拥有的历史与沧桑，是后来人不可能完全感知的。有时候，会觉得人类生存与进步的过程，其实就是一步步接近死亡的过程。这是多么凄惨的解释，然而往往又浸透着刻骨的真实。

站在草湖之岸遥望祁连山的积雪，只有它仍孜孜不倦地于春天流进河西走廊静谧的温床。嘉峪关狭窄的通道因为雪水滋生出绵延数里的讨赖河，维系着人的生命。为了调节气候、改善环境，嘉峪关政府开发的人工湖、种植的万余亩桎柳、3万亩防沙治沙的植被正发挥着巨大作用。走在绿树遮阴的绿色大道上，又有谁不为绿树的恩惠感到欣慰，更何况祁连山的冰川巍峨雄壮，像一面镜子照着人的内心。这就是自然，不容忽视的大自然。不仅仅是一片湖、一枚树叶。

生活在世界上的万物，都有相同的归宿。一片落叶关系着生物界的循环，一片湖水的消亡讲述着生死轮回的真谛。

走在巴丹吉林沙漠边缘，强劲的风让皮肤粗糙、长发坚硬，睁不开眼睛。但心却变得异常柔软、异常缠绵。是因为对草湖未来的担忧，还是对草湖的生存、尊严以及人类命运的担忧呢？又想到了青海湖，假如不倍加珍惜，青海湖的命运，也大致如此。人类脚下的土地属于所有生灵，人类没有任何暴殄天物、肆意掠夺的权利。要竭尽全力阻止人类着了魔一般的贸然行为，要尽可能谦虚，尽可能地以珍爱之心情呵护自然界中的一草一木。

当地人说，新城观蒲村一带草湖的边缘，有两条沟壑，一条因过去长满了蒲草，曰蒲草沟；一条因常有鹳鸟栖息，称鹳沟，这当然是从前的情景。如今蒲草没了，鹳鸟也不再出没。可是，既然这两条沟壑还在，草湖还在，人们心中的眷恋之情和由于蒲草和鹳鸟命名的记忆还在，鹳鸟就会归来，就会重新在迷人的蒲草间觅食，在优雅的草湖欢唱。而这些美妙的生命所象征的大千世界，也一定会和许多人的心连在一起，成为优美的风景。

初秋的夏拉草原

在望湖亭吃过正规的藏餐，又在湖畔为我们一行中唯一的小公主仁卓摘了许多嫩黄色的做手链的蜜罐罐花，我们这才一步一回头地离开青海湖，前往海南州州府恰卜恰。

大湖之南，小路蜿蜒曲折、向前延伸，波荡起伏的草原明亮鲜艳。

身边的道帷多吉说，这就是夏拉草原，一处还没有遭到闲人践踏的净地。我一边应承，一边被这片绿油油的、却已显出雍容华贵的初秋的草原迷惑。

天近黄昏，带着水汽的阳光仍然沐浴着草原，照亮了所有的皱褶。草地金光灿烂，小河熠熠生辉，变化着光泽。很远的地方，地平线上有重叠的浅灰色山影。到了这个季节，阳光如此温暖，是我料想不到的，真想像一只绵羊蜷伏在草尖上休息，直到光线减弱，直到消逝在西山顶上。当然，这种想法只是一闪而过，我更愿意夏拉草原永远不被打扰，永远平静，水波一般潋滟。

从青海湖南岸经夏拉草原到恰卜恰，住宿一晚，再到贵德，可以领略一路景致，享受此番游历带来的快乐。可是，不知为什么，这条理想的旅游路线，竟让我多了一丝牵挂，仿佛心爱的东西，会随时被人抢走。原因是，这片草原太美了。

明亮的太阳依然低低地挂在深蓝的空中。站在草地上，初秋的微风划过浓密、柔软的草叶，抚摸着我的脸颊，又迅速穿过紫色的秦艽向天边飞去。

几束卷曲的树叶躺在草丛中，是让人拔起来不久，又被扔掉的。我捡起来仔细端详，它的根部又肥又大，像萝卜一样湿润可爱。同来的作家井石先生说："你可别当萝卜吃了，这就是草原上常见的狼毒花。它的生命力很强，有药用价值，也有毒。过去，酿酒的人为了让酒增加蛮力，可放一点狼毒花进去迷住人。"

初秋的夏拉草原，此时真有点狼毒花的味道，一处稍显黄色的草地上，各色野花相互交错、低语。草叶的颜色和花的羞怯，让人晕眩。放眼望去，一群群白色的羊，吃饱喝足，懒洋洋地迈着步子，只有黑色的帐房，像年迈沉稳的父亲，等待着归来的儿子和猎犬。

黄昏终于来临，温暖的色彩使草原沉浸在田园般的宁静中，加重了人们归属自然的心境。想起早年资质聪慧、才华出众的六世达赖罗桑仁钦·仓央嘉措，被押解至青海湖畔，前途缥缈不定，满腹惆怅。想起他经历了人所未闻的奇遇与险情，见过了太多的苦难与沧桑，早已将自己的生命和期望托付给了自由飞翔的仙鹤。

> 洁白的仙鹤啊，
> 请把双翅借给我，
> 不飞遥远的地方，
> 只到理塘就回。

传说，仓央嘉措遭恶人陷害，毒死在青海湖畔。但是，人们更愿意相信这样的传说，当仓央嘉措经过青海湖畔，被这片草原的宁静安详打动，沉迷于湛蓝、迷人的湖水，想到人生苦短，世俗世界的争执抢夺，毫无意义的尔虞我诈，便在圣洁的青海湖畔仙女湾悄然遁去。

> 花开季节过了，
> 玉峰可别悲伤；
> 和情人缘尽了，
> 我也并不悲伤！

这诗中的情人，或许就是那凡尘人间，缘分已尽，了无牵挂。

300 年过去了，诗人早已远离人间长辞。但是，他发自内心，充盈着人性温暖，质朴、深情又浪漫的诗篇，不知感动了多少人。

这个月过了，
下个月来了，
吉祥洁白的月亮，
上旬就来拜望。

柳树爱上了小鸟，
小鸟爱上了柳树，
只要双双同心，
鹞鹰无隙可乘！

神树香柏枝头，
年轻的杜鹃儿落下，
不必多讲什么，
请说一句动听的话儿。

第一不见最好，
免得神魂颠倒；
第二不熟最好，
免得相思萦绕。

想想这样的诗句，怎么能不千古流芳，传颂于青海湖畔？

在夏拉草原的深处，无意间见到了一处故人踪迹。残破的断墙，已无法让人体会往日的尊严，但是仍然能清晰地感觉到，这里曾经是一个多么温暖的家园。为了保护这个家园，草原上的人一定付出了巨大的代价。残墙的旁边是一座高大的峨堡，插满了兵刃，其中一个保存极好，四五厘米长的银色箭镞引人瞩目。从事格萨尔研究的角巴东主先生围着它转了又转，"走过许多藏区，还从未见过这么大的箭镞，显然这里发生过规模很大的战争。"我也转了又转，过去，人们对武士充满敬仰，才会用这样的方式纪念；以宗教般的情怀感念、护佑一方勇士，祈祷幸福生活。

离峨堡不远的地方，残存着荒芜已久的藏传佛教寺院遗迹，由于年代久远、战事频繁，没有留下完整的建筑，看来只能依靠同来的藏学家、历史学方面的专家考证来龙去脉。

在草原上行走的时间长了，常常会有这样的感觉，既不想辨认方向，也不知目的地在哪里，眼睛迷离，踏在草地上的双脚会觉得很有弹性，呼吸顺畅，想象力似鸟儿展开翅膀。

一切温柔的记忆在眼前浮现。爱你的人，和你爱的人。

生活如同黄昏临近。如同草原画卷，轻轻展开。往事、感情、力量、自由、灵魂，在空中飘荡。草原广阔，没有水泥，没有门庭，没有嘈杂之声，没有什么东西可以阻碍思想……

光线终于暗了下来，夏拉草原变得有些深沉、有些忧郁，宁静中能感觉得到它的心跳。如果没有人来烦扰，也许它会更加惬意。即使来了，也未必能够完全理解草原的伟大与胸怀！

塔拉，塔拉

塔拉，蒙古语意为天堂草原。

塔拉台则是青海海南藏族自治州共和县境内一大片风蚀丘陵状地带，坐落在县城的东南方向。初冬，去果洛、玉树的车辆都要从这里经过，但是没有一辆车愿意在此停留。这里的风声来自遥远地域，不可捉摸的蛮荒之地，由远而近，响亮、可怖。

风越来越强劲。一生从来也没有见到过的大风，让我万分紧张地睁大了眼睛，却辨不清风的方向，只觉出呼啸着的风的巨大力量，以强劲的速度扫荡着干枯的原野，整个汽车都在惊惧中不住颤抖。如果不是在车里面，如果不是在一个相对安全的地方待着，我会被来自四野的风卷起，再重重地扔在山沟里。

四周起伏的山峦和戈壁被卷起的尘沙遮蔽。透过玻璃窗，隐约可见路两旁黄色的芨芨草、匍匐在地皮的早熟禾，在狂风中可怜地挣扎。土黄色的沙土随着风力呈堆状向青色的路面铺展开来，车轮弹跳着，沙沙的声音，好像有很多人拿着大扫帚在扫地。

前方的道路尘埃弥漫，不见天日。昏昏沉沉中，我的大脑在瞬间突然变得混沌，懵懂中仿佛挨近的是地狱之门，往前走和往后走都吉凶难料。

开车的司机王班长是一位三十出头的年轻人，在海南州通往塘格木的这条路上跑了十多年。原来的部队从塘格木农场撤出，这一趟他也是最后一次跑这条路。

这个地方一年到头刮两次风，一次从春天刮到夏天，一次从秋天刮到冬天。一年到头，没有几天不刮风。冬天的风冷酷无情，肆无忌惮地吹，牧人们只能躲在冬季草场的帐篷里，喝青稞酒，讲故事。老人们会念经，偶尔也会弹琴、唱歌。女人们则转来转去做着忙也忙不完的活。

王班长的话，让我的脑子渐渐清醒。这时候，才想起那肆虐的风，恣情四溢的风，是从西北方的青海湖吹来的，它轻轻松松地掠过清澈的湖面，带着太阳，带着呼啸，以神奇的魔力荡起土层，把终年静止和昏迷着的土壤变成干枯的荒滩，把晴朗明媚的天空变成蒙着一层厚厚面纱的怨妇。

从此，那些远古的、悠久的、不能够磨灭的悲哀就在塔拉台的上空日夜盘旋。

还是在风中。车窗外草原干枯，见不到一丝绿意，只在平缓的山坡见到几只慢慢悠悠啃食草根的山羊。裸露的山冈，绵延的群山，像怪兽向后游移。我很想把这一切看得更清楚一点，我相信有一种富有灵性的东西藏在草地深处，只有到了非出来不可的时候，才会展开姿颜，才会让人目睹它妖艳而令人惊觉的美。

三塔拉到了——塔拉还有高地的意思。这也是王班长告诉我的。他说，这一处被称为塔拉台的风蚀地带，有三个台阶，当地藏人叫一塔拉、二塔拉、三塔拉，平均海拔 3260 米。二塔拉的风力最强，过了三塔拉就好多了。果然，在一处稍显急促的拐弯处，能够明显地感到台地的转换。不知不觉中，天空渐渐透出了蔚蓝的颜色，越来越亮。荒原之上，芨芨草的影子、沙柳的身子变得茁壮起来。又过了一会儿，风声减弱，高原紫色的阳光，迅速而无遮无拦地铺展开来，让天空与地平线有了明显的界线，我的心情也从灰暗的混沌状态回到了清明之中。

继续往前走，目的地塘格木农场焦枯而广袤的田野，终于出现在眼前。这完全不是想象中，千千万万人曾经耕耘劳作的农场，倒像是一块块废弃了的野地，没有牲畜，没有水源，没有人烟。这难道就是夏天开满油菜花，秋天青稞、燕麦成熟的地方。

王班长却似有些炫耀："当然啦！塘格木的夏天好看极了，草滩上有蓝幽幽的马莲草，地里有无边无际的油菜花、青稞，要不然，我怎么会往这儿跑这么多年。"可是，美丽的夏季毕竟太短，在这片荒芜的道上开车，不可能像看风景这样轻松自如，真不知王班长吃了多少苦。

海南州与塘格木之间只有 70 多公里，一段不算太长的路。但是，这里的荒凉和孤独足以让人望而却步。多年的重复和单调的路程，让一个年轻人靠着怎样坚强的毅力与这片沉睡的土地交流呢？无意间，我看见了年轻的王班长几乎脱光了黑发的头顶，这是塘格木恶劣的水质造成的。如果早上几年，也许我会忍不住向他投去惊讶的一瞥，甚至会笑出声。但是现在，我真的不敢，不敢若无其事地直视那样一张秃着头顶的年轻英俊的脸。严酷的自然环境和单调枯燥的生活，对生命的侵蚀多么无情，多么沉重。很多人不明白，是什么力量支撑着像王班长这样的一批人在缺氧、荒凉、飘渺、寂寞的地方留下自己的青春印记，离开后又魂牵梦萦，无法忘怀。

我知道了，在这片荒芜的土地、独立的空间，哪怕是最平庸的人，只要能够静静伫立，将这片大地高高托起，生命的意义就会立刻发生根本性的转变。

天空的浓云早已疏散。因为少有人烟的缘故，一些低矮的草，尽可能地在努力生长。我们停下车，吃了携带的干粮，重新上路，一直向西，向西。不远的地方就是广阔的切吉草原，但我们无法靠近，深不可测的沼泽挡住了去路。没有足够的勇气与魄力，我们只好下车，在冷酷的寒风中，愣愣地面对没有尽头的荒原出神。

只有到了六月，沿塔拉台向西延伸的草地，才会慢慢变绿。可八月之后，又会迅速变黄，变得憔悴不堪。短暂的、令人心痛的绿，只留在人们心里。

一时，言语苍白无力，温馨的生命的恩泽，只能来自天边的一丝火烧云。草原如此苍凉，又如此坚定。稀疏的、莲座状的植被，天边的雪峰，牢牢固守着桀骜不驯的品格。但是，谁都清楚。山地和雪山，羊群和草滩，无所谓荒凉，真正荒凉的是我们的内心。

风吹起了我的头发，哆嗦的嘴唇说不出话来。

黄昏在这时候突然降临，飘浮的白云金红一片。

原野如此沉静。仿佛天堂和地狱只有一线之隔。

我忽然疑惑起来：这是在哪儿呢？

王班长说，越过这片沼泽，再往前，有一个荡着牧歌、飘着酒香的红旗村。村子里住着男人、女人和老人，而我才清醒了不久的脑子里，恰巧冒出了诗人昌耀的诗句：

前方灶头

有我的黄铜茶炊

但我们何时才能到达！

马莲滩

沿祁连山往东，过青石嘴，到了浩门镇。这时，辽阔的草原在不知不觉中已经变成了无边的田野。田野里种的是油菜，虽然没有开花，但墨绿色的、像水一样沉静的绿浪同样令人心醉。

我们停在一处马莲遍地、青草肥沃、羊群出没的小河边，远方是连绵的祁连山。不知为什么，羊群的身边没有牧羊人。

陌生人的到来引起了羊群的不安，但很快它们便平静下来，继续啃食鲜嫩的青草。

外地来的朋友在河边专心地挑拣石头，已经找到了的，满意地抱在怀里。还有一位，正一门心思地砸杏仁吃。

我登上不太陡的斜坡，未等直起腰，就看到了一望无际的油菜地。一位老人蹲在窄窄的田埂上，穿一件深黑的衣服，皱褶处沾满了白土。帽子的边沿失去了颜色，似乎也落了土。

我很高兴，在黄昏降临的时候，能遇到一位当地老人。

我在离他很近的地方蹲下来，老人早已见到我，并不诧异，仍然低着眼睛用一张棕色的粗纸，卷着很少的一点烟丝。可这张纸很不争气，它在老人粗壮的手指间来回折腾，怎么也不听使唤。我站起来跑到朋友那里，要了一支纸烟，又气喘吁吁地跑回来递给他。老人抬起眼看了我一下，虽然没有咧开嘴笑，但是看得出，心里是快活的。

老人向远处观望，并没有马上享用这支纸烟，而是把勉强卷在一起的那支粗糙的烟含在嘴上点着了。烟一点也不呛人，淡淡的烟草味，但是他却眯起眼睛，深深地吸了一口。

六月的天空静悄悄，清澈如水，静谧如玉。天气开始变暖，老人还穿着夹衣。

老人是来放羊的，沟里吃青草的羊全是老人家的。

老人家问我："你来这里做啥？"

"我是路过，看见这么多的马莲就停下了。"

"你不想看看油菜花吗？"

"想看啊！好像离开花还有一段日子。"`

老人点点头："要到七月初或中旬，今年有个闰七月，恐怕还要迟一些。"

"开花的时候，热闹吧！"

老人还是没有笑，浓黑的眉毛抖动了一下，嘴角溢出了笑容。"热闹，来的人多，住都没地方。"

烟很快就吸完了，老人这才点上那支纸烟长长地吸了一口。

听人说，门源有片马莲滩，马莲滩上有马莲乡，马莲乡有个马莲村。我问老人，他们是冲着马莲花的香气去的吗？

老人摇摇头："马莲乡就在大通河南岸，你现在站的地方就可以看见它。不过这些年，已经看不到那么多马莲了。"

我站起来，睁大眼睛越过蓝盈盈的河面，除了绿色的油菜地或黄绿相间的青稞，什么也看不见。

很久以前，河的南岸，长着密密的马莲。因为人少，也不缺地。所以，马莲就在潮湿的河岸边、山坡上，无拘无束、自由自在地疯长起来，成为大板山下夺人心魄、记在心里的风景。

康熙21年，门源内乱，人们互相残杀，被派往门源的清军走了四个月，才赶到这里平定了内乱。疲惫不堪的人们，经过战争创伤后，民穷财尽，被迫离开熟悉的家园，迁移到河南岸，重新垦殖、开辟新的生活。1949年，门源再次遇到同样的劫难，战后民不聊生，就连堂堂的县太爷都没有了自己的衙门，不得不在关老爷的破庙里安身。我身边的这位老人因为那时候已经15岁，还参加了当年的自卫队，才有了这样深刻的记忆。

从那以后，马莲滩上没有了那么多的马莲，取而代之的是一户农舍挨着一户农舍的村庄，一片又一片金碧辉煌的油菜地，和大通河北岸的油菜地一起构成了两条宽阔无比、绿黄相衬的滨河绿化带。

七月，是门源的黄金季节。

老人告诉我，再过几日，这眼瞅着满眼都是绿的油菜地，会在不知不觉间突然绽放，像初升的太阳喷发出金色的光芒。微风轻轻掠过，大通河沿岸湿润的空气会弥漫起油菜花特有的芳香。到那时，地上是菜花，天上是菜花，就连大通河的水面上都是菜花的影子。你无法想象这种鲜艳的颜色会这么长久地成为土地最基本的色彩。像梵高的向日葵，像金色原野，带给人的冲击力，像一个人一生中，最脆弱或最强大的瞬间，放在心上，挥之不去。

到了那时候，养蜂的人、观景的人，蜜蜂一样轻轻低吟，从一个光斑飞向另一个光斑，一直到明艳的土地流出甜蜜的河流，孩子一样欢快、生动。

离开门源时，同我道了别的老人坐在田埂上又开始慢慢地卷他的烟丝。吃饱了的羊儿在小河边饮水，田野泛起一层层绿色的涟漪，如待嫁的闺女，和这里的人们一起，静静等待，等待七月里，那无法阻挡、滚滚而来、鲜艳又灿烂的金色风暴。

七月的洮河

不知道，与一条河流的告别，会令我这般惆怅，还没走出多远，就已经开始思念……

七月的洮河，所有的意向都指向天宇。河床温暖、石山葱郁，草地青翠如玉，绿得望不到尽头。更令人惊讶的是，虽身处海拔3700米的高度，洮河却是黄南州境内唯一冬季不结冰的河。这就使这条偏僻淡泊、不甚喧嚣的黄河支流，增添了几许神秘的韵味。而我，对于这条河流的爱意、眷恋，即是这条河在宽广无垠的草原上日夜兼程时，全部的风景、别样的美。

世界上，哪一条河不依赖土地，又滋养着土地，何况洮河。从发源地青海省黄南州河南蒙古族自治县李恰如山与莫尔藏阿米山之间的代富桑沟，进入牧民的生活开始，洮河便携带着它与生俱来的生存活力，维系着黄河上游乃至中下游的草地生态和湿地生态系统，成为上苍赐予青海、给予河南蒙旗草原人幸福、安宁的生命线。

雨过天晴，草地清凉，空气里弥漫着草木芳香。融融的

海心山 / 辛茜

阳光下，洮河轻轻跃动，泛起的粼粼波光，清澈无瑕、银光闪闪，霸气十足地照耀着两岸。于是，河流的两岸渐次出现了一幅幅以密集的高山草甸、层层灌木为主题的山水画。画中，有野花、小溪，有珍贵的留鸟蓝马鸡、候鸟灰鹤轻盈地飞过，还有隐匿于林间、深居简出的雪豹、梅花鹿、白唇鹿。而雪莲、贝母、大黄、松香、冬虫草、藿香、紫花地丁等药材，则藏于深山，只能于出现在披碱草、嵩草里星星点点的白花、黄花、紫花中寻觅踪影。

凭直觉，我感到洮河，在这片辽阔的草原上，有着至高无上的权威。其尊严与王者气概、宽容与敦厚善良，是对土地的承诺，也是对草原的款款深情。它像蒙古人喜欢的蓝色哈达、像西倾山下健壮的河曲马，更像勤劳质朴的牧羊女，令大地熠熠生辉、阳光含笑、月亮欣慰。它流满山谷，神采奕奕，千年万年地哺育着草原、牧人、鲜花与牛羊。

一只好奇的旱獭从山上跑下来，双手作揖，孩子般伫足而立。它凝视的远方，是洮河对岸嵯峨俏丽、青草葳蕤的山峦；它激动不已的是，正有一道道浓密的紫色杜鹃，顺山坡瀑布般倾泻而下，云蒸霞蔚。

一团火焰，自心中陡然升起，燃遍全身。

大自然如此多娇，怎能不叫我心神荡漾、如痴如醉。这是令世界和人类忘记空虚、恢复创造力的景色，是大地恢宏的成就、抒情的歌。

再往前，洮河头顶蓝天，浩浩荡荡。几只娇小的山雀在宽阔的河面上低空飞翔、呢喃自语。金黄色的酥油花、红色的珊瑚花、蓝色的龙胆花竞相争艳，草原变成了华丽的锦缎。

曾经在大板山东麓的石坡地，见过葵花般大小的全缘叶绿绒蒿，那酷似皇后般的雍容华贵、端庄气质，让我心中荡漾，写下了一首首赞美的诗。而今，又在洮河两岸，幸运地目睹了精致、含蓄、羞怯的一朵朵红花绿绒蒿。这使得我中一颗敏感脆弱爱花的心，对洮河产生了无尽遐想。

绿绒蒿和杜鹃、迎春花、龙胆一直被植物学家誉为青藏高原的四大名花，象征着高原人顽强坚韧的生命力。此刻，绸缎般嫣红的红花绿绒蒿近在眼前，俨然洮河两岸尊贵的公主。红得干净、娇得明艳。宝石般内敛、大气，凝聚着土地的精华、河水的光芒，是边陲青海、河南蒙旗大草原纯洁烂漫的生命。

我无法回望洮河的前世今生，也无力断定它的未来。但是我，有足够的勇气相信，作为三江之源核心保护区的洮河流域，必将受到人类的倍加尊重，成为人类延续生命的祈福之地。

生命的诞生，总是伴随着痛苦。因为高寒，因为边远。洮河，如同草原上的每一条河，承载着太多的使命，略显忧伤。可它最知生与死的界限、生命的本质，不过是从一个鲜活的世界，走向另外一个世界的过程；它最懂得每一个生命都有自己的路，都得靠自己一步步走。无悲无喜、无怨无悔。如此，它才会这般坦荡自信、这般率性真实、这般浩气长存，并深知，面对生活和苦难，唯有顺应自然法则，择善而行。

　　洮河并不是天涯之境，它一直在流，一直舒缓而平静，一直甜蜜而优雅。两岸风景变化旖旎，无非是在提醒我，大地始终清醒。在它身边，我又一次享受到了人间幸福，这幸福由来已久，却被我常常忽略。我想，有一天，当我重新站在洮河岸边，回想起沿洮河向东而行的七月，那碧绿、殷红、金黄的原始之色，穿过心肺时悸动的感觉，我的心里也会流出一条河，一条出自洮河心底、珍惜生命的河。

　　黄昏临近，就在洮河即将奔出河南蒙旗草原、流向赛尔龙乡的一瞬，一只昂首回望的巨大卧虎，身披七色彩霞盘踞对岸，拥住了洮河的出口，就在我禁不住发出长长的叹息时，由金露梅编织而成的一条条赤色斑纹，让这只巨虎呼之欲出，腾空而起，甩出了粗大的长尾。

　　原来，是这只虎神庇护着洮河，任洮河两岸风光葳蕤、草场鲜美、牛羊肥壮、老人们慈祥安逸。这不是幻觉、不是臆想，是大自然召唤人类的方式。不然，洮河为何会在此突然转身，留恋地痴痴张望，促成了天下黄河第一湾的奇景。

　　正暗自庆幸。又听见，虎神之音深沉激越，如洪钟激荡着人的心灵。

河流远行

苏莲河

那是一条古老、清纯、美丽的河流。

河流的清晨过于柔和，飞翔的雪雁下，动人的绿色又过于丰饶。

那是一条源自大通境内、达坂山南麓开莆托脑中山的河流。《水经注》中被称为长宁河，现在叫北川河，古名又为苏莲河。

午后，斜阳丝丝如缕，我看见林中的马鹿正欲归家，岩羊的身影在山崖之上一闪而过，这条河由涓涓细流渐次丰润，渐次华丽，奔流而下，自西北至东南，自海拔4000多米的雪山穿山越岭，在下旧庄附近，轻轻揽过右侧的黑林河，又在大通县城桥头镇，顺势搂住左侧的东峡河，从东南转向，径直向南，一直到孙家寨，一直到海拔2200多米的青海省会西宁，投入湟水的怀抱。

　　平原上生活的人，也许不会相信，走进雪山草原的空旷与苍凉、野性与大美之前，高寒、缺氧、紫外线强烈的青海高原会在人们面前呈现出如此秀丽、如此多姿、拥有10多万亩林地的绿地。

　　这是因为，年轻的青海高原虽地处世界屋脊、青藏高原东北部，地形高耸，世界闻名，却由于地质、气候、土壤、植被等的不同，地貌特征差异有别。这是因为，从西到东流贯其中、扇状分布的众多大河支流，让这片湿润多雨的绿色谷地、山林对峙，灌木成林，乔木枝叶繁茂，在屏障似的达坂山面前，宛如一条绿色的河流，蜿蜒曲折、绵延起伏。

　　大通县距离西宁市较近，儿时父亲总带我去老爷山。老爷山又称"北武当""元朔山"，与北川河下游东峡河口右岸的香山遥遥相对，于是形成了600多米长的大峡谷。香山海拔2746米，裸露陡峭、草木稀少；老爷山海拔2928米，山峰绮丽、树木葱茏。春天，百花齐放，绿叶新鲜。夏天，野芍药、野草莓遍山漫野，柔嫩娇贵的野蘑菇一朵一朵点缀在绿草丛林下。

　　避开登山的台阶，我跟在父亲身后沿着长满草木的小道，费力地向上爬。山势越来越陡，树下的野草莓却越来越多。我边摘边吃，一不小心，让萱麻咬了手，又痒又疼，像扎满了刺，不由放声大哭。泪眼朦胧中，突然发现前面不远的山坡上，长着一个像盘子一样的蘑菇。指给父亲看，父亲也很惊讶，松开我的手，要去给我摘。可是，长蘑菇的地方地势更陡，我不愿意让父亲去。可父亲为了满足我的好奇，让我开心，还是冒着危险，硬是把它摘下来递给了我。

哦，那可是我至今见过的最大的蘑菇。它非常漂亮，一身洁白，无丝毫瑕疵，肥厚的伞柄支撑着细腻鲜润的伞盖，浓烈的香气沁人心脾。我闭住眼睛深深地吸了口气，山林的气息、土地的味道让我沉醉。但是，它清洁的身子离开土壤后没有坚持多久，便不再靓丽。根部和伞盖的边沿渐渐发黑，脑袋摇摇晃晃，已经没有力气支撑身体。无奈中，回到家的父亲只好用它做了一锅鲜美的蘑菇汤，把它留在了我的肚子里。

秋天到了，大通河谷野树野果满山满坡，万紫千红。沙棘果营养丰富，似玛瑙闪亮。酸瓶儿像缀于黄花中的小花瓶，清秀妖娆。五月开花七月成熟的梅子挂满枝头，流着黏黏的汁子，染红了孩子们的馋嘴。马奶子、地瓢儿，叫不出名子的野果子一簇簇、一丛丛挂满枝头，酸甜适口，吃也吃不够，吃也吃不完。就连庄稼人编制背斗、箩筐的天然材料也遍地生花。五月开花的牛荆条，香气四射，颜色水红，编出的农具结实耐看透亮。叫缠条、胡儿条的，形态不同、花色斑斓，编出的物件妙趣横生。

当然，除了天然灌木林、乔木林 50 多万亩，大通河谷还有以青杨为主的 3000 多亩人工林，覆盖着大片原野。珍奇名贵的狍鹿、大鹿、野马、黄羊、香子、熊、豹、雪鸡、野雉悠然其间，大黄、党参、茅香、黄芪掩映于鲜花草丛。

青海人爱树、爱花，从不轻易砍伐林木，从未停止过植树、栽花。近年来，达坂山下，茂密的森林里荒漠猫、马鹿、淡腹雪鸡、胡兀鹫、赤狐等珍稀野生动物数量增长。据可靠消息，前几天，还有人在达坂山南麓平缓丘陵地带看见了一只雪豹。

高原生态系统的旗舰物种雪豹，被称为高海拔生态系统健康与否的"气压计"。雪豹出没于海拔4487米的北川河源头，是青海人的骄傲，也是青海人常年保护生态环境的功劳。当然，最重要的还是这条河。这条河的宽厚秀美；这条河的绿色生态；这条河精雕细琢的风景与雪山；这条河怀有的、与林木相互依存、与青海人相濡以沫的情感。它能让夜莺在清晨、傍晚自由歌唱；让开垦的农田渐渐舒缓开阔、沿坡而上；它能让勤劳的农民在田野里安心地播种小麦、蚕豆、油菜。累了时，拭去满脸汗水，敞开胸膛，坐在田埂上心满意足地喝一杯浓浓的茯茶，心儿宽展得能走到天涯。

布哈河

到过天峻的人，会有这样的感觉，仿佛这里的草原离天最近。碧草连着天涯，似美酒浓郁醇香，这种感觉就是海西州天峻县夏季牧场千里草原的美景。

不知什么时候，一条温暖的河流自祁连支脉疏勒南山、曼滩日更峰北麓流到天峻县，在流淌了286公里以后涌入了青海湖。人们称这条长长的水系为"布哈河"，蒙古语意为"野牛"。可是这条河却一点也不像野牛那样倔强、凶猛，反而犹如健康的妇人，淡淡地，缓缓地，在天峻草原上俯行、伸展，让周围的牧草因了它的存在，成为柴达木盆地最肥美壮阔的草场。

中午在街上吃了最好的酸奶子，便和朋友们一起离开县城去草原深处。走不多远，再沿着一道斜坡，慢慢往下移就轻而易举地触摸到了布哈河清悠悠的绿水。

河水在阳光照耀下，不算很凉，但也是下不了水的。水里有很多五彩斑斓的石头，大家都弯下身子细心挑拣。我因此得了一只酷似脚丫子的石头，放在河水里连脚底的纹路都清晰可见，连忙像得了宝贝似的收了起来。褐色灌木高高低低，蜿蜒在布哈河两岸，偶有几点血红的果子露出头来，摘一颗送进嘴里，却不敢咬。

那一天，天气晴朗，布哈河的水显得格外清亮。四处静悄悄的，只听见轻轻的水声。如果没有人来，陪伴这条河的只能是变幻无穷的天空和大地，可是同我们一起来的朋友们，都像是被这条在高原上静默的河流迷住了。都在想，这是一条多么安宁、多么清澈、多么深邃的河流，影响着周围事物和环境系统、生命。它把周围的一切都包容在一起、团结在一起，让它们富裕，让它们因为它而增色。

在横贯了天峻草原之后，不声不响的布哈河进入了更加广阔的下游湖滨草原铁卜加，性情也显得特别温和，成了哺育青海湖裸鲤的摇篮。每年七八月份，成群成群的青海湖裸鲤溯流而上，在布哈河及其支流平缓而温暖的河道里产卵育幼。在这段温暖的日子里，每一条清清的淡水里都游动着光滑柔软的湟鱼，挤挤挨挨，水花飞溅，很是热闹。在这样的时刻，最好不要有什么人去打搅它们，哪怕是最轻的脚步声恐怕也会破坏它们快乐的感受呢？大鱼在布哈河的怀里产卵繁殖，小鱼在那里慢慢长大，然后再从容地和布哈河一道流入青海湖。

还有更美的呢，在布哈河注入青海湖的地方，大范围的冲积地带布满了斑头雁、渔鸥、棕头鸥、天鹅等鸟类喜欢吃的嫩叶、草籽，所以在青海湖西北部布哈河河口的三角洲上，又诞生了与之相连的一个半岛，一个迷人的岛屿，闻名遐迩、举世瞩目的鸟岛。

于是，布哈河这淡淡的河，以淡淡的影踪流淌在原野，到最后留下的是一个说不尽的湖、一个说不尽的岛。

跟着黄河走

东营离我很远，知道那个地方，是因为和我血脉相连的黄河。这条大河如雷贯耳，源自青海省玉树藏族自治州，巴颜喀拉山下一片湿润奇崛的土地，一条藏语意为"红铜色"的高山河流卡日曲。

卡日曲很安静，终年沉默，匍匐在深绿色的草地上，任千年万年的雪水，沿巴颜喀拉山北麓，带着自己纯洁无瑕、蓄满阳光的体温，缓缓东流、东流。她从来不曾想过，自己干净的身躯，会在厚重宽广的青藏高原汇聚起科曲、达日河、切木曲、巴曲、曲什安河、芒拉河、隆务河……数不清的雪山涌泉、涓涓细流，经曲麻莱、玛多、达日、甘德、久治、尖扎、民和，自寺沟峡从容穿过，再同湟水、洮河、大夏河几条重要的支流于山谷间亲密团聚，回首一望之后，或蜿蜒缠绵，或劈山穿凿，或毫不畏惧地冲出青海，成为这个世界上，永远不可被藐视的中国第二大河流。

多少年过去了，生活在草原上的牧民，并不在意身边偶尔穿过的一条小溪或者几条纤细微弱的小河。他们根本无须了解卡日曲是从哪里来的，又要到哪儿去。他们依恋的仅仅是雪山顶上那一抹永不褪色的朝霞，黄昏中那闪烁着粼粼波光的河水的倩影。

影子在慢慢移动，女人们忙着打酥油、挤奶、抹牛粪。男人们则走得很远，很远。放羊、放牛，唱拉伊，想念着昨晚的温情。

记忆中，伴随黄河一起生长的，是坐落在浑黄圣城、褐色山坡上每一座金碧辉煌的宫殿，每一块隆起的肌肉和每一处湛蓝的天空下自由伸展的小城和街道，希望也仅仅是盛开在每一条河谷的黄色菜花、青色豌豆、四季丰饶有别的翠湖上振翅飞翔的斑头雁……

也许，这才是一种实实在在的抚摸，让温柔的手从粗糙的胸膛上滑过，紧贴心脏，体会呼吸和脉搏，再从湿润的河床、幽香的草叶、不知疲倦的鼾声中，感受她的存在、她的价值、她不竭的生命力。

多年后，当我经历过许多平凡的日子，终于到达黄河入海口东营，一座美丽、富饶、明亮的城市，我依然无法摆脱对黄河沉重忧虑的思念。我意识到，我的心和黄河贴得更紧。

那是来到东营的第一个夜晚，不知为何彻夜难眠。在没有声响的夜晚、没有灯光的夜晚，我一直在想象中华民族的母亲河，在经历了那么多的辉煌、苦难后，又会以怎样的姿态和心情，投入大海的怀抱。

清晨，渤海湾上空清风凛冽，带着一丝伤感。没有味道的朝阳，如白色屏障覆盖在年轻的平原上。遮住阳光的云层深厚，无从琢磨，却抑制不了我一睹黄河投入大海怀抱的渴望。

吃过中饭，在海边等到了一艘驶来的汽船，和同来的朋友们小心翼翼踏上甲板，站在船头。

然，大海苍茫，天海一色。朦胧的空隙间，偶尔透出的几许淡漠之色，仿佛高原荒凉的戈壁、无尽的沙丘，竟没有呈现出一点点黄河进入大海的轨迹。

船在行驶，三两只黑白相间的海鸥鸣叫着，从海上匆匆掠过。可是，船为何要调头返回，不是还没有看到黄河入海时的壮观景象？我和朋友彩峰，着急地四下张望，不顾劝阻下到右边的船舷，再跨到护航的小艇上，向船工询问。

身体结实的船工，露出一排整齐的牙齿轻轻地笑了。

"哪能那么容易看见黄河入海时的模样？往前看吧，不远处就是一道拦门沙，那就是黄河入海的地方。"我凝神注视，黄河往下流，海水往上涌，黄河带来的泥沙沉积在河口，变成了新生的土地，而黄河，这条举世瞩目的河流，早已经和大海融为一体。

顺着船工所指的方向望去。烟波浩瀚，水天相连，迷蒙的世界里，银灰色的大海在汽船深沉如低音和弦的伴奏下，浩浩荡荡、无声无息。

我看不见黄河与大海的界线，听不到黄河与大海奏出的不同音调，甚至看不到丝毫有区别的颜色，更无幻想中波澜壮阔的起伏、喧嚣、呐喊，只有运足气力，以不可磨灭之憧憬、热情，拥抱黄河、大自然旨意的海洋，在黑夜与白日、夏天与冬天，从西方到东方，从高原到平原不停地流转，流转……

我的心慢慢沉静下来，甚至为我曾经有过的欲望羞愧。

即使是一个有心的人，也不能肯定，自己是否具备足够的品格、智慧、能力参悟这独有的韵致。

汽船停泊在一座木桥旁。木桥下，水在轻轻流动，不知是海还是河。下了船，在潮湿的土地上奔跑，把自己微弱的足迹留在了这片新鲜的土地上。一位捕鱼的妇人告诉我，这是黄河入海的第一座浮桥。当然，也是与黄河有关的最后一座桥，她和她的丈夫在这里捕鱼为生，度过了30多个年头。

同行的王宗仁老师不由激动起来。

我自然深知其中原因，心下一动。

他定是想起了几年前，想起了我们曾经一起在奇崛神秘之地可可西里见到的昆仑桥。

那是一座离天最近的黄河第一桥，在苍苍莽莽、海拔近5000米的高地。而如今，我们又一起站在了黄河的最后一座桥上，怎么能不心生感喟。

深秋的傍晚，渤海湾的风变得愈加清凉，数不清的井架、洁白的棉花渐渐掩映在黑幕中。这里的路又宽敞又干净，这里的楼房又漂亮又整齐。这里的野兔子会突然出现在人们的视野里，在车灯照射下一路狂奔，不知哪是尽头，哪是家。

新生的土地，肥沃秀美，走在大路上，心里是踏实的。

想起黄河源，冰峰雪覆，万里无垠，心里是颤抖的。

巧的是，我竟然在东营撞见了一位在青海玉树工作了12年的何先生。那一刻，我的目光与他眼里的泪水突然交织在一起。我情不自禁地从桌子对面走出来，和急急奔过来的他握紧了手，像是一只来自巴颜喀拉山的飞鸟，意外地发现了歇脚之地。

当然，见到我的刹那，他并没有因为我们之间的陌生，忽略了对高原的情感。他的声音在发抖，他的眼睛里无法掩饰地流露出真实、自然的光泽。我明白，那是玉树草原的寒风、热曲河畔强烈的紫外线留在他身上的印记。

在东营逗留的日子很短，很短，也没有见到来之前曾日思夜想、无端幻想着的黄河奔腾入海时的磅礴气势、波澜壮阔。但，就因为她平静，就因为她端庄、从容的模样，才让我真正懂得了她。

美，总是这样，在不经意间发生，仿佛一朵不知情的小花，一条不知远方多远的小溪……

离开东营的早晨，天放晴，太阳冉冉升起。一片又一片火红的赤碱蓬、一簇又一簇将要飞出银花的芦苇，在阳光下闪烁，在相互的温暖与爱恋中延续着黄河的生命。

原来，黄河入海口的日出这般耀眼、这般夺目，含着甜甜的微风，衔着温存的气息，送别我，让我在幸福中回到青海，回到巴颜喀拉山下——黄河的故乡。

第二辑

青鸟飞过

春 雪

下雪了。我爱你

白茫茫的一片

真想赤足走在你的胸膛

让心跳。温暖冰凉的肌肤

下雪了。我爱你

坦荡荡的面容

真想昼夜贴着你的双唇

让心跳。融化凝固的岁月

和你的影子在大雪中漫步

据说那样就可以白头到老

这假想的厮守终生

竟让我如此动容

下雪了，下雪了——愿最后的雪

融化在你的胸膛

写下这几行字的时候，春雪降临，白茫茫的青海高原如同雪国。但高原上，春意萌动，湿地里的苔藓，甚至零星生长在草地上的米蒿、异叶青兰、镰形棘豆，开始舞动起身子。

一对小鸟欢快地飞进树丛，朝着心爱的人喳喳鸣叫，清脆悦耳的声音像孩子的童音，如天籁福音，传到了拉姆的心里。

远处的风景一一呈现，土地变幻着颜色，夹杂着成熟男人的气息，扑面而来，每一寸土地都因生命的簇动绽放生机。

眼里满是陶醉，有着狂野的欢喜。树木、草原、花草、河流和天空都在帮助人释放。拉姆大胆呼应，在旷野中模仿着野兽与鸟雀的叫声，盯着飞来的群鸟……斑头雁已经从孟加拉湾起航，就要飞临青海湖的上空。可是，远方的爱人，何时返回故乡？

自然总是美的，诠释着造物主最神奇的创造力和慧心。人心要像仆人似的忠实于自然。从植物伸展出的根根枝条，从花朵开放的一蕊一瓣中汲取营养。

人们常说，有不满才有所成，幸福的最后归于平静。

这平缓的话语，时时在耳边响起，感觉是给大山、给河流、给岩石、给植物、给爱人听的，也是说给自己听的。

将自己置身于寂静中，能听到什么呢？

高山的存在是一首乐曲，在身边呢喃絮语，像管弦乐般清澈、透明。风高高在上，驱动着棉花一样轻柔的云朵。一缕温柔的光线照进峡谷，让峡谷开满野花，摇曳中折磨着我躁动不安的头脑。在这里，拉姆需要一个特别的伴侣，因为了解她，和她一样永不满足的人很少、很少。他们大多会嘲弄、讥笑。与其不能安慰，不如孤独。孤独的神秘更让人心仪。

云的飘逸带走了峡谷的亮光，水泼在脸上，让拉姆用双手梳理了一下长发，一直不能让拉姆满意的长发。然后，伸展身子仰望头顶的绿叶、苍穹，沉默不语。

拉姆是草原上最美的姑娘，姑娘盼望着春天。大海是东方的儿子，来到草原上，观测从蒙古国飞来的斑头雁。他喜欢斑头雁，也喜欢拉姆。说好了来年的春天与拉姆相会。但是，一个又一个春天过去了，草原上的花儿开了又开，大海再也没有来。

3000多年前，西周天子周穆王姬满，曾坐八匹日行三万里的骏马，由京城出发，千里迢迢，沿天山到瑶池会见西域部落联盟的首领西王母。当年的瑶池"神池浩淼，如天镜浮空"，西王母端庄又高贵。周穆王如痴如醉，不得不归时，郑重举酒：比及三年，将复而野。

但最终，周穆王没能兑现自己的诺言……

草原上的拉姆知道，渴望是一种欺骗，当然这种欺骗是善意的。希望他人去做不得不做的那份活，让心爱的人终日守住自己，是奢望、是犯罪。好在，生在高原的拉姆，看到山峰倍感鼓舞，看到绿茵遐想无限，看到湖泊情难自禁。她知道，假如想站在山顶上，就得一天天、一步一个脚印地走；假如想把自己的身心搬到心所向往的地方，就要有固守寂寞的勇气和持之以恒的力量。假如不能和心爱的人在一起生活该怎么办？佛说："不在一起就不在一起吧，人的一辈子没那么长。"

仿佛有神灵护佑。拉姆试图唱起来、跳起来，内心充满了安宁、平静、来自肺腑的喜悦。当她再一次面对草原、湖泊、蓝天，已经能够坦然接受命运的安排，以修行的方式对待自己的生活、劳动。因为有了爱，心在飞翔，眼里布满了泪水，眼前的一切也似乎均有约在先。欣悦、欢快、痛楚与大地一样感同身受，蕴藏的激情和思想也和周围的一草一木同样旺盛饱满。一切终于长大，迎接拉姆与自然的是同样巨大的变化，不同的是，人的生命只有一次。

但是，花娇媚，草妖娆。曾经写过的诗行、理想的篇目，都是对高贵精神的担忧和赞美。想到这里，眼泪顺着面颊往下流，最炽烈、最无私的爱，沿着一望无际的草地展开，拉姆开始思念远方的人。

人是一件多么了不起的造物，理性那么高贵，能力那样无限……

然而，根据思想家和科学家的分析，人只是自然的一部分，人必须毫无怨言地顺应自然的规律。而拉姆在此不能再为人类的痛苦雪上加霜，更不应该对人类痛苦的分担如此冷漠。

在温柔的畅想中，在苦苦的思念中，拉姆从冥想的情绪中走出，驱走晦涩的阴影。一个地方好不过在它那儿产生的思想、获得的人格发展。一生中最值得留恋和珍惜的莫过于纯洁的、真实的爱情。但能否抵达思想的高度、精神的至美，铭记在心的爱人又是否能够理解、明白？拉姆心神不宁。

莲花出自泥土，却不因泥土容纳污浊，沾染一丝尘土。高贵的精神境界是敬业、敬物、敬人、敬天地、敬生命、敬自我，是独立的思想和精神的自由，但这需要努力才能抵达。

世界不缺乏美丽，缺乏的是对美丽的信任。

人在奔赴冥界之前，应该以怎样健康阳光的姿态生活下去呢？自然的灵动与美微妙而平衡，而动物、植物比人类更富有灵性，它们代替人类思考，有着寥若天际的种种情愫。草原上的拉姆幻想着能同植物一样，重新发芽，和心爱的人在来世相守一生。或者，干脆转世成一朵草原上的野菊，把幸福寄托在灵魂的皈依中。

人世间再没有什么比轮回转世的教诲更丰富多彩，这是人间最美的抒情诗。

灵魂不灭，是对生者生命的执着，对死者爱的依恋，对一生缺憾充满的虚幻想象。抱有这种想法活着，心中的爱该有多么坦荡。

少年阿多尼斯，为了安慰为自己的死而悲伤的恋人维纳斯，转世为金盏花。阿波罗悲叹美貌的年轻人希雅辛斯的死，把情人的情影变成了风信子。由此看来，为了不打扰心爱的人，把自己想象成一朵开在草地上的野菊，也不是不可以啊！

只要这个世界存在，就作为美丽的花活下去吧。以花的那颗纯洁的心，在雪中承受天地恩赐、爱的滋养。

雪落蓝花

春天来临，草叶吐出了嫩芽。

穿过田野、草原，太阳就在前方。大地花开鸟鸣，灌木中雀跃的鸟儿比平时欢快，旷野上奔跑的我，也比平时妩媚。朝圣般的历险没有尽头，为着新鲜的野花开在河边，开在野畔，开在高山，我愿意浪迹天涯。

当伟大的、高贵的、英雄的、年少的、年长的、男人、女人倒下并消失，每一片绿叶与花朵，却一如既往，惊人地重现在丰富而优美的土地上。植物、动物和人，灾难和战争都无法阻止大自然的富饶。平原的花开败了，高原上的花才刚刚吐蕊。河边的花肥硕丰满，湖畔的花虽纤弱却显得格外坚强。

鳞叶龙胆

3月5日，一个不同寻常的日子。

我迫切地前往青海东部，寻访野花。从远方飞来的种子，落在了天井峡。所幸没有被鸟吃掉，让青草开满鲜花。所幸被我遇到，让鲜花开满人间。海拔1600米，大通河、湟水、黄河三川交汇的河湟流域，是青海开发较早的地区，湟水河又称浩门河，位于青海省东北部，是黄河上游最大的支流。宋代在河畔筑大通城后出现了今名，以长度和流量论，大通河实为湟水正源。发源于海西州木里，祁连山东段托来南山和大通山之间的沙呆林那穆吉木岭。湟水向东流经祁连、门源盆地及甘肃连城、窑街，穿流于河西走廊南山—冷龙岭和大通山—达坂山两大山岭之间，于民和县享堂入湟水，总长554公里。

河湟流域风光秀美，历史人文独具风情，河流沿岸留下的新石器时代的马家窑文化、齐家文化、辛店文化和卡约文化遗址，述说着沧桑的人文历史。民和，是青海省最低的地方。当然，所谓低是相对的。

进入民和县天井峡。山顶被白雪覆盖，河里浮动着冰块，来自林间的气息清凉宜人。河谷两边，茂密的树丛中，褐色的树枝发出了新鲜的嫩芽，棕色的芽苞似乎马上就要开裂。

两只杏黄色的蝴蝶在我面前翩翩舞动，镜头怎么也捕捉不到它跳跃的身影，落在草丛中时找不到，一飞起来，又惹得我满眼翻飞，只好顺着它飞去的方向，大着胆子踩上一块浮冰摇摇晃晃渡到对面。对面山上，更多的草显出了绿意，一棵大树下，四小片报春的新叶在慢慢长大。

踩着河边的石头走了一段路，还是没有寻找到一朵花。朋友说，去年这时候，已经能够在这一带见到荆条的花。今年温度偏低，可能会在晚些时候开。又在山坡上走了一个多钟头，脚下的土松软湿润有了弹性，薄雪在脚下清脆作响，犹如弹唱，犹如奏曲，野花许是打算过两天才露面吧！

正打算返回，下周再来。可就在这时，天公作美，不忍心让我空跑。一处湿润平展的沟沿上，恍如隔世般，出现了一朵小小的蓝色的花。我屏住呼吸贴近了细看，认出这朵小花就是享誉高原的名花鳞叶龙胆。

它是如何穿透寒冷气息来到这严寒大地，我并不知晓。但是，如果没有爱，怎么可以有这样的勇气。我无限欣喜，又无限爱怜地俯下身子，动情地望着这朵可爱的小花，这就是我苦苦寻觅，开放在早春的第一朵花。对此我深信不疑。

雪水漫过树林，鸟鸣时而传来。我蹲在地上，埋下头，与这朵可爱的鳞叶龙胆默默相对。春寒料峭，气温很低，在尚显枯燥，甚至荒凉的土地上，一朵娇小的鳞叶龙胆，孤零零地，悄然开放在冷僻的峡谷里，没有任何花朵相伴，就连羸弱的叶片也似乎超出了自身的承受力。但它又是这样的自信、鲜亮、生动。在阳光下，跃动着生命的喜悦，释放着万般春意。

是我的影子遮挡住了光线吧，这敏感、羞怯的蓝色花瓣又轻轻地闭合了。我站起身，动动麻木的双脚，挪到远处悄悄注视，直到它重又开放，露出娇美的面容。这不是和受到惊吓的天鹅一样吗？植物、动物和人有着相同的特性，都容易受到惊吓、受到伤害。我匍匐在地，小心翼翼地拍下了这朵黄色土地、绿叶衬托下、无比清秀、无比脆弱的花。

请教高原生物研究所从事植物研究的学者。他说，你们可真行。我在青海多年，考察到第一朵花开放的时间，至少比这个日子往后推半个月。如此，早春三月的这一天，应该是值得铭记的日子，这是属于青海高原野生花卉最早开放的日子，我为此激动不已，久久不能平静。

这微不足道的小花，在三月里遍地鲜花、春意盎然的中国内陆算不了什么，可对依旧荒凉、寒冷的青海高原却显得弥足珍贵。

春天短暂，令人迷惑。这是我第一次，这么早、这么近距离地与高原的春天相逢。我看到了半闭半合的天空，看到了火神与土地的交合。他们正背靠背，互诉衷肠。

委陵菜

早春的气息渐渐浓郁，代替了冬日的酷寒。微风吹在脸上，能感觉到些许暖意。大湖东部的互助五十乡，虽然偏僻，却是一个有名气的村子。卓玛山上的藏传佛教寺院佑宁寺，建于明万历三十二年。清康熙年间，它的规模、影响一度超过湟中的塔尔寺。

沿着一条山路往上走，翻过两座山头。形似金字塔的阿弥东索山出现在眼前。山顶上还有积雪，山下未开垦的庄稼地宽阔、平坦，还不到播种的时候。仔细看时，山坡上黄色的草丛中一些小草已经隐隐泛绿，有了生气。

时值正午，太阳晒在脸上有些灼热，腿也开始发困发酸，但是，心里是高兴的，一点也不觉得沮丧。

凯章很快下到了谷地。我落在后面踏着山羊走过的脚印，小心翼翼前行。一小片密密的黑刺林挡住了去路。这是青海常见的灌木，秋天会结出红红的果子，酸极了。我停下来打算喘口气，一群山羊从山下经过，咩咩叫着。我大着嗓门，冲着羊群学它们的叫声，声音在空旷的田野里传得很远。有意思的是，羊群误以为是头羊发出的声音，纷纷向山上跑来，我得意极了，站在山坡上使劲挥手。结果，羊群立即知道上了当，停下脚步，迟疑着不再前行。看来羊一点儿也不笨，我比它们聪明不了多少。我跳下土坎，绕过眼前长势茂盛无法穿过的黑刺林。斜刺里，磕磕碰碰地来到山脚下。凯章趴在地上一个劲地拍照，怪不得顾不上喊我。因为幸运的是，两朵金黄色的委陵菜躲在一处向阳的山坡上静悄悄地开着，像一对孪生姊妹，互相依赖、互相照顾。

印象中，蔷薇科的委陵菜，一般生长在海拔 2 千米到 4 千米的草甸、河漫滩附近。能在这片等待开垦的土地上见到委陵菜，特别是早春，还真有些喜出望外。两朵花的叶子已经张开，正面的颜色深绿，背部有白白细细的绵毛，宛若鹅绒，怪不得叫鹅绒委陵菜。它们像网一样平铺在地面上，伸向四方。夏季，委陵菜会长出很多紫红色的须茎，再长出纺锤形或球形的植株，秋季采挖出来后洗净晾干，可熬粥、做八宝饭，富含维生素及镁、锌、钾、钙，还可健胃补脾、益气补血，所以被人们称为人参果，俗称蕨麻。青海南部和海北高寒地区长出来的蕨麻体圆肉肥、颗粒饱满、色泽红亮。但是，跟大闹天宫里的人参果不太一样。青海藏医把很多奇奇怪怪的东西都看作有奇妙效用的药，还重新起了名字。所以，委陵菜有另外一个名字，叫卓老沙僧，倒真有点像《西游记》里的名字。六七月间，委陵菜开花，随便扯下一片草叶，就可以为旅途中受伤的人止血。更重要的是，委陵菜根系发达，便于吸收养分，便于培养、繁殖，用于治理沙化。就在这样想的时候，我眼前已然出现了大片金灿灿的黄花，虽然不如门源的油菜花壮观，但是被它点缀的草原在蓝天下却有不同寻常的美。

心满意足的我，终于恋恋不舍地离开了这两朵小小的委陵菜。返回途中，我和凯章又专门去佑宁寺，拜谒卓玛山上的露天度母大菩萨像。全身镀金的度母大菩萨，脚踏莲花，面向群山。富态的面容慈祥端庄，眼里充盈着大善大美的光华，不由得让我心怀敬意，涌动着为世人为亲人祈福的情怀。

蒲公英

下山后，红云低徊，金光耀眼，远处的山貌如大雁展翅，美不胜收。车正要疾驰而过，又发现，路边一片又干燥又不怎么美的地方，居然冒出几十朵金灿灿的蒲公英，热热闹闹挤在一起。

凯章停车，我跳下车蹲在地上。细细揣摩红光下不怕风尘、噪音干扰的蒲公英，心下颇为感慨。作为菊科的草本植物蒲公英，一向是人们心中传播花种的使者，风能吹多远，花絮和种子就能飘多远。可它自己反而不知，总是如此低调，如此不顾一切地随便躲在一个什么地方，从从容容地大开起来，实在是一件让人敬佩的事。

今年初夏，小区院子里铺满了蒲公英，耀眼的花朵挤挤挨挨，一朵连着一朵几乎淹没了青草。我时常蹲在地上，看着它出神。它就在我们楼下，从不与牡丹、芍药争艳，只有到了中午才开花，早上和晚上就只有细长的叶子，结结实实地扑在地上。蒲公英的叶子，含有丰富的维生素 C 和铁质，有淡淡的苦味，可以用来泡水败火，还可以清血、强健肝脏。第二年秋季，蒲公英的花絮飞走，还可以采根，用来做药材。在乡下，蒲公英也被叫作布谷英、黄花地丁、婆婆丁、华花郎等，都是些与人亲近的字眼。

小时候的我，眼睛总是盯着脚下的一切。蒲公英经常会被我在小溪边、水渠旁、高原生物研究所我居住的大院里发现。摘在手里，攥成一小把匆匆忙忙跑进家，放进小玻璃瓶子里。回头取了水才要灌进去时，它金黄色的花丝就已经收缩在一起，没了精气神。知道了这些，就再也不往家摘了，让它尽情地在草地上、土疙瘩里、沟渠旁随心所欲地开放、闭合。只静静地看着。

百花谷

通往循化文都寺的路两边绿树成荫，沙枣飘香。文都寺是十世班禅额尔德尼·确吉坚赞出生地，家门前的一棵榆树，年代久远，见证着历史的沧桑。

寺院的旁边是太子山，山上林木茂密，山下小河流淌，河边的草地开满野花。仅鸢尾就有青海鸢尾、白花鸢尾和其他鸢尾。

白花鸢尾身边，紧挨着的是新婚般妖娆的川卉芍，一朵又一朵，一朵比一朵鲜亮。为什么如此富态慵懒的花朵竟然开在这样朴素的地上？川卉芍神情傲慢，似对艳羡它的我不屑一顾，我只好讪讪离开，踩着松软的田埂歪歪扭扭地向前走。除了鸢尾和川卉芍，腥红色的馒头花，也从星星点点的花骨朵里露出脸朝我微笑。尽管它白里透红、色彩诱人，可我对它有一种本能的恐惧。馒头花别名叫狼毒花，是世界上43种致癌植物之一，也是草原上的毒草，狼毒花越多，草原的退化面积越大。

坐在田埂上，舒舒服服欣赏着眼前的情景。同时，又发现一朵长瓣铁线莲，从草丝中偷偷探出。青海湖边常见到的甘青铁线莲是黄色，而这朵紧闭双眼的大萼铁线莲却是紫色，有些忧郁伤感。除此之外，紫花碎米荠、玉竹、蕊瓣唐松草、白花枝子花、黄精、锦鸡儿也在这里，如百花盛会，芳菲动人。

花有各自好听的名字。日本作家川端康成在一次文学讲座中说，每一个人都有文学创作的天赋，正如同文学的来源是由于人们最初对于一朵花、一件农具的命名一样，在人们赋予它称谓的时候已经含有了文学的意味。因为富贵而叫牡丹，因为多情而叫玫瑰，这其实并非花的本意，实际上也表达着人的心思和理想。如此，花的意义明确了，花也有了自己的思想。

有花的地方，就有鸟鸣，布谷鸟的叫声一直不停地响着。说到锦鸡儿，又想到，许多野生植物的名字与动物的名称是一样的，没有根据，也不受约束。比如锦鸡儿、杜鹃，其深藏的意思、赋予人性的倾向，是大自然所能领会的。

下山途中，一道失却了水分的小河沟挡住了去路。我下到沟底踩着青色的石块向上爬，试图尽快越过这道河沟。不想攀上沟沿的瞬间，竟意外地看见了几株野生的天仙子。天仙子和自己的名字有点不相符，因为它不像其他野花那般艳丽。它的花蕊深褐，宽大的叶子布满了细细绒毛。即使有宋人张先的诗《天仙子》，也是惜春伤春之作，令人有感于年华易逝、孤独寂寞的处境。

水调数声持酒听，

午醉醒来愁未醒。

送春春去几时回？临晚镜，

伤流景。往事后期空记省。

沙上并禽池上暝，

云破月来花弄影。

重重帘幕密遮灯，风不定，

人初静。明日落红应满径。

但是，我却站在它的身边不愿离去。花仙子的花瓣几乎接近土地的颜色，既不失天地的真实，又不乏植物的柔美，像没有化妆的农家姑娘，和土地一样朴实、亲切，可见真正美的姿态，终究是朴实的。

太子山深处密不透风，以冷杉居多，是鸟儿的王国，可山里气温偏低，未到开花的时候。只好离开太子山，一路朝南向着岗察草原驰去。

岗察草原是黄河边上的一个藏族村子，村里人的生活习惯和甘南的藏族村民接近，房子又像四川阿坝的古城堡，用于晒草的木架又高又大。遗憾的是，草地没有完全变绿。

继续向南，一边走，一边停下车来观察。走到黄南州同仁县保安古城时，黄河涛声隐约传来，公路右侧石崖上，一簇簇玫瑰色的紫堇、红花岩黄蓍迎风摇曳。这些花，开在嶙峋的石缝里，贴在崖壁上，经受着冷风的吹打，寂寞、孤独，甚至没有阳光照耀，可它们毫无惧色，依旧开放，鲜亮的颜色，像艳红的旗帜在风中执拗地飘动。紫堇和黄蓍下，成片的马先蒿开满河岸，间或有一二株青韭冒冒失失地夹杂在草丛中。马先蒿开了，青海的天气就要热了。

端 午

端午到了，夜里的雨使田野的空气清新可人。沙枣花正浓，艾叶缠绵，插在大门上的香味驱走了邪气。一直以来，甜甜的粽子里总是包裹着红枣的相思，任雄黄酒的气味四处飘移。祖母说，被熏过后，一年不招虫子，如果再用艾草煮过的水泡过身子，百毒不侵。

满山满坡的绿慢慢浓稠，田野里、山坡上、沟渠旁的野花令人诧异。各色报春还在俏立，多绒毛的全缘叶绿绒蒿依次盛开，菖蒲蔓延，深褐色的灌木丛起着细微的变化。

一条平平坦坦的路通向大阪山，路旁的白杨亭亭玉立，白杨身后，用于浇灌农田的小水渠如清泉流淌，玫瑰色的荷包牡丹随处可见。成片的马莲像才出水的凌波仙子，紫雾般荡漾在河滩，弥漫在田间。

寒冷、缺氧、紫外线强烈的青海高原，绝不仅仅只有空旷与苍凉。野性的美容纳着一切，而每一处高山草甸，植被密集的绿地，令人销魂。以青杨为主的 3000 多亩人工林，50 多万亩天然灌木林、乔木林，虽不能与终年草木丰美的南方相比，但在青海，足以让人心花怒放。

置身于察汗河峡谷，仲夏的白天显得尤为亮丽。植物的呼吸，河水的浪花，汇聚着鸟的欢叫。河谷边茂盛的窄叶鲜卑正在开花。窄叶鲜卑是灌木，蔷薇科，有些微的异域风情。只可惜两岸漫坡上白色的陇蜀杜鹃已经开败，只有山顶的树冠间还点缀着几朵白色的花瓣。杜鹃的花期如此短暂，是我没有料到的。三周前不是还打着花苞吗，我自言自语地嘟囔。但很快，失望的情绪就被陡峭的岩壁上一朵钻出石头缝的紫色刺芒龙胆冲淡。这是一种不太常见的龙胆，颜色凝重深沉，花形精巧别致，轻轻松松地开在山崖。

踩着青色石头，蹚过缓缓河水，沿着山脊慢慢向上攀爬。意外的惊喜接连不断，杜鹃的憾事早已抛之脑后。没有见过的野花条裂黄堇、乳突拟耧斗菜、珠光香青和火绒草在山崖间纵情开放，紫花碎米荠和唐古特报春、虎耳草像影子一样，跟随脚步，数也数不清。

比起在三四月苦苦寻觅到的鳞叶龙胆、阿拉伯婆婆纳，夏日的野花丰满茁壮、生机勃勃。原来，长在阿尔卑斯山脉一带的雪绒花就是我眼前珍贵的火绒草，白色的花序小巧玲珑，细细的绒毛护佑着银灰叶片。野生雪绒花生长在环境严酷的高山上，极为稀少，常人难见。能见到雪绒花的人，被奥地利人称为英雄。当年轻人向自己喜欢的女孩子表达爱意时，象征着勇敢的雪绒花又被视为至高无上的礼物。

让我兴奋不已的是，草丛间除了这些难得一见的野花，生于海拔 5000 米的五脉绿绒蒿，竟然也出现在这里，而且还是一副悠悠然怒放的样子，不是平时见到的花苞苞。通常，摄影师拍到的五脉绿绒蒿，都像铃铛一样弯弯地低低垂着，可是今天，这朵花不同往日，绽开笑颜，向我微笑，一旁的凯章更是喜不自禁，狂拍不止。

　　海拔接近 3600 米的山坡上，绿绒蒿的身边点缀着几朵少见的雪灵芝。雪灵芝没有开花，像蔬菜西兰花一样安静。世间流传下来很多神话故事，把雪灵芝当作了神花，但眼前的雪灵芝，没有明星闪亮登场的派头，没有丝毫的傲慢和造作。它安静、甜美，匍匐在绿绒蒿身边，尽情享受阳光、微风和清水。

　　由于奇异的收获，走过一个颤颤的吊桥时，我没有像平日那样因为胆小而恐惧。到了对面，回头看时，吊桥还在摇晃，杜鹃的叶子肥硕密集，不知还有多少神奇的野花在察汗河峻峭的峡谷静静开放。

　　这个世界上，美无处不在，无须重视，也无须证明。

天池孟达

青海的夏天到了，这是高原最美的季节。

身处循化县孟达自然保护区，享受到的又何止是跟野花在一起的幸福。我发现，这里的植物正在以超乎我想象的舒适、轻松状态生活，构成的是独特环境下的优美。

映入眼帘的，首先是一丛繁茂的落叶灌木互叶醉鱼草。它长在通往天池的车道边，深紫，密集，奇香，花萼钟状。在绿木葱茏的背景下，醒目，又不乏和谐温柔。

互叶醉鱼草是唇形目、玄参科、醉鱼草属植物。枝上互生，数不清的花朵组成簇生状或圆锥状聚伞花序。雄蕊着生于花冠管内壁中部，花丝极短。花药长圆形，柱头卵状。种子多颗，狭长圆形，灰褐色，周围边缘有短翅。开车的杨子停下车，给了我拍照的机会，我便不停地拍，一直拍得他嚷嚷起来。

再往上，车无法行驶，上山的路有两条，一条是供人行走的木栈道，一条是骑马人的上山道。我们当然选择马道，当然步行。伴我来的除了凯章，还有我的父亲、杨子先生。

父亲在西北高原生物研究所工作时，曾长期在青海野外探秘，如今虽 70 高龄仍意气风发。杨子喜欢爬山，本来学的就是摄像专业，自然不在话下。

目前，我国对有代表性的自然生态系统、珍稀濒危野生动植物物种的天然集中分布区，以及有特殊意义的自然遗迹，还有所在陆地、陆地水域或海域，划出了一定面积，予以法治下的特殊保护和管理，这种区域被称为自然保护区。其中，自然保护区有科研保护区、风景名胜区、管理区和资源管理保护区 4 类，在级别上分为国家级自然保护区、地方各级自然保护区，旨在构建国家生态安全屏障和地方生态安全屏障。

孟达是以森林生态系统水源涵养林为主要保护对象的国家级自然保护区。总面积 17290 公顷，位于青海省循化撒拉族自治县东部的黄河两岸，处于昆仑山支脉西倾山的东北边缘、青藏高原和黄土高原接壤处的特殊地带。海拔从黄河岸边 1780 米向南逐步升高，区域内最高峰党蕊山海拔 4182 米。保护区总面积 17290 公顷，森林覆盖率 88.6%，东与甘肃省接壤，黄河呈东西走向贯穿保护区。

保护区内植物区系成分复杂，森林植被以针阔叶混交林为主，具有过渡性特征，对黄河上游的水源涵养，对于研究植物进化、群落演替有着非常重要的意义。

孟达是青藏高原东北部与陇西黄土高原边缘的交汇地带，植物区系成分复杂，可供观赏的珍奇植物不下百种。有不同花色的各种杜鹃，有花瓣似丝绸的红花绿绒蒿和花形如卵的黄花杓兰，花似铃铛的铃兰、沙参和清香扑鼻的山梅花。此外，各种蔷薇、绣线菊、忍冬、柳兰和百合花、红瑞木在林内林外到处可见，鲜艳动人，别具风姿的东陵八仙花更使人久久难忘。

马道由石子、砖块铺就，破碎不堪。树木的气息、马粪的味道、浓郁的花香混杂在一起，使得这片高峻的湿地显得尤为神秘。草丛中，星星点点的野花是紫红的无距耧斗菜，接着是素净而精致的蕊瓣唐松草。原产欧洲的耧斗菜有很多种，它比人类更早来到地球，不断演变、递进。在美国的落基山脉，人们觉得它像鸽子；植物学家林奈在《植物种志》中称它为"秃鹫花"；中国植物学家给它起的名字是"耧斗菜"，民间曰"血见愁""猫爪花"。在古老的希腊，生长在沟谷深处的无距耧斗菜是见证战争残酷、胜者骄傲的胜利花，只要岩石缝里存有些许泥土、点滴水分，便足以使它怒放、怒放，再怒放，可见这种花带给人们的联想多么丰富有趣。

唐松草属毛茛科属，多年生草本，品种较多，约有29种可供药用，不少种类均有清热、治湿、发汗、止痢、治目赤等作用，其中14种在民间被用作黄连的代替品。在这些种类中，蕊瓣唐松草、多叶唐松草、昭通唐松草、滇川唐松草、贝加尔唐松草中含有小檗碱，值得作进一步的研究。其中，别具特色、叶子多次分裂、开着蓝紫色大花的偏翅唐松草，被植物学家公认为唐松草家族中最漂亮的花。但，我至今未能与它谋面。

一匹棕色的马疾步而下，我不由抬头瞩目，一直到它消失在视野。脚下草木丰盛，绿茵无边。凯章找到了天南星和七叶一枝花，杨子见到了大量的薄荷。父亲说，一般有七叶一枝花的地方就有蛇，本身有毒的它又有去蛇毒的功效。大自然如此神奇，带来无穷想象。这个季节，正是七叶一枝花一个劲往上蹿的时候。

近年来，人们对重楼属植物云南重楼、七叶一枝花的栽植技术研究十分重视，可见它对人类的益处。这些植物通常分布于中国西藏东南、云南西北部和四川西部，但是在孟达自然保护区，天南星和七叶一枝花遍布林区，和不知名的杂草一起随意疯长。

在一棵沧桑古老的千年白杨面前，我们驻足良久。

历经风风雨雨后，白杨枝干遒劲挺拔，绿叶郁郁葱葱，向大地证实了它强劲的生命力。孟达自然保护区群山突兀、河流切割强烈，最高峰当蕊山海拔 4182 米，最低处的黄河边只有 1780 米。中心地带有一处面积约 20 公顷的堰塞湖孟达天池。特殊的地理位置和复杂的地形使保护区内形成了优越的小气候，与同纬度、同海拔地区相比，气温高、降水多、空气湿度大、风速小的特点非常有利于植物生长，素有青海高原的"西双版纳"之称。孟达自然保护区内近百种植物位于国内同纬度分布的最西端，大面积的青杆林像连绵起伏的波浪，既有独特的生物地理意义，又为莽莽苍苍的青海高原披上了一层厚厚的绿装。

一声声嘶哑的鸟叫传来，将我们引向密林深处。这只鸟的叫声根本不像是幼鸟的声音，父亲却说，一定是觅食的鸟妈妈没有按时归来，饥饿的小鸟在呼唤自己的母亲。父亲上了年纪，什么都喜欢往忧伤的故事上套。这时，杨子看见了一棵老松树下蘑菇一样簇生的褐色果实，父亲看了又看，断定是松树上落下的松籽在这湿润的土壤中发了芽。

也就是在这里，父亲一眼看见了对生的茜草。这是我没有料到的，对于我是极大的收获。父亲当时为我起名字的时候，也许考虑过让我成为一棵保持质朴、藏于密林和草丛间的小草，而我的一本散文集《茜草为红》，不仅是有文化修养、品质高洁的作家兼画家、书法家车前子，送给我的一幅书法作品中的一句话，还热情地表达了我本人对青海的依恋与热爱。

茜草为茜草科多年生草质攀缘藤木，根状茎和须根均为红色，花也是红色，古时称茹藘、地血，有凉血止血、活血化瘀的功效。茜草根部含有茜素、茜紫素，是人类最早使用的红色染料之一。早在商周时就已经是主要的红色染料。经茜草染色、套染后的丝绸，可以得到从浅红到深红不同的渐变色调，非常漂亮，而且根据考古发现，中国出土的大量丝织品文物中，茜草染色占了相当大的比重，历代文献中也多有记载。可以想象，这茜草的红为多少千娇百媚的女人，增添了神韵。

孟达夏季凉爽可人，马道两边蔷薇灌木丛中点缀着白色、黄色的小花，西北小柏花多得挡住了视线。珍珠梅是灌木丛中密集、清新、明亮的花。再往上，藤本植物金银花、高山绣线菊也出现在我们眼前。甘肃山楂、野杏、野梨的花早已开过，进入了幼果期。漂亮的蕨类植物伴随苔藓、石耳、地耳隐藏在树下隐秘的地方，而植物学家认为，地耳蕨、巢蕨是热带和亚热带气候的标志。

太阳的光斑从树梢落到草丛中，落在我喜悦的脸上。能和父亲、凯章和杨子一起享受夏日青海的美好，看到从未遇见过的野花在孟达天然的湿地恣肆浪漫，有说不出的快乐。我们一边细细寻觅，一边拍照，一边继续前行，仿佛在与阳光一起移动。在这里，我感觉到了森林潮湿的气息、充足的氧气，感觉到了阳光落在我心上的热力。谁能想到，青海高原的植物会如此繁多，多得让我大开眼界、喜上眉梢，多得让我无法记住它们的名字。

越往深处，野花越加稀奇。百合科多年生草本植物玉竹精致的淡米色小花，颇像云南的缅桂花，花柱、花药和花丝被包裹在细腻的苞片里，不知是常绿灌木还是落叶灌木的三颗针长着金黄的小花。又走了一会儿，我们竟意外地发现了不容易见到的山荷叶。

山荷叶的花已经凋谢，只留下两片连在一起，像极了荷叶的圆叶附在绿草上。山荷叶又叫作金魁莲、旱八角，属于小檗科植物，花期为春末，花苞下垂，在两个叶柄交叉处生出，是民间常用的中草药，能散风祛痰、消毒解肿，有解毒功效，和七叶一枝花一样可治蛇咬伤。父亲告诉我，山荷叶的花非常漂亮，特别是在雨中，晶莹透明，纹路清晰，如同画家笔下的素描作品。

褐红的东陵八仙花，像一棵大树矗立在我们眼前。遗憾的是，花期已过。这是父亲铭记在心的花，也是他此番孟达之行，想要了却的一个心愿。年轻时，他在数次探访孟达的经历中，曾经见到过这种属虎耳草科，喜欢阳光、喜欢湿润环境的落叶灌木，留下了深刻的印象。就在这时，无一丝白云的蓝天，突然在没有树影的上空豁然开朗，海拔升高至2500多米，蓝天、湖水、绿峰融为一体的天池到了。

我已经有很久没来过天池，此时的感受，和多年前有所不同。天池是汉族人的称呼，当地土族人叫它"神仙淖"、藏族人则称为"拉郎措"。孟达天池不如新疆天山、东北长白山天池大，却有自己的特色。天山天池周围雪峰挺立，与天池还有一定距离；长白山天池也在群山环绕之中，可山上植被稀少。孟达天池是被绿荫稠密的山峰紧紧相拥的一池湖水，碧绿的水面与群山相映，美如翠玉。

父亲在天池边休息，慢慢欣赏，我和凯章、杨子沿天池边向西攀岩。孟达植物有明显的过渡特征，区系成分以华北地区成分占优势，有唐古特地区和横断山脉地区成分渗入，也有从秦岭渗入的成分。此外，属多种少，植被垂直分布，随海拔、坡向呈现出一定的规律性。黄河河谷台地和干旱山坡为旱生植物带；低山山地是以杨树、桦树、辽东栎为主的落叶阔叶林及华山松、油松林林带；松栎林带以上为青海云杉、桦树等针阔混交林带；再往上便是亚高山紫果云杉、巴山冷杉针叶林带；高寒山地处，为杜鹃灌丛及高山草甸带。

从全国范围来看，不少植物种已属自然分布的西线边缘，秦岭植物由河谷西上，华北、黄土高原植物依山沿水南来，而青藏高原植物顺山系东下的情境，使这里自然而然地成为了华北、黄土高原和青藏高原植物的汇集点，并以固有的生态习性分布在河谷、山地、高山和草甸地带间，组成的较为特殊的自然生态景观，为植物学、生态学、林学等有关学科提供了很好的研究环境和研究资源。

孟达保护区海拔2100—3200米为水源涵养林，由华山松、青海云杉、青杆、巴山冷杉、祁连圆柏等针叶树种和山杨、陇南杨、辽东栎、白桦、红桦、糙皮栎等阔叶树种，忍冬、小檗、蔷薇、珍珠梅、毛榛子、大叶钓樟、锦鸡儿等灌木组成；海拔3200米以上是由杜鹃灌丛、金露梅和鬼箭锦鸡儿等灌木林和禾本科植物构成的高山灌丛草甸。在河滩谷地带分布有呈低矮灌木状的文冠果群丛、互叶醉鱼草、枸干等。

很快，我就看到了从岩石缝隙中伸出的一簇簇条裂黄堇、红花岩黄蓍，草丛中亭亭玉立的紫菀和几枝微孔草。微孔草是我熟悉的花，青海湖畔东岸、北岸皆有分布，蓝色的小花十分迷人，深深地吸引着我。令人遗憾的是，桃儿七比我们预想的开花时间提前了许多，完全看不到它富丽堂皇、饱含风韵的玫红色花朵。仔细观察时，才隐隐约约见到绿叶遮蔽下，已长成红枣大小的果壳。但是，还有一连串的惊喜让我惊讶地叫出声来，森林里绿草铺天盖地，一株株高大的太白红杉下，川赤芍靓丽的面容在绿茵中静静浮现，像妩媚的娇娘，闪烁着令人眩晕的光彩。

毛茛科芍药属的川赤芍，是中国特有植物，凯章内心十分推崇，为它拍下了许多珍贵图片。尽管开花的它从不在乎他的感受，但他依然无怨无悔。几株紫花碎米荠的模样秀丽可人，可我无论如何也对不准焦距，一幅清晰的图片都没留下来。正在叹息，杨子却开心地叫了起来。原来，在一片潮湿的草地上，终于发现了他期待的兰花。近来，杨子先生醉心于兰花栽培。来之前，凯章夸下海口，一定会在孟达找到兰花的踪影，这会子总算如愿以偿。

中国地域辽阔，生态环境复杂，植被类型繁多，兰花资源非常丰富，被誉为中国十大名花。但从数量分布上从南到北依次递减。一般来说，地生兰多生于温带和亚热带地区，如江苏、安徽、河南；附生兰多生于热带、亚热带地区，如广东、福建、台湾。有植物学家曾经断言，青海不可能有兰属植物。所以，能在孟达亲眼见到兰花，足见孟达湿地植物资源的丰富。杨子的老家在秦岭以南，嘉陵江汩汩流过，山区兰花遍地，开着嫩绿、黄绿的花。有一次我同他去月亮峡游览，脚下兰花丛丛，清香四溢，真乃春风大雅，美不胜收。

在接近三级彩虹的山坡上，见到了一朵让我沉醉其中、久久不愿离去的长瓣铁线莲。同青海湖畔俗称毛丫头的甘青铁线莲完全不同，长瓣铁线莲薄如蝉翼的蓝色花瓣丝绸般柔滑，甜蜜地缠绕在一棵树皮皲裂的树枝上，幸福得像一个无忧无虑的小姑娘。长瓣铁线莲同样是我极喜欢的一种花。同时我能确定，眼前一飞而过的山雀也看到了这朵迷人的花，因为山雀的眼睛远比人类敏感，吃饱喝足后，也会有欣赏美的兴趣。

孟达湿地的国家级保护植物有太白红杉、桃儿七、羽叶丁香，其中列入国家药典的有 81 种。林区内国家一级保护动物有斑尾榛鸡；二级有林麝、岩羊、蓝马鸡。羽叶丁香的花开过了，我们没有能力找到它，一棵生长在石崖上的百岁海棠，也未见身影，而更多的野花一定藏在茂盛粗壮的青杆树下、密实的杂草丛中。

孟达保护区氧气充足，父亲坐在这里，打起了瞌睡。这是青杆的功劳，它能产生极强的负氧离子，还是一种再生能力很强、枝株多生、绝少枯死的树种。可以说，这也是孟达之所以得天独厚、秀丽如南方林地的其中一个重要原因。

当然，让我感到非常幸运的是，我见到了一株从未见过的野花。几天后，才得知，这就是我神往已久的蓍草，浸满了我少女般遥远、缥缈而忘情的梦。

就要下山了。层层绿叶覆盖下，群山峻峭、连绵起伏，心中不由感慨：岁月无边，尘埃无边，只有青翠的山岭、大自然足以清洗我们的身心、我们的双眼。野花还在慢慢开放，古老的马道，像从前一样，古老地蜿蜒而下，送我们回到谷底。

留给鸟儿吃

夏天过去，秋天临近，有多少人会在意枸杞的花，会在乎枸杞的果，在高原干燥、寒冷、缺氧环境中的感受。

踏进柴达木盆地，车窗外是望不到尽头的戈壁沙丘。有几蓬骆驼草、黑刺、沙柳已很难得，如果再见到离公路百米远的野生枸杞林，那就是你的福气了。

一直很想知道，野生枸杞是什么时候，为了什么，在这贫瘠荒凉的土地上生了根，把这里当作了自己的家，抑或这里本来就是它的故乡。

枸杞花很小，开在四五月。色淡、味薄。没有群芳争艳中的娇媚，也无煌煌夺目之姿，只在荒凉、干燥的高原，静默独语，为戈壁沙丘萧瑟的春天增添一抹清新的颜色；为秋天红色的果实积蓄足够的能量。不管冬天的雪有多么残酷，不管秋天的风有多么狰狞，每当春风吹来，它总会挺起脊梁，开出紫色的碎花，就像进入柴达木的每一位拓荒者。

40 年前，车过柴达木，当年的汽车兵，现在的著名军旅作家王宗仁，头顶毒日头，口干舌燥。在戈壁滩跑了一天的车，水壶里的水早就干了。

快到大柴旦了，车队的战友们都睁大眼睛，翘首期盼，盼望有奇迹发生。远处，出现了几株枸杞，这是王老师和战友们离开敦煌以来，遇到的唯一一点绿色，居然还有几枚红色的小果挂在枝头，馋得人直流口水。停下车。战友们围坐在枸杞旁，也不摘，也不吃，只是静静地坐在地上欣赏，谁也不敢打破宁静，擅自摘取。

这时，留着一脸大胡子的蒙古族老人照日格巴图，骑着骆驼站在王老师和他的战友面前。

他细细地打量着尘土遮面的兵娃子，直截了当地说："孩子们，你们一定是渴坏了吧！没关系，有你们喝的水！"说着就随手拿出一个小巧的铲子，在枸杞旁的沙地上挖起来。

很快，一个脸盆大小的坑就挖好了。"等着吧！一会儿神仙就会给你们端来一盆水！"他的话风趣幽默，战友们却蒙在了鼓里。

但是，奇迹真的发生了，脸盆似的坑里，渗出了水，只是渗得很慢，很慢。又过了一会儿，沙土渐渐发潮，半小时后，坑里差不多聚了半碗水。水很清、很干净。老人说："再等等，会有更多的水让你们滋润喉咙。"

原来，这地下有泉，因常年不断渗水，才使这片戈壁滩不再干枯，才让这几棵枸杞扎下了根，开出了花，结出了果。水是戈壁的命，有水就能生草，就能开花，就能养活枸杞，救活一个路过沙漠的人。老人恳切地望着王老师和他的战友："这片戈壁滩上就剩下这几棵枸杞苗了，不容易啊！你们千万别摘，伤不得啊！"

一只灰褐色的鸟儿，尾巴一撅一撅地在鸣叫。王老师见了，问照日格巴图老人："鸟儿会吃掉这些红红的枸杞果吗？"老人说："会的、会的！戈壁滩上的鸟儿，生命脆弱，就让它们吃吧！再说，它们是天然的播种机，是戈壁滩春天的使者。"他神秘地笑笑："鸟儿啄果子时落下的种籽，或者没有嚼烂便吞下的种籽，会随着粪便排出来，遇到水，便会发芽，便会生长，这里的枸杞就是这样长大的。"

听了这个故事，战友们都不说话了。阳光猛烈，无一丝风吹过，强烈的紫外线灼烤下，那不甚鲜嫩的绿叶间露出的红枸杞，正一动不动地瞧着几个青藏线上的兵。谁不喜欢戈壁滩上的红枸杞，谁不珍惜戈壁滩上的枸杞树呢？谁种谁收，鸟儿洒下种籽，就该让鸟儿享受果实。鸟儿吃过了，又会在这片茫茫戈壁滩上播种育籽。如此循环往复，生命才会延续，如此无限而永恒的期待，这个世界才会这般美好。

那天，烈日炎炎。王老师和他的战友们，每个人只从坑里舀了半杯水，聊以解渴、解乏、解饥，却没有一个人摘下一颗红枸杞。

留给鸟儿吧，鸟儿是戈壁滩的希望、春天的希望。

我与王宗仁老师曾一起去青海湖、格尔木、柴达木盆地，一起上昆仑山，在楚玛尔河边，在西大滩、五道梁讲故事，看野花、野草。他知道我在写青海高原的野花，特意打电话嘱咐我："你一定要把枸杞花写上，不要忘了提醒人们，留一些枸杞给鸟儿吃……"

藏雪茶

宋代词人宋祁作《锦缠道·燕子呢喃》：

> 燕子呢喃，景色乍长春昼。
> 睹园林、万花如绣。海棠经雨胭脂透。
> 柳展宫眉，翠拂行人首。
> 向郊原踏青，恣歌携手。
> 醉醺醺，尚寻芳酒。问牧童，遥指孤村道：
> "杏花深处，那里人家有。"

许多年过去，千年百年美景，如眼前春光，静静浮现。有谁知，在果洛藏族自治州班玛县的玛柯河林场，平均海拔3100米的山地，竟也有不惜胭脂色，独立蒙蒙细雨中的海棠花，为青海最大的原始林区玛柯河添姿增色。

玛柯河林区的海棠，属花叶海棠、变叶海棠。花叶海棠属灌木小乔木，小枝细长，伞形花序，卵形花瓣，多为粉色、白色；变叶海棠为蔷薇科苹果属，为中国特有植物，生长在山坡丛林中。

玛柯河林区是位于久治县哇尔依乡察七沟顶的雪水融化后，沿白玉乡流入班玛县，再穿越多柯河和玛柯河两大原始林区，进入四川阿坝、壤塘、色达后大渡河的正源。林区境内湿润多雨，是青海降水量最大的区域，有青海"小江南"之称，这里的许多植物都有川西高原的特点，乔木树种云杉居多，白桦、圆柏、山杨和柳树等原始林木分布。杜鹃、山生柳、高山绣线菊，林下、河沿和河谷中的灌木小叶忍冬、峨眉蔷薇、花叶海棠、变叶海棠生长旺盛，成为我国高寒林区重要的生物种群库。

每逢初春，玛柯河林场繁花似锦，新柳吐绿。花叶海棠、变叶海棠鲜嫩的幼芽在晨雾中缓缓舒展，灯塔乡、亚尔堂乡的村民们一大早便上山采摘鲜叶；秋季，层林尽染，秋雾弥漫，村民们也会上山采摘露水中的秋叶，以备炒制藏雪茶的原料。

很久以来，采茶、炒茶，每家每日三餐以喝藏雪茶解渴解乏。村子里至今还有许多揉捻、炒茶的民间高手。藏雪茶绿茶以花叶海棠、变叶海棠新芽为原料，不经发酵，只经高温杀灭各种氧化酶，以保持鲜叶内的叶绿素、胡萝卜素、茶多酚、咖啡碱，经揉捻、干燥制成。绿茶分炒青、烘青、晒青、蒸青4种，呈绿色。冲泡后茶汤碧绿、叶底青翠，清香温和。

藏雪茶红茶则是一种经过全发酵制成的茶，同样以玛柯河林区内花叶海棠、变叶海棠的新芽叶为原料，经萎凋、揉捻、发酵、干燥等典型工艺过程精制而成。与藏雪茶绿茶不同的是，藏雪茶红茶在加工过程中发生了以茶多酚酶促氧化为中心的化学反应，鲜叶中的化学成分变化较大，茶多酚减少，产生了茶黄素、茶红素，使叶片及汤呈红色，香气也比绿茶浓郁，冲泡后茶红汤赤、香甜味醇。

长期形成的生活习俗，使藏族人很早以前就有空腹喝茶的习惯，但班玛的藏雪茶不仅不会伤胃，反而能够养胃，帮助消化，保护胃黏膜，治疗溃疡，促使摄入人体内的牛羊肉、奶酪等高脂食物分解，清除胆固醇沉积。据藏医学主要医典《四部医典》和《实用藏药名库》记载，藏雪茶具有清热解毒、凉血止血、散瘀消肿之功效，适用于热病、消化不良等疾病。

中国是茶的故乡，茶文化之源头。虽以药用起始，最终却成为人们生活中必不可少的饮品，除了养生、止渴解乏，茶很早就超越了实用功能，向精神性过渡，使得茶与宗教、文学结缘，与友情结缘，成为士大夫品格的象征，交友的形式，家庭生活中的清雅之事。中国茶传至日本，发展成了"茶禅一味"的"茶道"，而生长在玛柯河两岸，以花叶海棠、变叶海棠为原料制成的藏雪茶，其实就是被青海、西藏、四川藏民族视为上等贡品的黑茶，在藏民族生活中占据着重要地位，其中蕴藏的茶文化精髓，绵延已久。

清初大学者顾炎武说："茶之为物，西戎、吐蕃古今皆仰之，以其腥肉之食、非茶不消；青稞之热，非茶不解，故不能不赖于此。"对生活在高原的青海人来说，茶有如此功用，又来自远方，得之不易，身价不菲，便自然被赋予了高贵的品质。在藏地生活的人，去见活佛、长辈时，备两包茯茶，上面再搭一条哈达，是一份体面的礼物。待客时，挤奶、打酥油、熬茶、打茶、敬茶中所行的规程礼仪，令人肃然起敬。

传说，吐蕃第36代赞普身染重病，遍求藏地名医诊治无效。一天，赞普在王宫的大殿前晒太阳，心情忧郁，忽然，一只翠绿色的小鸟衔一片绿叶，从宫楼顶上飞下来，吐下绿叶，冲着赞普鸣叫了三声，飞入云端。赞普拾起叶片，异香扑鼻，不由得将这片绿叶含在口中。顿时，口舌生津，身体清爽了许多。于是，传旨命各大臣寻找这种绿叶，结果，走遍吐蕃各部未得。偏有一位忠心耿耿的大臣走出藏地，渡过黄河，在四季不见雪的大湖之岸终于找到了长着这种绿叶的树。他射杀了两只麝，用皮做了两只盛物不腐的口袋，装满绿叶驮在一只梅花鹿上返回藏地。赞普饮用后，身体真的逐渐康复。之后，王宫贵族、平民百姓纷纷仿效，开始喝这种绿叶。因为茶多来自汉地，汉人叫"茶"，藏族称汉族为"嘉"，"茶""嘉"谐音，其中便蕴含了无限魅力、千载信息。

又闻，2000多年前，有位叫吴理真的道士，在四川西南雅安蒙山收集野茶，种下七株仙茶，取甘露井水熬煮，发现了藏茶这流芳百世适合藏区人生活方式的饮品。自此，藏茶的中心产地就集中在了川西高原向青藏高原的过渡地带，雅安境内的高山之上。此后，雅安成了藏茶的诞生地。雅安出产的茶叶源源不断从西南边陲运往西藏，形成了初具规模的"南路边茶"，中央政府也通过此路，用茶叶换取藏区战马，让这条著名的通道，添了烟火之气，被称为"茶马互市"。

自古文人多笔墨，海棠花的嫣红与柔姿，在诗人笔下暗含的幽思无尽。海棠花一般有艳无香，只有少数地方的海棠带香，比如蜀嘉定州海棠，不但有香，且香味浓郁，独异他处，其他地方的海棠，其香大多只在隐约之间，娇艳柔美，性喜阴湿，有断肠花、思乡草之意蕴，象征苦恋。玛柯河林区的海棠花，极具高原人性格，顽强、坚韧，无论春光还是秋色中，秀丽丰饶的玛柯河畔，总会有让人赏不尽的窈窕春光，绽不尽的胭脂秋韵，孕育出浓香扑鼻、天然古朴的藏雪茶。

藏雪茶在班玛有很久的制作历史。过去，当地群众只是自己采集一些野生花叶海棠和变叶海棠的鲜叶，采用古老的传统手工方法加工制作，产量很少，只能满足家人需要，不能形成商品和产业。唐宋以后，班玛成为丝绸南道、唐蕃古道的必经之地。当时的藏茶，也就是黑茶，在经过四川阿坝、壤塘、马尔康至青海、西藏的艰难路途中，经久延年地传递着茶文化的郁郁芳香与淡淡苦涩。

藏茶又被称为大茶、马茶、乌茶、黑茶、粗茶、砖茶、条茶、茯茶、团茶、边茶等。近年来，由于人们注重养生，把目光转向了无污染、高海拔的林区，玛柯河两岸灯塔乡、亚尔堂乡的村民开始重操旧业，制作藏雪茶，就在四川省炉霍县雪域俄色茶风生水起之时，果洛班玛的藏雪茶也渐渐进入了人们的视野。

都兰，你的温暖在哪里

赴都兰途中，一位来自北京的姑娘夹在装备齐整、威风凛凛的摄影人中间，尤为醒目。

下车后，四目相对，莞尔一笑。我们之间似乎有了淡淡的默契。她是来看花、看水、看野生动物的，与试图把眼前的天空、草原、鲜花和众多野生动物，一股脑儿装进自己镜头，带回去推敲、欣赏、陶醉的摄影人有些不一样。

都兰沟里乡合支龙的夏天深邃迷人。海拔高至4200多米的汗布达山区，是当地牧人心仪的牧场，草木丰盛、溪水潺潺、野花荟萃，也是野生动物天然的栖息之地。正午时分，岩羊、黄羊、盘羊、白唇鹿、马鹿不见踪影。当然，它们怎么能轻易出现在人们眼前，而黄鸭、猞猁、石貂、狐狸和沙狐、鹅喉羚、雪鸡同样难觅踪迹，正在大山深处徜徉，从不理会凡间琐事。

近期，不断在这里发现雪豹的事实，让雄心万丈的摄影人个个怀揣梦想，期望与它相逢，也让研究雪豹的专家、学者心驰神往。其中，同来的一位摄影人见雪豹心切，头天下午便上山匆匆寻觅，待次日中午在沟里见到时，他神色已然淡定。原本说好一起下山的，又忽然跑得无影无踪，叫人捉摸不透。

他哪里知道，雪豹乃动物之王族，雪山之明星，高傲矜持、智慧从容，不招摇，也绝不会被尘世间的任何事魅惑，与人的相遇特别需要缘分。

此时，北京姑娘米花，正勉力做瑜伽状，或蹲或伸展身子匍匐于地，用手机拍各种花草，又拿出一架精致望远镜远眺、近瞧。

都兰自古多树，保持着原生状态。珍稀的千年柴达木圆柏、原始青甘杨，"活化石"梭梭林，器宇轩昂、笼盖四野。另有黄芪、大黄、羌活、雪莲、麻黄、锁阳、茵陈隐匿于丛林、坡地，需近观细看。等我手忙脚乱拍了又拍，郑重地从米花手中接过望远镜，透过镜片看时，突然傻了。

望远镜中，草叶中白头翁、龙胆、秦艽陡然间睁开眼睛，盯住我。

重重花瓣，细密绒毛，花叶花萼，花蕊花丝，如手工艺人镂刻的珐琅器皿，如精心琢磨过的宝石、翡翠。不同的是，能够让我嗅到馨香，于美妙瞬间，感触到它们各自含蓄的心跳，结实的孢子中即将崩裂四射的花种。

原来，米花看鸟看花看世界非比寻常。她在借助望远镜细细体会、慢慢欣赏，用心揣摩其中奥妙。这意味着与荒野之间，野生的生命、自由的生命、璀璨的生命更为亲密的交往,像姐妹间的细语、土地对种子的承诺。同时,足以证明,她同大自然神交已久。

都兰地处柴达木盆地东南隅,全年气温偏低,海拔最高至 5536 米,戈壁、沙漠、谷地、河湖、丘陵、高原、山地依次分布,地貌类型多样。40 多条大小河流,养育着广袤土地。是一处未曾遭受人为干扰的荒野,也是剽悍、骁勇善战的蒙古人纵马驰骋、难以割舍的家园。雄浑、洒脱、原始的自然品质,交织着最基本的、完整的生态价值。

阳光下,沙柳河、托索河、察汗乌苏河在高山、峡谷间缓缓而行,讲述着蒙古人千年万年的故事,这使得遍布沟里乡合支龙的高山灌木能够始终积聚力量,释放出清洁空气,为生存在丛山中的野生动物提供庇护,建立起健康的生态系统。

当然,都兰的魅力不止如此。荒野本身,荒野之精华,给予人类的美感、苍凉之气无与伦比,更不用说,它在青藏高原进化、演变进程中的价值。从这个角度看,米花对待大自然的态度极其认真,接近自然的方式与众不同。望远镜中,放大的都兰,放大的山野、小溪、草原和野花,岂止是艳美,岂止是多彩多姿。作为野生动物珍贵的领地、原始牧场,除壮美、粗狂,此刻,都兰在米花的视野里又平添了几许轻柔、渐变、动感与细腻。这与其说是这位北京姑娘特有的审美方式,给了我极强的新鲜感与冲击力,不如说是在这之前,我并未有过真正沉下心,以平和、敬畏之心,追究生命成长、辉煌、死亡全部过程的经历和勇气。

这是米花这颗不灭的童心、好奇带来的神力,与功利、世俗无关,必将与她终生为伴。

一个人的生命中,有什么力量可以触及你认为最为重要的东西呢?答案是多方面的,但,追求的品质却是唯一。雪豹无可替代。包括身形、牙齿、利爪、皮毛和骨骼兼具的威力;雪豹犹如酒神狄厄尼索斯,利用香气制造陷阱、迷惑猎人,最终使猎人放弃杀戮,成为大自然的爱恋者。野生植物白花枝子花、骆驼蓬、火绒草优雅神秘,身处极端脆弱高海拔环境,短时间内完成长大、成熟、交配、育子、衰落的生命过程,使它们必须以牺牲者的姿态,尽快绚丽夺目、尽快吐芳争艳,付出一切。

近几年,由于青海野生动植物摄影协会的倡导和积极行动,全国各地的优秀摄影人,被称为鸟王、蝴蝶王、猴王、花王的,跑遍青海,乐此不疲。拍摄、体验的目的,多了一层保护生态的含义、积极进取的乐观。这种精神,又促使他们完成了作为摄影人强身健体、把握瞬间,在大自然的光与影中汲取力量的品格。

而这一次,米花和来自北京、西宁、珠海、山东、四川的摄影人,生物学界的学者、教授,来到海西州都兰县,齐聚一堂,是为了参加都兰野生动植物保护协会的成立仪式。这将是政府与民间协会共同保护当地生物多样化、维持生态平衡的重要举措。

米花在沟里乡合支龙住了一晚。

深夜，月朗星稀。她一个人傻傻地坐在草地上，用望远镜看星星看月亮。月亮在空中闪烁，环形山清晰可见，似乎再仔细一点就能找到白兔。这是米花每到高原或野外必做的功课。在她用自己选择的方式探究这个世界、进入大自然、让自然融入生命时，她的心透明、清澈，仿佛见到了塑造大地的艺术家，期待着与她倾心交谈的笑颜，又仿佛穿越时空，在宇宙翱翔。要知道，世界上任何事物都不会孤立存在，即使荒漠中的蜥蜴、空气中的水分子也有所依赖。与大自然的亲密接触不是生活中必不可少的，但却是人生中弥足珍贵、值得守护的。

当我再一次用她手中的望远镜观察这个斑斓的世界时，我不感意外、不再嗟叹，只有萍水相逢或不期而遇后的惊喜和温暖。这是让身处大城市、身心疲惫、求得解放的人拥抱自然、心向自然的热望充溢幸福的感觉，也是我，作为青海人，以另一种方式遥望高原荒野、静静凝视春秋、冲向顶峰的喜悦。

难怪，都兰蒙古语意为"温暖"，真不知，它温暖了多少人的心。

水母雪兔子

秋风渐近。积雪覆盖的岩石间，一朵罕见的水母雪兔子，如光影幻化的水母，柔软、轻盈；又似积雪中簌簌而动的玉兔，踮起脚尖，驻足望月。

水母雪兔子就是雪莲。不同的是，岗什卡雪峰的水母雪兔子既有植物的谶语，又有动物自由、可爱的天性。讲述这朵花的人，是谙熟青海高原植物的摄影师凯章。不知何时起，他已经由痴迷的"花粉"，全缘叶绿绒蒿的爱恋者，变为"雪粉"，水母雪兔子的狂热崇拜者。曾不止一次驱车上千公里苦苦寻觅。终于在四川境内的巴郎山，得以目睹芳容，与它有了神交，并依据巴朗山下分布的植物种类，确定离西宁 160 多公里的祁连山东段，有水母雪兔子的仙踪。

作为爱花的人，难以割舍的，便是与奇异野花相逢的机缘，那是一种类似造访神祇的陌生感，相见恨晚、一见钟情的忧伤与甜蜜。

通往岗什卡雪峰的路，潮湿苍凉。沉沉云雾，紫气弥漫，巨大的山体静默神秘，暗藏威力。虽然过了花季，山下密布的灌木丛中，仍有鲜艳的虎耳草、雪绒花、紫堇、垂头菊轻轻点缀，深绿色的西藏雪灵芝满山满坡，蘑菇云一样飘落在粗糙的山地上。

海拔接近5000米。浮云层层，空气稀薄，视野中没有尽头，只有苍苍茫茫的云海。儿子到底年轻，没多少感觉，我已无法保持身体的平衡，头重脚轻，眼仁肿胀，呼吸困难。越往上走，能见度越低，几步之外，不见另一个人的身影。浓雾中，隐隐浮现的青石，狰狞可怖。未经雕琢的片麻岩、火山岩失去了刚柔相济的魅力。凯章一再嘱咐我和儿子，要记住上山的路。否则，迷了路，再碰到觅食的饿狼、棕熊，后果不堪设想。

我心生恐惧，身体如悬空一般，险些放弃上山的冲动。但是，见到水母雪兔子的渴望，如此执拗，竟让我鼓足勇气登上山顶，站在了海拔5000多米的云海下。那一刻，天空微明，含着忧愁，青色的世界里，冷气凝成豆大的雪，落在我颤抖的嘴唇上。此外，便是静谧，深深的、无边无际的静谧。

许是我们的执着，让神灵有所眷顾。对面悬崖峭壁之上，一朵娇小的水母雪兔子，正以一片形同屏风的青色石块为避风之所，盛开在刀刃般锋利的流石滩。它的脚下是深不见底的万丈深渊，前方是嵯峨起伏的祁连山主峰，海拔5826米的疏勒南山团结峰。

为了看得更真切一些，儿子搂住我的腰，让我得以探出半个身子,离它近一点,再近一点。远观中,这朵奇谲瑰丽的花,身形妩媚,隽秀飘逸,数朵花序簇拥而就的花苞,端端正正落于菱形叶片裹就的宝座之上,浑身上下白雪似的绒毛精致、文气、干净。

或许,它是传说中得了仙道、经千年万年修炼、藏于砾石、脱了躯壳的精灵;或许,它是亿万年前,海洋退去时,遗留在高原上的海洋生物鱼、贝、海草类的魂魄。投落雪地的影子,文雅又从容。

天阙之上,终于见到这朵只为自己盛开、不为取悦别人的花。我表面平静,内心却激荡着滚滚波澜。又一次觉得,银光熠熠、紫气蒸腾、冰冷寒凉的岗什卡雪峰,是飘溢着薄明、夜与神秘的青色世界。

扑棱棱,一只青色的鸟,贴着云层飞驰而过,消失在云雾里,恍若西王母的青鸟,赤首黑目的女妖、信使,飞进了水晶宫。那是乘八骏之车前来西征的周穆王与虎首豹尾、人面虎齿、美目流盼的西王母情意绵绵、言辞凿凿的相会之地。

山野的慷慨接纳、水母雪兔子的沉静之美,让我的身心,在这一刻浸透了不为欲望束缚的纯净之色。就在这时,一股强烈的气味由远及近。凯章说,这是缺氧多雾的雪山上特有的山岚瘴气,命我们迅速撤退,原路返回。

看来,与这朵野花的缘分仅限于此。作为世俗之人,并不具备飞行的体力和智力,也不可能像青鸟,时时缠绵在它身边。今天，能够以一颗纯净、谦卑之心，欣赏到它尊贵的容颜，已是莫大的幸福。

白雪纷纷扬扬。儿子紧紧拽住我的手下山。一路上，那朵披雪而立、典雅生动、孤寂而天真烂漫的花，一直在我眼前浮现。据东方先秦古籍《山海经》、西方普林尼《博物志》记录，动物和植物，或动物和另一动物结合在一起的生命，具有非凡神力。如昆仑山上虎首豹尾结合的西王母，植物与动物相互结合的冬虫夏草⋯⋯

岗什卡雪峰远近闻名。峰峦起伏，冰川耸立，高寒阴冷，气候瞬息万变。虽为流石滩地，草木清浅，甚至没有提供养料的土壤，但粗粝无光、面目丑陋的流石间，玲珑的雪花里，水母雪兔子在寒夜里、星月下满足的微笑，足以使这座雪域高峰，光彩耀目、饱含温情。地球上，有生命、有爱心的绝不仅仅是人类；有精神、有气象、有理念的也绝不仅仅是人类。动物、植物与人类有许多普遍的东西、共同的特质，都有权利以自己的方式追求生命的完美。只是生活环境、个人修养的巨大差异，使我们忘却了生物间的平等与关联。

在我凝神静气，观望它，这朵被山水精华赋予灵性的奇妙花卉时，就像在观望自己，永远观望着自己的自己。在设身处地为挺立在雪山之顶，不为奔命，不为他想，不急不躁，只为遥望的生命着想时，也在为自己微弱的生存着想。

在雪山之顶与这样的一朵野花相遇，是人生中的大事。

除尊贵、无瑕、清高，它的仙道之力，严酷环境下的从容淡定、款款柔情也给了我无尽思量。

山脚下，清泉迸裂，河水滔滔。摄影师在拍照，我坐在青石上发呆。儿子果果在河床边踱来踱去，为的是选一枚心仪的石子，带回家。但儿子未能如愿。

水母雪兔子被当地藏人赋予神的含义，从不忍心摘下来据为己有。"梅朵岗拉"汉语意为雪山上的花、雪山上的神，是对这朵野花的尊称。

候 鸟

每年 3 至 9 月间，青海湖流域天高水阔，气候宜人。宁静的湖区既不像南方酷热多雨，也不会有太多的天敌干扰，况且还有鸟类喜欢吃的青海湖裸鲤。于是，成千上万只候鸟从南方、从东南亚飞来，寻找适合自己的地方安家、育后。

聪明的候鸟，首先会选择对它们来说食物充足的地方。比如布哈河沿岸，比如泉湾、那尕则滩涂，等等。因为，布哈河会提供可供候鸟食用的有机物和淡水，而沼泽地泉湾、那尕则滩涂苔草、扁穗草、杉叶藻等湿生植物生长旺盛，再加上冬季不封冻、人畜不易进入，湖岸 8 公里的范围内丰富的水草和浮游生物，很容易成为众多禽鸟的育雏区和栖息地。另外，岛上足够候鸟饮用的泉水，也同样吸引着远方的水鸟。

当然，青海湖最著名的候鸟栖息地，还是鸟岛。

鸟岛位于青海湖西部湾，离布哈河河口 4—6 公里的地方。鸟岛有两个小岛，蛋岛和海西山。蛋岛是东头大、西头窄，形似蝌蚪，长约 1500 米的半岛。坡地平缓，地表被沙土、石块覆盖。来蛋岛居住的鸟类很多，每当初夏，鸟窝密布，鸟蛋遍地。白藜、冰草、镰形棘豆、蒿草、早熟禾生长旺盛。

海西山，又叫海西皮，与蛋岛相距 2 千米，同处在布哈河冲积滩顶端，面积约 2.2 平方千米，岛顶较为平坦，有流自布哈河河谷的沙土，利于鸟儿栖息。另外，海西皮东北缘紧靠湖水的断层陡崖处，有一块高出湖面 30 多米的圆形岩石，接纳了许多鸬鹚筑巢安家。因鸬鹚大多眷恋旧巢，喜欢在自己所筑的旧巢上不断修缮加高，因而人们可以清晰地看到陡崖上，逐年累月叠加起来的，像微型碉堡似的柱状巢体。鸬鹚不仅有高明的筑巢技术，而且有很强的捕鱼本领。一旦发现目标，会突然从悬崖峭壁上，一头扎进水里，飞快地叼出一条鱼来。鸬鹚的喉囊很大，可一次装三四条鱼回去喂它的幼鸟。

1870 年，俄罗斯探险家普热瓦尔斯基第一次踏上鸟岛时，就被这里的美丽和百鸟齐鸣的景象所倾倒，在他的第一本游记中，他动情地记述了这样的情景："这里是大雁、天鹅、丹顶鹤等鸟类的栖息地。鸟鸣不绝于耳，鸟蛋俯拾皆是。我恨不得自己也成为青海湖的一只鸟，与美丽的大自然融为一体。"

除了鸟岛是鸟类集中的栖息地，我们还可以在青海湖流域的许多地方看到迁徙而来的各种候鸟。比如，位于湖心偏南一点的海心山上，斑头雁、灰雁集中在岸边，而青海湖西南部的孤岛三块石，植被虽然稀少，仅在碎石间有一些灰菜和牛尾蒿，但依然是渔鸥、斑头雁、鸬鹚集中的地方。

假如有幸，你一定会惊羡它们身上的羽毛，被它们美丽柔软自由的双翅倾倒。羽毛可以用来隐藏身体，也可以吸引异性的目光。能储藏水，也能防水。抖动时，发出的声音噼啪作响，近乎完美的羽翼，是最舒适的披风。

此外，湖南岸的一郎剑、二郎剑，湖北岸的沙柳河、泉吉河、哈尔盖河河口一带，布哈河中下游以及滩涂之地，也随处可见栖息、觅食的候鸟。

青海湖东北部，有一个沙岛。传说，这里曾经生长着很多树木。后来，因为青海湖水位下降，由于战争、过度砍伐，成了与陆地相连的半岛。沙岛形似新月，表面由沙砾覆盖。然而，即使在这样时而干旱时而炎热、基本没有植物的沙岛上，也仍然栖息、繁殖着大量渔鸥。这些外形美丽、喜欢群居的候鸟不仅给沙岛增添了活力，也给人类传递出信心和希望。不论何时，不论何地，生命都会在变化中求得生存，在选择与艰辛的劳作中得到延续。

每到春夏，草木茂盛，牧人的帐房炊烟阵阵。这时，栖息于青海湖整个区域的候鸟种类能达到 100 多种，总数 10 万只以上。大规模的有斑头雁、赤麻鸭、普通秋沙鸭、鹊鸭、白眼鸭、斑嘴鸭、针尾鸭、棕头鸥、渔鸥、灰鹤、蓑羽鹤、黑颈鹤。万只以上的有渔鸥、凤头潜鸭、鸬鹚，它们停泊在湖中小岛、湖滨、滩地、水草间，给青海湖带来无限美意。

灰雁也叫大雁，分布于青海湖沙岛、倒淌河湿地、水生植物丛或沼泽地，河湾、河流中的沙洲，有时也在湖泊中游动。灰雁从 3 月底到 4 月初迁徙至青海湖。灰雁机警，声音洪亮，不易接近，主要以野草、种子为生，也吃一点小虾、螺和少量昆虫。灰雁用水草和芦苇，在水边和泥滩地筑巢，羽毛不算华丽，不易发现。

斑头雁是青海湖流域常见的大雁，因头部有两条棕黑色的斑纹得名。每年 3 月中下旬至 4 月中旬，斑头雁成群地栖息在湖滨草滩、水洼地带，以蛋岛居多。斑头雁的食物多为禾本科、莎草科、豆科植物及种子。除此之外，它们也吃少量的水生动物，喜欢在水边漫步。它们体态优美，性情温和，警惕性很高，每到一地都尽可能保持群体活动。可以在四五千米的高空排成长长的蛇阵或者人字形，以每小时 60—80 千米的速度飞行。对斑头雁来说，飞越世界第一高峰珠穆朗玛峰，并不是一件太难的事。特别让我感动的是，斑头雁的配偶关系是永久性的，一旦丧偶，雄雁不再"娶"，雌雁不再"嫁"，孤独至死。

观鸟的奇妙之处在于观察。欣赏候鸟优雅的举止、精美的细节是一种享受。每年春夏，数万只渔鸥在青海湖大量繁殖，主要集中在三块石、海心山。渔鸥于 3 月至 4 月上旬，大批迁徙至青海湖，分散在布哈河、黑马河、沙柳河、甘子河等河口的河网地区及湖周围泉水密集的地方。渔鸥以鱼为食，也吃甲壳类动物，巢是我们能够观察到的小浅窝，繁殖期在 4 月中旬至 5 月末。

棕头鸥也叫海鸥，常在湖泊、河流、沼泽、草原湿地及环水岛屿活动。棕头鸥和渔鸥，飞行力强大，同样以鱼为食，繁殖期在 5 月末至 7 月。这两种鸟互相争食，很难在一起相处，总是分别集群筑巢。如果仔细观察，会发现，每一种常见的候鸟，都会做出一些不同寻常的事，每一次的飞行都有特殊的目的。它们有舞会，也有表演，如解开生物谜底的博物学家华莱士所言："一种集体求偶，或各自炫耀的激烈竞争，随时有可能在湖岸上演。"

特别要提到的是鸬鹚，平日居住在鸬鹚岛上、看似黑乎乎的雄性鸬鹚，到了发情期，会以超出人想象的变色羽毛，征服雌鸟的心。第一次见到发情期的雄性鸬鹚，让我大吃一惊，完全被它不同往日的风采迷得目瞪口呆。情欲、被选择和延续生命的需要，迫使雄性鸟类的羽毛在繁殖季节大放光芒，而雌性鸟类也会因雄性羽毛的光泽与华丽程度，挑选精力充沛、更加健康的伴侣。

有趣的是，候鸟之间还是一个有秩序、讲诚信、和睦相处又具不同个性的共同体。每一种鸟都有自己的筑巢区，谁也不会越界筑巢，更不会强占他巢。此外，不同的筑巢区之间有着并不明显的界限，虽不足一米，却是各类候鸟共同维护、散步、休闲、交流的公共空间。一般情况下，候鸟从不侵犯其他鸟类的领地。如有天敌袭击，候鸟们会不约而同地冲向天空，驱赶敌人。

天 鹅

擅长捕鸟的俄罗斯猎手鲍里斯·伊万诺维奇，悄悄走到天鹅的近边，举枪瞄准。忽然想到用小霰弹打大天鹅的头部能多打几只，于是打开弹膛，退出大霰弹，装进小霰弹。正待开枪，又觉得打的不是天鹅，而是姑娘。他放下鸟枪，观赏了半天，然后悄然后退、后退，最终离开了那个地方，让天鹅一点也不知道有过可怕的危险。此后，猎手伊万诺维奇放弃了打猎这个行当。

此时，天鹅是一个被姑娘赋予的存在，姑娘触动了猎手的情感。让猎人放下了杀戮者的身份，不但救赎了天鹅，还让猎人成了一个欣赏天鹅、欣赏大自然的人。他不再被任何猎物诱惑，而被美丽的大天鹅彻底赋予了美的人生，这就是天鹅。

落雪了，在巴音布鲁克湖生活了一个夏天的天鹅，安静地，不慌不忙地来青海湖过冬，一个接着一个……

未凝固的湖水，在黛色的微光中迎接了天鹅。天鹅感到湖水冰冷、苍凉，同时也明净、澄澈。

天鹅雪亮的眼睛，在清幽的天空下闪烁。

天鹅预知，羊年春夏，是转湖之年，这使得它遥远的旅行顿生吉祥。也没有让它因为没有飞到印度，或更远的红海、地中海沿岸过冬感到遗憾。

天鹅在飞翔，眼见金黄色的草无边无际，在青海湖湖岸滚动。身子下面闪光的湖面波光盈盈，像一面镜子。

它继续划动翅膀，在露出层层皱褶的远山间飞行。

天气还冷，吹起了冰冷的风。渔鸥和斑头雁度过热闹的春夏后，带着学会飞翔的小鸟飞走了。一队排好队形的大雁，从天鹅身边匆匆飞过。

天鹅收起翅膀，停了下来，极其敏感地四处张望。

没有一丝风，没有一朵云。它仰望苍天，天空如春水般荡漾。它远望湖水，清晰地看到了海心山秀丽的轮廓。怎么还有几只赤麻鸭、鸬鹚没有飞走，踯躅在湖面。

天鹅的家乡在新疆的巴音布鲁克，巴音布鲁克在天山，是巴音郭楞蒙古自治州和静县境内的一片湿地。

夏天的巴音布鲁克，河流密布，草木旺盛，远处的山峦覆盖着白白的雪。天鹅在雪山下孵卵生子，在沼泽地轻歌曼舞。

很多异地的朋友慕名前来看望。

它有些腼腆，有些羞涩，也有些担心。它躲在草丛里，让不远千里万里看望它的人，只见到一峰瘦弱的白骆驼，一群蜂拥而至的大蚊子。当然，还有河流，像小龙一样轻盈、飞舞，转了十八个弯也舍不得离开天鹅的开都河。

天鹅也一样，留恋每一条河。开都河不仅养育了天鹅栖身的这片高山湿地，是巴州的母亲河，还是淡水湖博斯腾湖的源流。

魅力无穷的和静，泉水丰美的巴音布鲁克草原由此绽放，成为开都河、伊犁河等九大水系的发源地。

选择这里作为家园的理由是充分的。天鹅喜欢宁静、安逸，更喜欢雪。

太阳升起来了，天鹅洁白的羽毛，镀上了一抹金辉。

天鹅知道，从英格兰、北欧、亚洲北部飞来的大天鹅、小天鹅、疣鼻天鹅也要在这时到青海湖过冬，可不知它中意的那位姑娘还来不来，它心里没数。

天鹅抖动双翅，飞过微露晨曦的天空，落在蛋岛上，乌黑的眼珠机敏地四处巡视。

蛋岛天高水阔，静谧安详，是理想的过冬之地，湿生植物苔草、扁穗草、杉叶藻、冰草遍地丛生，但是，它应该在哪里停留。

天鹅无数次地听到过诗人的赞美，最满意的是美国当代优秀的大自然诗人玛丽·奥立弗的吟诵：

> 你也看到它了吗？漂移，整夜，浮于黑色的河溪
> 你看到它了吗？清晨，升起进入银色的空气
> 一捧白色的花朵，

　　一缕丝绸和亚麻的完美抖动，当它倾靠

　　进到它自身的翅膀边缘；一个雪的岸，一岸的

百合，

　　它在用黑色的嘴将空气咀嚼？

　　你听到了吗？长笛和口哨

　　一种尖锐又隐秘的音乐——好像大雨倾洒树

林——好像瀑布

　　快刀直下黑色的岩坡？

　　而且你看到了吗？最后，就在云层底下嘞——

　　一个白色的十字架贯穿流入天空，它的脚

　　好像黑色的叶子，它的翅膀好像河流延展的光谱？

　　而且你感受到了吗？在你心里，它怎样关乎于

一切的道？

　　最后你也同样明白，美是为了什么而显露？

　　并且已进入了你的生命？

　　天鹅以为，这符合自己的天性，为此感喟美的意义、生命的不朽，并为人类能够理解自己，深感欣慰。

　　12月的青海湖，没有完全结冰。湖畔金黄色的草地在清幽的天空下闪着亮色。黛色的远山遥不可及，伸向远方的路到了天边。即将凝固的蓝，一望无际。

　　天色大亮，蛋岛还沉浸在静谧之中，普氏原羚正在离天鹅不远的地方享用早餐，一队队排好漂亮队形的大雁从头顶

飞过。奇怪的是，一只寂寞的小鸬鹚独自徘徊在小岛上。

为什么还不离开呢？这只孤独的鸟，拍打双翅，摆出各种各样的姿势，是为了引起天鹅的注意，还是有别的原因。

难道青海湖别有隐情……

天鹅深知，鸟类喜欢群居，特别是天鹅。

这不，正有约莫三千余只天鹅，悠闲地集中在泉湾附近湛蓝色的湖面上。湖水的东北方是可以遮蔽风寒的山峦，南岸尕日拉东侧泛着盐迹的暗红色滩涂，布满了低矮的苔草和鸟类的脚印。周围寂静无声，旷野的冷峻和柔软的画面，和谐优美，使这里成为永恒。可即便是这样一个地方，天鹅也是敏感的，它懂得如何保护自己，它也明白生存环境的每一个细小的变化。即使有一两个潜伏的摄影师，即使，有几声相机的快门声，谨慎的天鹅，也会在不知不觉中，迅速而优雅地离去。

天鹅在岸边休息了一会儿，它打算中午再到潜水的地方觅食。

冬天的青海湖有许多不结冰的沼泽地，有水生植物，还有可以捕食的微生物。但是，天鹅感到，它所熟悉的青海湖流域发生了某种变化，不像以前那样容易找到合适的地方休息，它为此感到困惑。

最终，天鹅选择了一处相对干燥、微微隆起的湖沼筑巢，瘦弱的芦苇和低矮的苔草，勉强可以蔽体。

它安顿下来，舒了一口长气，放松身体。不远处就是帕尔琼席勒河，此时，河水已经断流，只有泉湾湿地附近还有一片未结冰的湖水。

天鹅想了想，换了下姿势，理理羽毛，近距离地欣赏着，即将和自己在这里一起越冬的伙伴，它有些如痴如醉。

美艳的太阳照着湖面，远处的山脉，冰雪耀眼。暖洋洋的日光下，上千只天鹅，静静地漂浮着，好像天生就知道自己有多美。轻松、舒畅地拍打着翅膀，相互追逐，喃喃自语。

其实，看似柔若无骨、娇媚多姿的天鹅秉性刚烈。天鹅热爱自由，只服从心灵的召唤、天地的召唤。它们无拘无束地生活在远离人类的湖畔、沼泽。不破坏别人的家园，也绝不容许其他禽类侵犯。假如遇到危险需要集体应战时，集结的号角响亮而忧郁。

而广阔无垠的天地间，天鹅是美的。它沉静的面孔，圆润的形貌，优美的线条，皎洁的白色，传神的动作，甚至睡眠时沉默的姿态，仿佛天使的化身。

天鹅也绝不是某一个地方的点缀品。它的妍美、高贵、纯洁、温暖，会让所有的人放弃罪恶之念。

天鹅对爱情的理解至高无上。一旦相爱，便会全心全意，绝不朝三暮四。但在决定终生厮守之前，一定要经过长时期的考验。心生爱慕的一对，在迁徙时，会随着各自的队伍上路，而后分居两地，音讯杳无，直到来年春季重逢。分别的日子里，爱情将经受各种考验和诱惑。

天气转暖，倘若双方都能回到原来的栖息地，就继续相爱，直到下一次迁徙、下一次分离。如此三载之后，若爱情已逝，便友好分手。若仍然相亲相爱，就结为夫妻。当迁徙再次开始时，其中的一只会义无反顾地离开自己的团队，与对方同行。

从此，无论寒暑、饥饱、晴雨，都将相依相伴、如影相随、不离不弃，直到生命的最后一刻。

如果一只不幸死去，另一只会为对方"守节"，绝不再娶或再嫁，直至终老。

一想到这些，天鹅黯然神伤。心中惦念的姑娘在哪里呢？它们已情投意合。

夜晚降临，星光灿烂，空气还是那么晴朗温柔。风从北岸吹来，湖水在夜幕下变得黝黑，但依然不能平静。天鹅还在湖上逗留，在黑色的夜里低沉地说着悄悄话。静默的时候，还会有一声高亢的炫音、一声似叹息般凄婉的哀鸣从湖面上传来，那不是别的，正是天鹅自己的歌唱。

在一切临终有所感触的生物中，天鹅会在弥留时歌唱，用和谐的声音作为最后的叹息，作为对生命哀痛的告别，在挽歌声中气绝。

风从远处飘来，青海湖浩瀚无边，如玉如银镜闪烁。可天鹅忧心忡忡，一心想带走自己心爱的姑娘。

天鹅啊，你可知，人类的心事太重，深不可测。

去巴音布鲁克吧！回到那片丰饶的牧场，那是一片饱含热泪、完全禁牧、能够庇护爱人的地方……

流 火

隆冬时节，青海湖北岸清冷多风，温度零下 20 度左右。

蓝天下，黄草连绵，杳无人迹，优雅健美的普氏原羚正在平坦的草原上漫步觅食。

太阳还未升起，普氏原羚已悄悄地离开沙地来到草地，在清晨的露水中啃食青草，甚至花朵。等牧人挥动牧鞭，驱赶羊群来到草地，普氏原羚已经吃好了早餐退入了沙地。

傍晚，草原沐浴在晚霞之中，牧人和羊群渐渐离开了草原，这时候，普氏原羚又从沙漠中出来，在天黑前匆匆吃过自己的晚餐。这种家畜进、羚羊退的现象是由于人类活动侵扰野生动物，也是野生动物对人类活动行为的无奈适应。不过，在食物短缺的季节，它们也会与家畜竞争食物。

19 世纪，俄罗斯探险家普热瓦尔斯基在我国内蒙古鄂尔多斯高原，首先发现了这个敏感、强健、奔跑如飞的高原生灵，人们激动地称它为"普氏原羚"。之后，普热瓦尔斯基又来到青海湖畔，无比吃惊地看到了大量群居的普氏原羚在青海湖畔的生活。他为此兴高采烈，为这稀有的羚羊在海拔 3300 至 3800 米的艰苦环境下，顽强地生存感喟不已。

普氏原羚属偶蹄目，牛科，当地人叫它滩黄羊、小羚羊。在野羊中，普氏原羚体形中等，但比原羚大，一般体长1 米，肩高约 50 厘米，成年体的体重在 27 公斤以上。普氏原羚的外形很像黄羊，头形宽短，吻部宽阔，雌羊无角。雄羊的两角自头顶长出后，几乎平行向后延伸，蹄尖略扩后又向内弯，近似圆钩状。普氏原羚的角上有环棱，靠近尖端的地方却趋于平滑，四肢粗细适中，尾巴较短。普氏原羚全身毛色枯黄，发灰发褐。夏天毛色较深，冬天会变得浅一些。上下嘴唇是黑色的，鼻孔两侧的污白色一直延伸到下颌，喉、腹及四肢内侧呈白色，臀部有白斑，鼻骨狭窄，末端细小。

许多年前，曾经广泛分布于青海、宁夏、内蒙古和新疆东南部地区，种群上千的普氏原羚，由于缺乏有效保护，被人类大量捕杀，迅速减少，现仅存于青海湖流域。

青海湖地区是人类活动强度较高的地区，季节性轮牧，又是草原与沙漠的交错区。青海湖湖东种羊场与小北湖一带有 203 平方公里的半固定沙丘和流动沙丘，人迹罕至，是普氏原羚的避难所。如果没有危险，生活在青海湖北岸和东北岸大草原上的普氏原羚，更愿意待在比较平缓的丘陵草地和平坦的草原上，特别是夏季，因为牛羊被赶至高山草甸。因此，普氏原羚甚至可以越过围栏进入草地，还有可能深入到芨芨草草滩，而到了大雪纷飞的冬季，普氏原羚只能用前肢拨开雪，啃食沙地上的草根，任坚硬的沙地把自己的前肢磨得血肉模糊。

普氏原羚会在荒漠活动，但从不擅自登到山顶，或进入纯戈壁地带。它们喜欢群聚，夏季数只或十多只，到了冬季往往会结成大群，数量可以达到100多只。普氏原羚以禾本科、莎草科及其他沙生植物的茎、叶和嫩枝为食。每年的12月到来年的1月交配，五六月份生育，每胎只产一只幼崽，偶有两只。小羊生下三天以后，就能跟着母亲到处飞跑。普氏原羚奔跑神速，许多动物都赶不上它。正因为拥有这样的本领，它才能一次又一次躲过敌手与野兽的攻击和伤害。

上世纪五六十年代，青海湖流域生态环境不断恶化，野生动物活动范围逐步缩小，种群数量急剧减少，珍稀野生动物资源濒临灭绝，衍息在青海湖南山、湖东地区，极度濒危的野生动物普氏原羚种群被分割成四个孤立种群，包括鸟岛种群、沙岛—尕海种群、湖东—克图种群和元者种群，都面临栖息地破碎、种群分割、基因交换困难、人类捕猎等诸多问题。

近年来，随着人类放牧区的急剧扩展、草原载畜量的持续上升，普氏原羚的生存空间不断被蚕食，能够侥幸生存至今，完全依赖于青海湖畔半固定沙丘和流动沙丘。

在动物保护史上，一个大型哺乳动物的灭种属重大事件。因为一个物种代表一个特殊的基因库，经过千百年的自然选择和生存竞争，一个物种所携带的基因，代表的是该物种适应自然环境变化的能力。其中可能蕴藏着对人类未来生活有所裨益的基因。如果普氏原羚这个稀有物种在我们了解其生态、进化和遗传特征之前，就从这个星球上灭绝了。那么，这座宝贵的基因库就会永远消失。

一段时期，生物学家在对它的研究和追踪中发现，即使是上世纪60年代普氏原羚较多的倒淌河一带，也遭遇过严重的生存困境，很难见到它的踪影，一度成为世界上数量最少、分布范围最窄的羚羊类，甚至是比大熊猫更加濒危的野生动物。

普氏原羚的救护工程迫在眉睫，成为我国15大野生动植物保护工程之一。为此，刚察县政府以哈尔盖普氏原羚救护中心为基础，建设了一处哈尔盖普氏原羚生态园，努力开展普氏原羚的种群恢复和与普氏原羚相关的研究工作，在普氏原羚栖息地禁牧3000公顷、人工改良草场120公顷，使普氏原羚栖息地丧失、破碎和相互隔离的状况得到了有效的改善。

作为特殊的地理区域，青海湖在延缓西部沙漠进程、调节周围气候方面的作用是显著的。位于祁连山南麓的刚察县，以小嵩草异针茅草、藏嵩草、报春花、鹅绒委陵菜、风毛菊等为主的高寒草原、高寒草甸，有三条河流大通河、沙流河、布哈河流经，生物多样性丰富。青藏高原种子植物445种，野生动物200多种，包括普氏原羚、雪豹、藏野驴、黑颈鹤、玉带海雕等国家一二类保护动物37种，以湿地、高寒草甸、草原、灌木林、耕地、沙丘和鱼、鸟、兽等珍稀野生动植物共同构成的青海湖特有的生态体系，为高原野生动物的栖息提供了重要的生存条件。

在刚察县，我见到了常年以保护野生动物为己任，拍摄野生动物，并留下大量珍贵影像资料的摄影师加悟才让。他在三角城种羊场工作，爱好摄影，更热爱野生动物，足迹遍及青海湖流域、可可西里、羌塘草原、阿尔金山下。透过镜头，他记录和表现的普氏原羚矫健多姿、细腻柔和，表达出的是不屈的生命力，与大自然相濡以沫的情感。他骄傲地告诉我，由于当地牧人做出的牺牲，每个人心中对野生动物日渐深厚、倍加珍惜的保护意识，刚察县哈尔盖地区的普氏原羚数量增加很快。如果不打扰，人们已经能在目力所及之处，随意看到普氏原羚奔跑、觅食的身影了。

普氏原羚原本就是青海湖地区的主人。拯救普氏原羚，最简单的方法就是给它们留下一块自由自在的生存空间。如今，刚察县的牧民为了避免普氏原羚在躲避野狼追逐、飞速奔跑时被挂在铁丝网围栏上，情愿将自己分块到户的草场让给普氏原羚，给它们一个宽松、平静的生存空间，让它们自由自在地生活。

裸 鲤

为了歌唱八月里阳光下的青海湖，我去过不知多少回。

我一直在探寻，辽阔的草原上，为什么会有如此动人的湖泊？生活在湖畔的牧羊人，住在简朴的帐房里，听着古老的歌谣，心里却总是亮堂堂的。

不知多少年前，大陆板块相互挤压，原本一片汪洋的青藏高原地区自海底缓缓抬升，使青海湖流域集水成湖。又不知过了多少年，青海湖周围陡然升起，逆向西流的倒淌河堵塞了古青海湖通往黄河的出口，青海湖由外泄湖变成了内陆湖。从此，古海洋之地诞生的青海湖，离大海越来越远，远到印度洋的暖湿气流微弱到无力吹拂湖面，远到迁徙而来的斑头雁必须奋力飞过耸入云霄的珠穆朗玛峰。

尽管如此，群山环抱的青海湖流域有山间冰雪、大小河流交汇纵横，鸬鹚、赤麻鸭、灰雁、棕头鸥、天鹅来来往往，白藜、冰草、扁穗草、杉叶藻、蒿草生长旺盛，唯一的古生物青海湖裸鲤，年复一年洄游在河湖之间。

这些从远古漫游到今日的精灵，因无鳞的身体而得名，一代代在青海湖自在而缓慢地生长，十年才能长一斤。它们不仅是此处食物链的主要环节，也是青海湖生态变迁的见证者。

世世代代居住在青海湖畔的人们，也许并不清楚青海湖为什么是青藏高原重要的湖泊性湿地，也不甚明白青海湖流域的生物多样性含有怎样的特殊意义。他们心中，青海湖属于苍茫大地，属于爱它敬它的人。他们与这片美丽湖水的关系，就像青稞和酥油、奶茶和盐巴，永远无法割舍。他们的朴素自然、物尽其用，他们季节性轮牧的生产方式，他们生活中的种种习俗和禁忌，无时无刻不在传递他们发自内心的、对青海湖的珍爱，以及对自然、生命的敬畏。

上世纪中期，青海湖流域成了环青海湖农业开发规模最大的地区，大片的耕地、引水蓄水工程，几乎将流入青海湖的地表水源截流殆尽。牧草得不到水源补充而生长缓慢，湿地面积萎缩，青海湖流域旱化、沙化、盐碱化程度日益增高。

就在这样的情况下，还有一些人为了眼前利益污染湖水，切断仅幸存于青海湖畔的野生动物普氏原羚的生命通道，让世界上有蹄类最濒危物种之一普氏原羚，被迫退居沙漠边缘，仅以吸吮草叶上的露珠和食用草尖嫩芽为生。

上世纪80年代，青海省曾实施限产封湖。然而，青海湖裸鲤资源下降的趋势仍令人震惊。2002年，青海省发布了封湖育鱼十年的通告，2012年又继续发布通告实施至2020

年，并在加大封湖力度、检测青海湖水资源的同时，开通洄游通道，拆除引河入渠的水泥通道，并成功培育人工孵化技术，开展人工增殖放流，使青海湖裸鲤资源量持续恢复。

那是农历六月初三，群山绵延，青海湖北岸在大雨中朦朦胧胧，上万人拥向沙柳河河口，为人工培养的青海湖裸鲤放生。河面在大雨中变得恣肆、浩荡，我和同来的姐妹从放流站工作人员手中接过一大桶鱼苗，向放生地奔去，后面紧跟着一群被雨水淋透了的牧民、打着花伞的美妇、戴着新礼帽的小伙子。

河水温暖，一点也不凉，小小的、金黄色的鱼苗从我的手中滑过，急不可耐地冲向大河，雀跃着，也许还在低声地欢呼着，向不再忧伤的河流奔去。这里是地势平坦、水源丰沛的刚察县，流向青海湖的泉吉河、沙柳河和哈尔盖河集聚于此，一直是青海湖裸鲤的洄游通道。对高原人来说，这是一个重大的节日，为一群初涉世事的小裸鲤举行的庆生典礼。这个典礼不以商业为目的，也不以观赏为目的，它单纯地表达了人类对大自然的感激之情、对生命的珍惜之情。

放生一头牛，只是放了一个生命，放一条鱼，等于挽救了一万条生命。生活在湖畔的牧人们坚信，草原上的人靠牛羊生活，牛羊靠草场生存繁衍，而良好的草场需不断修复、改善，以便维持生物多样性。

雨下个不停，打湿了几位老者身上的衣服，老人的脸大多晒得黝黑，但眼睛明亮，牙齿洁白。我身边的老人在无声地默念，用一双粗糙、颤抖的手把小鱼连同自己的心交给了大河。

风吹草木，一年又一年。生活在湖岸的牧人们，住在黑牦牛绳编制的帐篷里，喝牛奶、打酥油、捡牛粪、晒牛粪、磨炒面、放牧牛羊，享受新鲜空气和美景，期盼草木丰美、湖水永存。把自己的肉身，看作与山脉、湖泊、草木、动物一样的自然物象，一切取自自然。生时受自然恩惠，死后回归草原，其间蕴含着的是人与自然的高度和谐、万物融为一体的生态理念、生生不息的生存智慧。

2018年7月2日，国家对青海湖鸟岛和沙岛景区实行"禁游令"。之后，对可可西里、黄河源头、年保玉则、岗什卡雪山、八一冰川等保护区也陆续"禁游"，这一切都是为了创造最好的条件，提高大自然自身的修复能力。

青海湖是一个有机的生物链，庞大的自然生态系统。修复生态机制，恢复生物多样性，是一项长期、综合的修护工程。因为在很大程度上，青海湖流域的生态环境特征及演变规律，反映着青藏高原整体生态环境的变化趋势，而这种变化对青海省内东部湟水谷地、西部柴达木盆地、南部江河源区、北部祁连山地等地区均有较大影响。

因为，世界上的每种生物都是唯一的、重要的，都是取之不尽的自然宝库，毁灭它们就是在毁灭我们自己；因为，人与自然和谐共生的至高境界，才是我们的现代生活，才是我们的美丽中国。

　　也许，我再也无缘见到长满红色沙柳的巴哈乌兰河、伊克乌兰河、哈尔盖河，无缘见到祖父骑马踏过湖畔草原时，高草淹过马蹄的壮景。但是，让青海湖远离纷扰，把它还给大自然，托付给爱它、敬它、与它相依相存的草原人，青海湖就一定会恢复原有的生机，永远陪伴在我们身边。

雪 王

念卿夏格力神山，就在眼前。

遍地嵩草，雪花纷飞。羊群低语，普氏原羚停止觅食加速奔跑，宛如一道闪电。

神山不会对所有人敞开胸怀。大湖北岸的念卿夏格力神山，是千年万年风霜雨雪的杰作、以苍天为背景的沉思者，永恒、庄严。

淡雪没有停止的意思，通向神山的路宽阔、明净，被冰雪覆盖。加悟才让岩羊般跳跃，攀上一处处陡崖……

几天前，加悟才让发现了雪豹踪迹，西北高原生物研究所李文靖博士与加悟才让约定在念卿夏格力神山脚下。

加悟才让身材不高，结实魁梧。爷爷是牧人，父亲是牧人兼兽医。早年，他们一家住在湖滨草原金银滩，后举家迁徙定居刚察县三角城种羊场。

种羊场周围是那仁湿地，加悟才让常常见到一只只美丽的大鸟缓缓落下，在草地上梳理羽毛。他不知这个大鸟的名字，只觉得它神秘、优雅。小伙伴们告诉他，这是一种神

175

鸟，藏语称"格萨达"，是格萨尔大王坐骑江噶佩布的守护者。直到四十岁，他才知"格萨达"也叫黑颈鹤。加悟才让对生活在青海湖畔、与他相处了多年的"格萨达"非常友好，只在暗中观察、保护，绝不扰扰。据加悟才让统计，青海湖畔的黑颈鹤数量已达一百二十只。黑颈鹤于春夏之交产卵，产卵期在三十三天左右，如果孵卵失败，会继续努力。加悟才让见过一只连续失败、锲而不舍的雌性黑颈鹤，直到仲夏，还在一动不动地苦心守候，这让加悟才让感动。可是，表情淡定的李文靖博士却说，这是鸟类的习性，用不着大惊小怪。

有一段时间，默默欣赏雄性黑颈鹤求偶时轻盈的举止、曼妙多姿的舞蹈，是加悟才让最大的乐趣。这个过程比较漫长，加悟才让和躲在一旁的雌性黑颈鹤有足够的耐心，直到雌鹤被深深打动，直到它们情投意合，一起舞蹈，一起引颈高歌，掩入芦苇丛中。

多年后，具备了足够勇气与才智的加悟才让又对胡兀鹫产生了极大兴趣。他认为，胡兀鹫是留守青海高原，与雪峰媲美的大型禽鸟。与胡兀鹫的接触，让他有了重生般的喜悦。

起先，加悟才让的跟踪引起了胡兀鹫一家的恐慌，它们惊慌失措地躲过他的一次次造访，不知这个晒得黑不溜秋的人，举着比他本人还要黑的家伙想干什么。一段时间后，胡兀鹫一家发觉他并无恶意，只是想靠近它们、探知它们。于是年长的胡兀鹫暗自哂笑："妄想！胡兀鹫岂能让人类轻易掌握？"

有一天，小胡兀鹫的父亲凯旋，有意识地抛给仰面朝天的加悟才让一粒石子。就在加悟才让瞪圆了大眼搜寻它的身影时，小胡兀鹫的父亲又突然风一样掠过他的头顶，抛下另一粒石子。

站在山崖上，看到加悟才让傻乎乎的样子，胡兀鹫一家忍俊不禁。不过，它们一向不善言辞，也不善察言观色，只是展开足足 3 米长的翅膀，在加悟才让头顶盘旋了一圈又一圈。

又有一天，趁小胡兀鹫的父母带孩子出外练习飞行，胆大的加悟才让攀至山腰偷窥胡兀鹫的巢穴。胡兀鹫的巢穴在环境粗粝的峭壁、石岩上，经年积存的排泄物挡在洞口十分隐蔽。哪知小胡兀鹫的父亲早已明察秋毫、心知肚明，及时赶来阻止了加悟才让的冒失行为。不知为何，还非常傲慢地把吃剩下的半只野兔扔在加悟才让脚下。

是出于好感，还是发出警告？加悟才让颇为费解，小胡兀鹫的父亲更缺乏试探他智商的耐心，扇扇翅膀扬长而去。此后，他们之间再无密切交际。

但此次冒险收获巨大。加悟才让分明看见，胡兀鹫一家的巢穴内竟铺着一张松软的狐狸皮。显然，定居在青海湖畔的胡兀鹫既深谙高寒地区的生存之道，又懂得享受生活，远比人类想象的聪明。

加悟才让还发现，胡兀鹫会在餐后重复一个动作。咽下去一块小石头，吐出来。然后再咽下去，再吐出来。李文靖博士认为，这是小胡兀鹫学习的过程，以强化自身的消化系统。李博士的话提醒了加悟才让。难怪！他曾亲眼看见胡兀鹫把整个狐狸吞咽下去的骇人场面。更惊人的是，过上一阵子，胡兀鹫又会慢条斯理地把狐狸的毛发骨头吐出来。胡兀鹫的胃酸是人的十八倍，完全有能力消化骨头，但它不愿意让胃过度受累，它天生知道如何保护自己、延缓衰老，懂得如何选择动物的脂肪和肌肉，维持自己强健的生命。

同样有趣的是，胡兀鹫还会把褪去皮肉的动物腿骨，从高处用力扔到石头上摔碎，吃干净里面的骨髓。它们还另有办法取出动物脑浆喂小胡兀鹫，或吮吸骨头与骨膜之间的营养以增强骨密度。胡兀鹫的寿命较长，长达七八十年，它们的活动范围不超过七公里，巢穴一般选择筑在光线较弱的阴坡。当它们千挑万选寻找到理想、安全的地方，并决定在此筑巢、产仔育幼，便绝不轻言放弃。

几年过后，除了观察、发现、追踪、惊讶，躺在草滩上观望胡兀鹫的加悟才让已人到中年。在大自然与威严冷峻的生灵面前，在灵魂与灵魂相互碰撞，感到未来的人生需自身修炼时，加悟才让意识到，自己只能选择沉默与敬畏。或许，许多年后，加悟才让内心的崇敬之意，会将远古祖先的神谕传递给现代人。

紫色阳光下，胡兀鹫全身泛棕，眼睛发亮，颊下一小簇刚硬的黑色胡须根根直立，风帆般的巨翼泛出诱人的古铜色光斑，羽毛迎风展开猎猎飞舞。只要愿意，它能轻松飞跃海拔八千多米的喜马拉雅山。加悟才让从不给胡兀鹫喂食，讨好它们。野生动物的自由、率真、野性是那仁湿地的灵魂，有灵魂的地方，才会让雪山湖泊富有灵性，让加悟才让内心宁静。

此刻，雪豹的话题，让加悟才让兴奋起来。李文靖博士为他带来的三部红外线相机，让加悟才让的脸上泛起强烈的满足的微笑。

第一次看见雪豹，是 2016 年 4 月。

那天下午，正在那仁河边举着相机四处晃悠的加悟才让，见到了来自美国的动物学家、博物学家、自然保护主义者乔治·夏勒博士。夏勒博士八十三岁高龄，身体健康，精神矍铄，两只灰蓝色的眼睛和那仁湿地一样明亮。夏勒博士和加悟才让沿那仁河向北行进，在天峻草原与布哈河相会，在距那仁湿地三十公里的天峻县关角乡，一处巉岩交错的峭壁间，见到了一头下山觅食的雪豹。

不远千里来到青海湖畔，调查保护区外雪豹活动的乔治·夏勒博士终于如愿以偿，轻声叹道："beautiful（美极了）！"

还是在那一天，加悟才让和乔治·夏勒博士见证了雪豹绝非独自生活的事实。当时，他们正躲在浓密的灌木丛中，五十米开外的地方，一头刚被雪豹咬死的牦牛倒在血泊中。

战场并无厮杀痕迹，静谧而苍凉的野外，填饱肚子的雪豹从牛尸上优雅地抬起头，朝远处看着，微微闭了会儿眼，抖动了几下前爪，朝山里慢慢遁去。

夏勒博士和加悟才让望着它移动的背影，屏住呼吸轻轻离开藏身之地，接着拨开灌木枝继续向前，脑袋里懵懵的，只有刚才的一幕反复出现。不成想就在这时，一只同样嵌满银灰斑纹的雪豹又在他们的视野里一闪而过。

夏勒博士心头一惊，立即做出判断，这是另一只雪豹。

二十世纪七十年代，夏勒博士奔走在阿富汗、塔吉克斯坦、中国山地，试图重享 1970 年 12 月他在巴基斯坦山区连续观察一头雌性雪豹和它的孩子，并与之共度一夜的美好经历。直到二十世纪七十年代，这个愿望才在蒙古国得以实现。

根据以往经验，夏勒博士认为，出没于关角乡的雪豹是雌雄一对。它们在不超过十平方公里的领地生活，繁殖季节在一起。母豹一旦怀孕，即可分离，却又彼此关照。

小雪豹出生时，通体玫瑰紫，体质很弱，叫声像小猪。七到九天睁眼。十天后开始爬。前半个月由雌豹精心哺育。一个半月后吃些碎肉。两个月后跟随母豹外出活动学习捕食。十八到二十二个月离开母亲，大概也没必要与父亲告别，便开始长途跋涉，寻求属于自己的栖息之地。

2016 年 8 月的科考，让乔治·夏勒博士和他的团队首次在青海湖南部和北部区域，发现了雪豹的踪影。

此后，加悟才让再次看见雪豹，是他独自去刚察县伊克乌兰河畔。那是一个晴天，白雪中的河水晶莹耀眼，一只雪豹悄然经过。加悟才让用颤抖的手摁下快门，拍下了一张雪豹完整清晰的照片。他疯了一样开心，却不舍得轻易示人。"伊克乌兰"为蒙古语，红色之意。雪豹经过河畔，在红河边从容走过的场面，让加悟才让热血沸腾、终生难忘。

一股股奔突向前、暗自涌动的地下泉水通向神山，漫延为一块平坦光滑的冰大板。气温很低，零下二十几摄氏度，拿相机的手红萝卜般透明，呼出的气似乎凝固。寒冷无所不在，绵羊颤抖的声音在草原上回荡。神山依旧，两扇大门左右对立、次第打开，将加悟才让和李博士引向深处。阴坡冰雪覆盖，阳坡干燥坚硬，矮小的嵩草匍匐在地，一排岩羊俊俏而年轻，站立山岗。很快，慷慨而无私的念卿夏格力神山便给予了他们神奇的景象，一行雪豹的脚印清晰地出现在雪地上，李文靖博士和加悟才让喜出望外、手舞足蹈。

与其它野生动物的脚印不同，雪豹的脚印沉着、圆满、稳健，无明显凹痕，犹如一朵朵富态的梅花，与雪地相映，浸透着野性与大自然的交融。

不远处，一具风干的岩羊尸骨，横卧于一面斜坡。肋骨干枯，脂肪、内脏、肌肉全无，撕扯下来的羊毛粘在草尖上。细细观察后，李文靖博士认为，这是雪豹七八天前享用的美食。饱腹之后的雪豹七八天内不再进食，这几天应该是雪豹再次下山的日子……

千百年来，不知雪豹如何生存。它面临的困境那么多，雪灾、风暴、地震、饥饿、枪弹。但雪豹毫无怨言，从不虚张声势，从不哗众取宠，从不卖弄自我，始终深居简出、修炼心性、韬光养晦，漫漶于精神空间的全部秘密，是生存的智慧、野性的力量，是披着东方锦绣的含蓄之美。

雪花飘散，通往秘境的路没有尽头。大年初五的正午时分，能够亲眼看见雪豹珍贵的足印，是一件重要的事。

加悟才让用牙轻轻一咬，打开一瓶青稞酒，咕嘟咕嘟狂饮几口："下次再来，我们下个帐篷，住上一夜。"

他们激动地想象着，想象着大山深处，星星遍布的夜空下，雪豹寒霜般的一双冷眼，如何窥伺着山中的岩羊、盘羊、鼠兔、旱獭、雪鸡，又如何在食物短缺之时以刺玫花果腹，身轻如燕、踏雪疾行……

蓝马鸡的绝唱

隐匿于山林的蓝马鸡，行踪诡谲、举止优雅。看到它们的时候，它们一行数只，正各披一身蓝灰大氅，悄悄来到寺庙前的空地。这时，红衣僧人普华，早已等候在此。它们互相谦让，彬彬有礼地享用着僧人掌中的青稞。

这是二月的青海，青沙山中石峰突立，寂寥清冷。积雪自山上倾泻而下，对面的山坡上，云杉密布。用过早餐的蓝马鸡在沙棘丛中来回踱步、低头沉思，从不同角度看，皆像是一件艺术品。都说鸟类多嘴，可蓝马鸡不像金丝梅叽叽喳喳，也不似野鸽咕哝个不休。它们深居简出，有礼有节。没有急于表达的情绪时，异常安静。无论快步行走，还是低空飞翔。

与普华的约定，使蓝马鸡对人类有所信赖，但仅此而已。于是，同来的人不得不匍匐于灌丛，屏息远看，唯恐惊扰这山野中的大王。看得出，蓝马鸡心情愉悦，无丝毫顾虑，能在这么一处四面环山，沙棘、蜡梅遍地，清泉潺潺流入的风水宝地栖身，令它们心满意足。

我估计，蓝马鸡沉思的东西，不会涉及过去，也不指向未来。但它们仍然在沉思。

十年前，山下的这座寺庙，曾令蓝马鸡忧心忡忡、神不守舍。好在，没过多久，这片山洼就恢复了平静。草木葳蕤、空气新鲜，晨钟暮鼓中，还有轻轻梵音、阵阵桑烟回荡在山谷。

下雪的日子，雾色苍茫，白雪覆盖了一切。以野果、草籽果腹的蓝马鸡无处觅食，饥饿难耐，竟不顾危险在寺庙周围静静徘徊。细心的普华看出了它们的窘境，急忙捧出青稞、小豆撒在雪地上，自己则躲在沙棘丛中远远注视。约莫过了半个时辰，两只胆大的蓝马鸡，终于怯生生靠近。随后，又有四只放慢脚步，借灌木掩护，无声无息挨到近旁，小心啄食地上的粮食。

此后，这动人的默契，成了普华与蓝马鸡之间的秘密、人神之间的承诺，且延续多年。不因风雪、冷雨延误。即使有要事不得不下山，普华也会提前将食物放入自制的方形木盒，置于两棵沙棘树枝杈间搭就的木板上。

仿佛是为了证明。一只极其灵敏的蓝马鸡，轻轻一跃，傲慢地落在木板上，又象征性地啄了几下木盒中的黑豆，为的是让我们相信这个铁的事实，然后又挺起身子，转动灵活的脖颈，用一双水晶似的黑眼睛四处张望。

我心中大喜，又不便放声表达，只能暗中嗟叹。

普华与蓝马鸡之间，这心知肚明的秘密，始于青黄不接的季节。更多的时候，蓝马鸡是不缺乏食物的。山林犹如百花园，山柳叶、苔草、紫罗兰、沙棘果甜美烂漫，但它们依然如期而至。很显然，蓝马鸡不仅明智聪慧，还有着比人类更诚实、可靠、足以信赖的品质。

白云下，蓝马鸡面颊绯红，头顶、枕部的黑色羽绒绸缎般明亮。两侧耳羽洁白，自颈部缠绕至后，微微弯曲，如同戴了条随时在风中飘舞的围巾，俏丽别致。但，与其他鸟类不同的是，蓝马鸡雌雄难辨，除头部相似，全身着一袭素雅蓬松的灰蓝羽毛，尾羽呈蓝紫，羽片松散华丽，泛出金属光泽。

这不免让我心存疑虑。由于鸟类视觉感官发达，对色彩的感觉十分敏锐，遂使鸟类行为易受视觉情绪影响。特别是，当雄鸟向雌鸟求爱时，大多以绚丽张扬的羽毛吸引对方，求得雌鸟好感。这种充满仪式感的婚前准备，往往需要消耗大量精力，持续很长时间，有的大约需一个月。

栖息于青海湖鸟岛的鸬鹚，在众多候鸟中最不起眼，常见到的鸬鹚周身羽毛蓝黑、乌鸦般沉重，可一旦到了发情期，雄性鸬鹚的羽毛，竟然会不可思议地在一夜间发生重大变化。尾羽竖立、斑斓夺目、色彩丰富，像开屏的孔雀。如此，容貌相似的蓝马鸡，究竟该以何种方式选择配偶、吸引对方，完成一生中对它们来说，最为辉煌的使命呢？

耳边不时传来金丝梅清脆的叫声，似乎还夹杂着彩尾山雀边飞边鸣的高音。和候鸟一样，3—6月是蓝马鸡的繁殖期，它们会选择灌木丛最为隐蔽的地面，也会在林间枯树、粗糙的岩缝筑巢。

蓝马鸡秉性清高、静若处子，不寻机炫耀，也不必像候鸟一样远渡万水千山。留鸟的特性，使它们安身立命，终年待在海拔3500米左右、水源丰富的高寒针叶林或临近的灌木丛。早晚集体飞往林缘山谷、草地觅食；夜晚各自散去，歇于不易被人察觉的高大树冠。哪怕冬天，哪怕山林枯燥、寂寞、压抑，蓝马鸡仍精神矍铄，如一翩翩美神，往返于山间草坪、沟壑密林，养精蓄锐中等待草木逢春。

从美学角度讲，美感是一种视听快感，快感是欲念的满足。我兀自思忖，蓝马鸡的快感是既定的，是自然赋予它们的一种特定尺度、内在视觉系统的生命运动，这足以说明生命学中动物的快感，来自有关欲望的学说。

雌雄相似的容貌，让蓝马鸡忽略了对色彩表象的过度认可，而注意形与情与气的流情散芳、听觉官能上的满足。这或许就是生物学家所论述的，某些鸟类的形式快感，已接近美感萌芽的象征，是一种纯粹为了美，而不在乎外在物欲追求，符合主体心灵自由的和谐、生存的美。至此，是否可以断定，外观上雌雄相似的蓝马鸡，对对方、对自己极其信任、认可。既习惯又喜爱，不分彼此、相互欣赏、相互温存，以至于不必用色彩诱惑、讨好、赢得对方青睐。相反，而仅以表象、形式取悦对方，或以此选择配偶，却是人类自以为是的错觉、愚蠢的逻辑。实际上，鸟类那双毫无邪念的眼睛，长在头的两侧，眼中展现的视像远比人类更加清晰生动。

也许，一切都是命中注定。然，我仍有不解之处。蓝马鸡为什么唯中国独有？又为什么大多生活在青海省东部？它们最终定居于这片高地，究竟是源于对环境的适应，还是另有其因？难道，蓝马鸡也像生长在青海高原的名花鳞叶龙胆，因强烈紫外线下独有的蓝，赋予了它们更加柔韧顽强的生命、生存的勇气。

春雪降临，雪原之上白雪皑皑，蓝马鸡鲜艳地飞过，形态优美，如空中划过一道蓝光。多年前，人类对它的认识，早已使人明确，它与人类一起诞生、繁衍和死亡。

生命的秘密太多，却又简单得平淡无奇。一切生死爱恨皆从细胞开始，无论你我他抑或鸟兽虫鱼。但今天，属于名贵珍禽的蓝马鸡，这蓝色精灵，让我又一次体会到了创生的艰难与快乐。还得感激普华，是他的善意与大爱，给了我与蓝马鸡相遇的机缘，让我对生命充满了无尽想象。

普华出生在清沙山下，黄河岸边。他身材魁伟、相貌端正、性情温和。在这座山林里，他自己就是一个童话、一个曼妙的故事，叙述着世间的喜乐与悲伤。他比任何人都更有权利，享受人神欢乐的喜悦；更有资格，与鸟儿一起捕捉生命的美感和意义。

哦，等待是多么的幸福！一道橙色光线冲破云层，照在山顶。早已飞去的蓝马鸡，不知为何，竟再次出现在险峻料峭的断崖之上。它身后的大山绵延不断、它眼中的天地辽阔无垠。我能感觉到它深深的呼吸、起伏的胸膛。也能肯定，它亦能意识到我等存在的能力。

山野的风沁入心脾，一对蓝马鸡在对视、抚摸、渴望。它们在懂得对方的心思后，又一起义无反顾地迎着猎猎雄风面向黄河，俯瞰大地。

突然，一声短促的颤音在穿谷回响。

蓝马鸡终于昂首翘尾，放声鸣叫。

音质粗狂、深沉有力，似成熟性感的男声。

我无法判定这是一只雄鸟，或是雌鸟。

但毫无疑问，它预示着繁殖期的到来……

第三辑

思凡的眼睛

东方神话

站在苍穹低垂、大地浮沉的草原上，青海湖湛蓝的碧波，像无限展开的世界，将我们的思绪带向遥远的地方。

而远方的一切那么模糊，又那么清晰，细细辨认时，迎面而来的，是有关神谕的启示和曾经在青海湖环湖草原上以游牧、渔猎为生的草原人一闪而过的面孔。他们艰苦卓绝而又满怀神奇故事的一生，围绕天地起源、湖泊诞生，崇拜天地万物、旷世英雄的想象力与浪漫，神话与传说，始终伴随着他们的生活，也可让后人捕捉到青海湖环湖特殊的地域中，古老民族的生产、生活、审美及忧伤欢乐。

青海湖流域的神话传说和中国其他民族的神话同样经历了从创造到磨难到胜利的过程。"创造"讲述了洋溢着瑰丽想象，天地、人类万物的奇特起源，体现出了人类的美好愿望和浪漫之美；"磨难"渗透了远古先民于痛苦中反思自身，从自然的恶联想到人类的善恶本性，交织着浓郁的悲剧美；"胜利"高扬着英雄的气节、战胜的力量、牺牲的气概，显示出主体意识的崇高美。

由于各民族都经历过大同小异的进化阶段，各民族的神话便有相似的内容、相似的心理特征以及刚刚萌发的社会意识和审美意识。但是，又绝对没有完全相同的文化特色和同源共祖的历史现象。所以，各民族的神话便有了审美意识的差异性。

我国北方地理环境开阔，生活条件相对艰苦，特别是青海湖流域开放的文化背景和游牧民族历史上征战部落之间的兼并和频繁的战争，让青海湖流域的神话传说，具备了以英雄史诗以及自然与人类的关系为主的内容，表现出的思想并非是借助人类想象征服令他们困惑疑虑的自然力的神话，而是一种对自然力的膜拜。这就充分说明了生活在高海拔地区的各民族，在战胜自然方面所表现出的英雄意识与悲壮之美。

对于大多数人来说，青藏高原是神秘新奇的。无限的敬畏感、神秘感也扩大了人类与不解之物的距离，在远古土著居民的想象中，昆仑山作为男神而存在。西海，即青海湖作为女神而存在。昆仑为阳，西海为阴，阴阳结合，土地归一。于是，对昆仑和西海的顶礼膜拜就成了远古先民原始的宗教意识。后来，中原文化逐渐进入青藏高原，原始的男神、女神观念衍化成新的神话传说，昆仑山被说成是王母娘娘的瑶池，并由此派生出土地十八层、各路天神地鬼、天兵天将和阎王司命。总之，一系列极具东方色彩的神话体系，在一种激情荡漾的情感思维模式中诞生。

当地传说中，上古时代拥有青海湖的是一位有着王者风度"蓬发，戴胜，善啸"（《山海经·穆天子传》）的东方美女，西王母属西荒之国，居流沙之侧、咸池之畔，其地有盐池、西海、石室，且其国名与人名原为一致，并代代相传。有记载的历史是，周朝时，周穆王曾经两次西征或西巡，坐着用八匹骏马拉的车至青海湖见到了西王母，而周朝以前的夏商两代，却无记录，但这并不能说明，周朝以前，宽广漫长的昆仑祁连及青海湖领域就没有人居住。实际上，环湖地区与河湟地区的大量出土文物，毋庸置疑地透露了3000—5000年前，这一地域羌人丰富的生活和成熟的文明程度。然而，由于以中原王朝为正宗的中国古代历史书，只是点点滴滴地谈到了西王母的一些情况，且时有怪异费解之处。因此，造成了青海湖流域有关青海湖与西王母传说中历史与神话杂糅的现象。

对西王母的信仰早在战国时期形成，汉代时到了鼎盛期。她的形象也因此经历了由半人形到仙人的过程，最细致的描述在古籍《山海经·穆天子传》中。

传说中，当年的西王母是用鸟名来为女官命名的，比如"青鸟""白鹤""春鹊""游隼"等等。这不仅证实了西王母确实在青海湖流域生活过，而且，足以说明上古时代人类同动物之间相互依存的关系及对动物的崇拜之情。也说明那时候，青海湖流域曾经湿热多雨，栖息着众多形态各异的鸟雀。

有关青海湖地区曾经是西王母故地的佐证，还有一些来自藏族民间流传的故事。藏语中，青海湖被称为"赤雪嘉母"。赤雪的汉译是"万顶帐篷"，嘉母是"王母"之意，"赤雪嘉母"的意思是拥有万顶帐篷的王母。所以，环湖地区的游牧民族，特别是与古羌人有着亲密血缘关系的藏族部落中，千百年来"赤雪嘉母"一直是人们的护佑之神、和睦之神，也是富有东方魅力的母亲之神。

昆仑神话代表古代中国北方各民族的宇宙观，是中华民族神话模式、文化渊源中的重要组成部分。自古以来，人们对于昆仑山神话的讨论一直持续不断。春秋战国时期，涉及西王母的神话由大西北的昆仑山系流传到了中原地区。秦汉后则流行于长江、黄河流域。

同时，产生于中原地区的民间传说也广泛流传于昆仑山系。比如，在情节上做了一些修改的"杨家将的故事"，改编为"孟姜女与万喜良对歌"的"孟姜女"。

许多年前，有关青海湖的形成不被认知。无穷的想象中，人们幻想着各种各样的可能。最终，人的力量被赋予了无限的张力，被人们塑造出一个又一个鲜活而富有生命力的形象，满足着人类的好奇心。

传说，东海的老龙王有四个儿子，三个哥哥分别掌管着东海、北海和南海，小儿子虽然无海可管，但他并不气馁。经过艰苦努力，他凭借自己的本领在昆仑山北面的柴达木和河湟之间的辽阔草原上大显神通，汇集了从高山冰峰上流下来的 108 条河水，创造了中国五湖四海中占据一席之地的西海——青海湖，做了西海龙王。

还有一种传说，跋山涉水的松赞干布的大臣噶尔·丹巴父子，来到草原上时，已经是口渴难忍，可是四处寻找后没有发现一滴水，也没见到一个人。噶尔·丹巴对儿子说，去看看这里有没有动物，如果有动物这里就会有水。儿子在周围看了又看，仔细观察后，终于发现了一只鹿，而且这只鹿正在用鹿角顶开一块石板跪下前蹄喝水，鹿喝完水后把那块石板原封不动地盖好，在附近慢悠悠地吃草。儿子赶忙跑回父亲身边把见到的情形告诉了父亲，父亲非常高兴，他让儿子去鹿喝水的地方取水，并嘱咐儿子取了水后一定要把石板按原样盖好，否则将有大祸。儿子力大无比，很快到了那地方，他推开石板一看，石板下面竟是一汪清澈的泉水，还能隐约听见浪涛的声音，儿子高兴极了，取了水，又美美地喝了个透，因为心里惦记着忍受饥渴的父亲，忘记盖住盖子便急匆匆地往回跑。父子俩正在烧水吃东西时，忽然听见轰隆隆的响声，噶尔·丹巴知道，是儿子没有盖好石板发生了祸事，连忙叫儿子快跑。儿子背着父亲向南山上跑去，噶尔·丹巴一心祈祷着观世音菩萨和莲花生大师。跑至南山脚下，噶尔·丹巴让儿子停下来看看水势，儿子转身一看，草原已经变成了汪洋大海，泉水仍然向空中喷涌。噶尔·丹巴说，不能歇，继续往山上跑。到了半山腰，他让儿子停下来，这时候，向空中喷发的水柱上一个喇嘛正撩起宽大的袈裟扑打着汹涌的浪花，每扑打一次，浪花就减退一层，还有一只灵鹫也在用翅膀拍打水头。噶尔·丹巴松了口气，对儿子说，我们得救了。传说，那喇嘛就是观世音菩萨，那灵鹫就是莲花生大师。一会儿工夫，泉口不再喷水，突然耸立起的一座山头，玛哈德哇海心山，堵住了大海的天窗。此后，这里的草原就变成了一片海。

神话传说多种多样，但是对青海湖的敬仰之情是相通的，图腾崇拜的民族心理，崇尚英雄、以悲为美的精神特质，使青海湖不仅成为被人们赞美和赋予想象力的传奇之地，还是人们潜心修行的圣地。在许多高僧大德的传记、民间传说中，青海湖是得到众佛加持、众神拥护，并可以在此修炼、超脱苦难的人间仙境和绝佳的隐修之地。

瞿坛寺是明朝皇帝在青海建造的一座汉式结构的藏传佛教寺院。很多年前，三罗喇嘛乘一头白象从西藏云游来到青海，当他站在蓝宝石一样美丽夺目的青海湖畔，看到湖畔鲜润的草地、洁白的羊群犹如仙境尤物，这位传承了苦行僧米拉日巴身、口、意三密的嘎举派僧人心潮起伏，决定在此修行。冬季的一个日子，他登上湖中央的海心山，正式开始了苦修苦炼的生活，使自己的精神与湖水融为一体，渐渐悟出了他一生所要追求的目标。不知过了多久，青海湖微咸的清风把三罗喇嘛送到了青海省乐都县南山，清泉涌流的地方，修建了名刹瞿坛寺。从此，他弘扬佛法，普度众生，广行善事，而瞿坛寺也最终确立了他至尊的地位。

以苦修著称的今青海黄南藏族自治州宁玛派高僧第一世夏嘎巴·措周让卓大师，也曾在青海湖的海心山上苦修。修行期间，他被迷人的青海湖陶醉，忍不住唱出了一首赞美青海湖的道歌。夜晚，入睡后的夏嘎巴·措周让卓大师，梦见自己来到了宝石闪耀的神殿，拜见了由无数仙女簇拥着的美丽的女神。这位女神对夏嘎巴·措周让卓大师白天所唱的歌曲赞不绝口，让侍女在优美的伴奏中学唱了一遍。

太阳高照，沉睡后的这位苦行高僧感觉自己梦中见到的女神便是青海湖至高无上的伟大女神。为了后世僧侣修行方便，夏嘎巴·措周让卓大师与弟子经过艰苦努力修复了原来的佛堂，为的是供奉大慈大悲、救苦救难的千手千眼观音菩萨金身和海神玛哈德瓦神像，一再祈祷祝愿，青海湖地区的人和一切有生命的动物无难无病、快乐平安。

从黑马河乡政府驻地沿环湖公路北上10公里，路边山壁上有一个被称为"窝博"的洞，汉译为神仙洞。人们认为，拜过神仙洞就能平安地拜完青海湖，得到无量功德。神仙洞内有一大厅，四周布有形态各异的天然石，形似各种动物，厅中央的大小石礅颇像桌子和凳子。藏传佛教信徒认为这里就是广为流传的空行母聚会之地。再往深处，拐弯处还有紫红色的花岗岩，其形像人的心、肝、肺，又成为信徒心目中"空行母超度心灵的地方"。此洞究竟有多长、通向哪里不为人知，但是传说中，青海湖畔的这座神仙洞连着圣地拉萨。曾经有一个好奇的人把一只驮了一条牛腿的羊和驮着两捆青草的一条狗绑在一起赶进神仙洞。当这位聪慧的人来到拉萨时，那只羊和那条狗也出现在拉萨，消瘦的羊身上只剩下被狗啃光的牛腿骨和狗身上被羊吃完草的捆草绳。虽然，这些传说无从考究，神仙洞到底有多少秘密也未可知。然而，千里迢迢来到青海湖的人、来到神仙洞朝拜煨桑的人，都怀着为自己、为家人祈福消灾，为众生保佑平安的心情，代表着所有人的愿望。

多少年过去了，富有东方色彩的神话，伴随着昆仑圣洁、多姿的美景不断流传。原始初民的哲学、道德、宗教、历史、文学满足着人们解释世界、自然自由、尽情宣泄、表现自我、从善扬恶的情感。

想念公主

一

通往玉树勒巴沟的路总是静悄悄的，河水闪动着欣喜的银光。长着嫩草的地方，一座用土石垒起的佛塔，在正午曼妙柔软的云卷下，发着微热的红晕。佛塔看上去有些粗糙，近似天然，与山的颜色仿佛一致，在潮湿的草地上，是那么的孤独、微小，引不起太多人的注意。可是，同修缮一新的文成公主庙相比，我更喜欢这座朴素简洁的佛塔。

很久以前，文成公主经过这里，人们为她修建了这座佛塔，也许现在还留着公主轻抚这座佛塔时的余温。

我俯下身子，向她表达深深的敬意。一股温暖的、静默的水从我的胸膛急促地流过，不甚清晰，却令我十分激动的感觉，盘桓在心中。不知，多年后，我还能不能走进她的内心。

八月，将晚的玉树草原沐浴在霞光中，许多牧草密集的地方已经变成了琥珀色，只有蓝色的雅砻江显得有些忧郁，无声地从我身边流过。不知为什么，在玉树，无论什么地方，都会出现公主的身影，好像冥冥之中，这位无法用岁月掩住美丽的公主，无法用最深沉的思念和崇敬言述的女性，正从遥远的过去向我款款走来。

带着一路的风尘和艰辛，带着她内心的忧伤和惆怅。

大地一旦有了深刻的记忆，就变得不那么寻常了。当勒巴沟欢腾的河水一如既往地向前流淌时，任何人也不能明确地告诉你，那些河流两旁，刻有六字真言的白色、青色的石块，从什么时候起就有了。

有人说，这是数百年的传说，每死一个人，亲人就会在石块上为他刻上六字真言，放在这条河里，超度死去的人的亡魂。也有人说，这些石块，是为了纪念文成公主曾路过这里，放在水里的。可不管怎样，其中深藏的命意，包含着当地藏民族对宗教的理解和神圣的感情。那些片刻也不愿意与土地分离的锲有六字真言的石块，是生者对亡者的追念，与大地一起默默地祈祷祝福，让美丽的公主和众人一同趋向和平与安宁。

离开勒巴沟，就要返回西宁。如此匆匆的造访对于这片土地习以为常，在文成公主庙，我又一次极其虔诚地匍匐在地，给公主献上了一块素净的玛尼石。可是一想到，当年的文成公主，在玉树停留后还要继续她漫长而艰辛的路，心里不免难过。

茫茫草原之上，黑色的帐房里已经飘起了炊烟，吃饱了的牦牛轻松地撒着欢儿。贞观十五年，玉树草原也是这般宁静、这般安详吗？年轻的公主经过玉树时，为什么要在这里停留多时？那时候，她是什么样的心情？到了非走不可的时候，又是一番什么样的情状。

传说，公主在停留期间，玉树人舍不得她走。一位慈祥的老奶奶拉着文成公主的手哭着说："这儿的天气这么暖和，这儿的景色这般美，为什么留不住你的心呢？"公主不忍，含着眼泪用纤纤玉指在路边的石崖上轻轻地画了画。立刻，石崖上浮现出一个闺女秀丽的模样，和文成公主一模一样。老奶奶又惊又喜，可是等她回过神来，公主已经走了。老人一阵悲戚，公主目视前方，不敢回头。

如今，这幅画像依然显现，就在巴塘草原深处。

如此悲壮的离别场面，公主不知经历了多少回。我常常想，那些在中国历史上闪耀着熠熠光环的远嫁姑娘，王昭君、弘化公主、文成公主、金城公主……柔弱的身躯里蕴藏着的精神力量和人格魅力多么巨大，她们完全可以与那些在历史上能够长久地使中国人维持自尊和正义的男子汉曹沫、豫让、聂政、荆轲、高渐离……媲美。一种远离了很久的凄绝之美，一种豪迈的英雄主义，曾经多么有力地支撑过这个伟大的民族，负载过这个民族的痛苦与灾难。

当我定下心来，开始阅读大量资料，想了解文成公主是怎样离开长安又一路艰苦跋涉到达逻些，并在那里与吐蕃王松赞干布生活在一起的时候，才发现，历史对文成公主本人以及对这一宏大历史事件的描述是那样的不尽如人意，以至于后期专家对文成公主入藏时走过的路线一直争论不休。不管学术界的伯希和、吴景敖、王忠、包寿南是如何各抒己见，也不论日本学者松田寿男、佐藤长怎样地推动了这一领域的研究，仅就这条路线的复杂性便足以说明，文成公主离开长安后，走的是一条多么崎岖、漫长的路。

二

因为想念这位可爱的公主，我们把追忆的时间推到了公元六世纪。那时候，雅砻河谷的第三十代吐蕃首领达步聂西，率领他的族人定居在清哇达孜宫堡占据着的雅鲁藏布江流域，已经开始发展农牧业。与此同时，雅鲁藏布江西北吉曲河流域的苏毗部落也强大起来，登上了西藏的历史舞台，基本上完成了对拉萨河流域及其邻近地区的统一，成为当时青藏高原上最强大的地方政权之一。

吐蕃首领达布聂西的儿子郎日论赞，是一位有勇气有志向的青年，他继承父志，在很短的时间内消灭了与他敌对的苏毗部落，占据曲河流域，为统一西藏高原打下了坚实的基础。

正当朗日论赞为统一西藏南征北战的时候，吐蕃王朝发生了巨大变化。郎日论赞在打败苏毗部落后，重用有功之臣，包括苏毗降臣。引起了吐蕃旧贵族的强烈不满，他们公开勾结外藩，阴谋叛离，毒死了郎日论赞。

危难时刻，13岁的松赞干布继位赞普。

松赞干布明白，他必须像父亲一样坚强、勇敢地面对残酷的现实。他必须立刻投入战斗，接受巩固吐蕃王国的重任。他首先对进毒为首者诸人斩尽杀绝，彻底铲除叛乱者，稳定内部局势。接着，又马上亲自征兵扩军，训练部队，攻打父氏六臣和母氏四臣。当他的队伍到达吉曲河流域时，受到了当地人的普遍拥护。

局势得到稳定，松赞干布彻底离开了祖先的发祥地，迁都吉雪卧塘（逻些），现在的拉萨。在平定叛乱、统一西藏、迁都的问题上已经可以看出松赞干布的雄才大略和远见卓识。

公元633年，吐蕃王朝迁都。随后，松赞干布创立文字，建立各种制度，巩固统一的王朝，并开始大规模的建设。从此，西藏高原上诞生了一座有着1300多年历史的、被人们誉为"圣地"的拉萨古城。

三

松赞干布励精图治，吐蕃王朝逐渐兴起。而此时，东方最强大的帝国唐王朝也正处于"贞观之治"的兴盛时代。当时，唐太宗已经征服了吐谷浑，保障了河西走廊通道的安全，并打通了中亚各国贸易的道路。睿智的松赞干布深深懂得与大唐保持友好关系的重大意义。因此，从统治者松赞干布到郎达玛，两个多世纪的 142 次使臣往返中，所有通好、和亲、报丧、吊祭、会盟、报捷、请市等活动都是为了解决相互之间存在的问题，改善关系，求得各自发展。

贞观十年（公元 636），吐蕃、突厥、吐谷浑的使臣、国王先后到达唐都长安求婚。唐太宗对各族首领均优礼相加，允许衡阳长公主嫁与突厥王子，弘化公主嫁到吐谷浑，唯独对吐蕃的请婚婉言谢绝。

贞观十四年（公元 640），松赞干布再次"遣使献黄金器千斤以求婚"（《旧唐书·太宗本纪下》），并派出大相噶·东赞（《新唐书》作"禄东赞"）携带贵重礼品至长安。这一次，李世民总算答应了松赞干布的求婚，试图以和亲政策求得彼此的安宁。

这一切的一切，深居内宫的文成公主浑然不知，更想不到和缓吐蕃与大唐紧张的关系这样一件天大的事，还需要她，一位纤弱的女子来承担重任。因为在她生活的时代，女子的社会活动是极受限制的，男人们不仅剥夺了女人生存的自然状态，也使她们失去了应该享有的任何权利，她们的双乳被束，她们的身体可以当作商品去买卖，可以换来金银、珠宝和钱财，唯独没有独立的人格和自由，更不要说去参与政治。但是，如同一个可怜的农民需要出卖自己的女儿，以换取儿子娶妻生子的幸福，求得家庭的温暖一样，威振四海的大唐皇上也不得不使出这样的手段，认宗室的女儿为大唐公主，把她嫁出去以维持暂时的安宁。

此时的文成公主稚气未脱，像鲜花一般娇嫩，还来不及幻想美妙的人生，便糊里糊涂地走向了不可知的未来。

贞观十五年（公元641）正月，寒气正浓，处在恐惧与焦灼之中的文成公主从长安起程。史书中，对于吐蕃的迎亲场面及所带礼物，有详尽的记载。比如一次即献聘礼"金五千两，珍玩数百"；比如令吐谷浑在青海境内整治道路准备迎送；又比如在《贤者喜宴》中一段记述文成公主远嫁吐蕃的记载，"唐太宗即将一切利益安乐之源——释迦牟尼佛像，众多珍宝仓库、宝库、金玉所制之告身文书……赐予文成公主"，等等，但是对于此次和亲的主人公文成公主本人，却描述得少之又少。

我猜想，当芳龄十六的文成公主，知道自己要作为大唐的公主远嫁吐蕃时，心情是多么的困惑与沉重。然而任何史书都没有记载这个貌美而天真的少女在踏上西征的那一刻内心的感受与苍凉。除了轰轰烈烈，满载唐朝心愿的那一列长队和排场的和亲盛事，不负责任的历史和无情的统治者没有留下一点儿有关这位汉家女儿当时的情状和她哀怨的心事。

路途遥遥，前途渺茫。含着眼泪的文成公主告别了长安，离开了生养她的父母。眼前是华盖锦簇的迎亲队伍，身后是愈来愈模糊的唐朝都城，神思恍惚中，文成公主最后一次想到了自己，想到了完美无瑕的丝绸锦缎里裹藏着的那颗脆弱不安的心。她无法预测，在今后的日子里还能否找到自我，而此时，她剩下的也只能是一个柔弱的女儿身了。

思绪浮上公主心头，唐都长安的影子，消失在迷雾中。公主的辞行，仿佛刚刚完成了一种祭礼。辞别的感伤和内心的憧憬含有了爱国的精髓，就连美好的修辞也沿用了多年，打动了许多人的心。但是，我意识到后人们感觉到的东西仅仅是一个美妙的布景，是作为强大统治者不加掩饰的自豪心情以及多次建立在真正附庸风雅之上的民族习惯。人们忽略的不仅仅是躲藏在公主内心深处的复杂情愫，还有整个事件高大身影下的忧伤。

事实上，在文成公主嫁到吐蕃之前，已经有一位尼泊尔的赤尊公主嫁给了松赞干布。关于文成公主与松赞干布的生活，他们之间的感情生活，史书记载不甚了了，流落于民间的各种传闻也是哀大于幸。这似乎对文成公主很不公平，而且更可怕的是，文成公主嫁到吐蕃后的第十年，吐蕃优秀的儿子松赞干布离开了人世。

松赞干布去世后，禄东赞和其子钦陵先后代摄国政，地方贵族与吐蕃统治集团之间的矛盾也因此激化，内讧事件频繁，并开始向四周扩张它的势力。吐蕃与唐的关系日益紧张，又出现了不断争斗的局面。吐蕃累累出击吐谷浑，吐谷浑覆亡。吐蕃占有北境与唐河陇相接，威胁着唐朝的河陇、西域，并大举进军西域。无奈之中，唐高宗派薛仁贵、阿史那道真等率军五万出击吐蕃，在大非川与吐蕃钦陵（禄东赞之子）率领的四十万大军激战，非常不幸的是，唐军大败，全军覆没，而这样激烈的战事在文成公主离世后，更是愈演愈烈。

也许，和亲给国家带来的片刻安宁，值得公主忍受远离亲人的痛苦，使那些复杂的历史人物无法回避的许多矛盾，在她温柔的光辉中变得异常柔软。但是，对于一个国家，一个有着众多人口的泱泱大国，用和亲、用一个少女的幸福换取暂时的和平，显然不是最理想的办法。

在一贯的思维中，公主远嫁的意义，超乎寻常，即使现在，公主所经历的一切，甚至走过的每一条路、每一个脚印，都能引起人们无尽的遐想。

我曾经给同行的朋友提议，是否搞一次现代女性重走文城公主进藏之路的活动，可以采用自由报名的方式，国内外的女性都可以参加。朋友看着我兴致勃勃的样子，坚决地摇摇头。这太不现实了，你们这些人，他停了一下，能吃得了这种苦吗？

虽然被他否定，心里有些不痛快，但是，是否真有毅力走完这样一段艰辛的路，说实在的，真没有把握。

从离开长安的那一刻起，文成公主就已经放弃了自己一生的幸福，她无法真正地确认自己在整个和亲事件中的地位，只是在用一颗单纯善良的心包容着周围的一切。

漫漫长路，尽管一路风餐露宿、鞍马劳顿，却丝毫不敢忘记自己的使命。她的随行人员中，有很多都是唐朝有名的工匠、乐师；所携东西中除了大量嫁妆外，还有谷物、种子、乐器、药物、经史、诗文、佛经、工艺书籍、绸缎、日用器皿，以及释迦牟尼像等。公主每走到一处地方，只要稍有停留，都要和随行的人一起帮助当地的人。她耐心地计划着，一遍遍地亲自指导。她没有过多的想法，只是意识到，她所走过的地方，人们的生活还很艰难，许多混乱不堪的局面、盲目种植的情况，或者人为的掠夺、侵占，已经伤害了很多无辜的人。在莽莽山野，在困苦的乡间农舍，那些需要生存的人、那些需要帮助的人，都是她所要眷顾的。实际上，无意识中，她悲天悯人的朴素思想，早已超越了政治意义上的需要。作为一个普通的女性，她在关爱她遇到的每一个人，种植青稞、小麦、豌豆，使用水磨，学会纺织、刺绣、造屋。她像女神光辉灿烂，像母亲和蔼可亲。如今，日喀则的铜匠仍自述其祖师为文成公主，木匠也称他们的技术是从文成公主那里学来的，山南的农民说，"二牛抬杠"的耕作方法也是文成公主带来的。

文成公主自小信奉佛教，她远嫁吐蕃时，唐王以释迦牟尼佛像，三百六十卷佛经经典，三百种卜算经典作为嫁妆陪给公主。文成公主进藏后，松赞干布又大力倡导佛教，积极建造寺庙，先后建造了百十座庙宇。其中宏伟的大昭寺和小昭寺便是拉萨第一批大规模的建筑。

仁慈的公主并没有那么多的幻想，只是做着自己认为应该做的事。她甚至没有想过，自己会成为一个被历史铭记的人，更不曾想到她的思想和行为的力量已伸向了遥远的未来。

中国历史上没有哪一位女性，使自己的远嫁让历史学家们赋予了如此深刻的含义。对于文成公主，如果真有什么事可以令她欣慰的话，那就是当时的一代王朝与一个伟大的部落，在一定时期内能够保持紧密关系的原因，是出自对她的关怀和尊重。然而，作为一个女人，她失去的更多。她的精神成为了当时社会情景下精神的被动容器，她承载的不仅仅是个人的命运，而且是外在的力量。其实，在我的想象中，她对这种力量始终充满恐惧，而充满恐惧的人是没有自由可言的。

唐高宗永隆元年（公元680），文成公主离开了人世，在她远嫁到拉萨的四十年中，大部分的日子是在寂寥、沉默中度过的。她的辉煌仅在于她的出嫁和她随身携带的礼物，以及这些礼物给当地人带来的益处。她没有生育孩子，没有家庭生活，也没有过多的奢望，而后来的人还把这些痛苦一味地放大在荣誉的光环下，以各种形式美化它，这就显得愈加残酷了。

走出历史的典籍，面对尘世间散漫的阳光和楼宇之间不得不紧缩了的空地，我无法抛开有关文成公主生动的、充满哀伤与神秘的遐想。

一切猜测和臆想都显得那么苍白无力，战争的烟尘和华贵的裙裾同样被岁月很快淹没。

怀旧的下午，天空蔚蓝，山色凝重。我感觉到文成公主深刻于心的东西在日久天长以后，会被逐渐淡化。但是，也有可能被重新重视，她的命运和隐忍的一切会为更多的后来人敬仰。

公主只能默默地独自伤心落泪。对于和谐而有秩序的世界的渴求，使她不可能做出任何鲁莽的错事。她不会平衡也不会计较得失，她内心始终在为他人着想。她是一个有韧性、最终忘记了自己的女人。她高贵，是她尽可能地做了连她自己也无法想象的事。

风马风马

一

青海湖畔的早春。

来自雪山的水流像一把锋利的刀刃，穿过草地，划向冰封的湖面。轻柔，也执拗，也有力。这是青海湖开湖的前奏。

冰雪的世界里，青海湖的心脏被满目枯黄遮掩。

但辽阔的清寒里，有丝丝缕缕春天的气息。因为能听见一个声音。它是从湖的心脏传来的？是的。像什么声音呢？举目望去，被雪封紧封牢的湖面竟然有些许冰层断裂的声响。

我的心脏也被一种力量撕裂开来。

绿色铁皮列车在一个小得像火柴盒般的无名车站停顿，年轻的我正在与一位青年对话。

你这是从哪里来？要到哪里去？

韩国人，留学生，去青海湖。

去青海湖啊？我激动异常，我，我就是青海湖人。

太好啦，我们可以同路而行。

一部分对话用汉语，像朗诵。另一部分依赖汉文字，一笔一画。

我用手绢粗略地擦拭了一只苹果，歪着头大口地咬下一块果肉。他戴着耳机听音乐。除了吃面包，他也吃苹果。他用一把小刀把苹果切成小块。他的动作优雅，与生俱来。

我们不由互相对视。他露出了令人心动的一笑。我有些难为情。接着又忍俊不禁莞尔含笑。这是一种莫名的好感和默契。

下车走走。清凉的风裹着寒意袭来。

重返列车，又落入嘈杂的环境中。但有了他特殊的气息，车厢凝重的空气变得柔和。我好奇而细致地打量着他。他的一双眼睛细长，纯粹的韩国血统。朝鲜族？韩国？很远很远呢。汉拿山、雪岳山，他从哪里来，褐色的瞳仁是那座山的颜色吗？线条坚硬的嘴唇，挺拔的鼻子，略带忧郁的面孔，透着一股说不出来的自信。他从双肩包里取出的是一本韩国版印装精美的旅游导读书，他翻开印有青海地图的那一页。我清楚地看见蓝色线条在青海湖位置上做出的重重的标记。

二十世纪八十年代，还有不少中国人没听说过远在西陲的青海湖，可是这个中国农业大学的韩国留学生知晓，而且还热切地向往。他的眼睛炯炯有神，反射出车外的亮光，这令我激动。突然意识到，即使韩国，即使离我再遥远的国度也能和我的青海湖连在一起。

列车缓缓启动。开出一段后还能看见闪烁着灯光的小小站台。

韩国青年充满渴望的眼神与我有点慌乱的目光相遇。

我轻轻一笑，垂下眼睑。

车外变得荒芜而冷清。

一路往西……

越往西，越是遍地的苍凉……久居西部的人，最惧怕的就是寂寞。现在，完全陌生的两个人因为远在天边的青海湖在互相靠近。那就说定了，到西宁后一道去看青海湖——这是一个缠绵悱恻让人心跳的约定？

列车在月光下奔驰。钻出一个山洞后，紫色的烟云弥漫在湟水河上。这紫色除了代表清晨，还代表什么呢？是曾经有些绝望的美丽的感伤，还是一点点寂寥无助带来的凄凉心境。啊，这高原的苦楚和喜悦，都在说，我就是青海湖的人，我在青海湖边长大，我是青海湖的亲人，也是青海湖最忠实的欣赏者和爱恋者……

　　　我是库库淖尔的女儿

　　　乘没有遮拦的烟波远去

　　　我是她两袖清风的姑娘

海心山 / 辛茜

顶苍天而目视红日落去

如此惊艳，光辉，动情
自何处飞来的渔鸥，斑头雁

雪色如花出自我心底
有谁在推说痴人入梦对影叹息

湖岸花开，湖岸花香
心里有草，便是绿

从手里滑落的鱼儿忍痛褪下鳞片
我想随手拈来一片羽毛
为他拂去伤口
挂在崖壁上的大黄
偷偷发笑
姑娘
无须你伤悲

万里无寸草行脚
湖面无鸟翅飞舞
必是你的
山眉湖海风毛菊

也救不了你的颠连沦落

心里有草，还不是草

知道了他最想去的是青海湖，便希望和他一起去表达对青海湖的问候。告诉那湖水，不论多苦，我都会一如既往地痴迷地爱恋地去看望她湛蓝无比柔润无比纯洁无比的面容。也会和他一起去享受她的阳光、她的天空、她的草原、她的群山……

有一个古老的神话，很长很长。远古的人围坐在篝火旁讲述的时候，天上的飞禽多得像星星，地上的走兽多得像石子。那时候，一匹流浪在故事外的马儿正行走在寻找人类的路上。为了争得依存的水草，它的大哥被凶蛮的野牦牛噶瓦用锋利的犄角挑死了，它的二哥不愿雪耻，懦弱地逃向山岭深处，而这匹有着天庭血脉的骏马，却一味地念着手足之情，带着方刚血气，来到一个叫"吉"的王国，站在了一位叫莫布旦先的人面前，与他订下了掷石般沉甸甸的约定。

马儿的名字叫——库绒曼达。

曼达就这样走进了人们口耳相传的故事里。

故事里说，莫布旦先骑着曼达，用结实的皮套擒住了凶蛮的噶瓦，又用强大的力量拽过噶瓦的身躯，再用比犄角还锋利的武器刺穿了野牦牛的心脏，噶瓦立时毙命！

仇恨已过，库绒曼达开始兑现自己的承诺——为了报恩，将驮莫布旦先走过生死轮回。

草原的风吹过了几万年，库绒曼达古远的故事就像山顶褪色的经幡，渐渐隐没在苍穹的怀抱，而骑手莫布旦先的猎技和牧事却一直流传在今天的草原上。传说中，那个叫"吉"的王国，就在黄河上游，在苏毗遗址，在今天的青藏高原、青海湖畔。

那个时候，库绒曼达的身影被画在了山顶的幡旗上，被刻在了沧桑的木简上，被印在了天空的飞纸上，沿着诺言之路奔腾在草原的上空。

那个时候，曼达的名字叫隆达，就是风马。

后来人们以放飞风马表达自己的心愿，祈福、圣拜、忏悔、消业。

在青海草原上，风马随处可见，牧人会在特定的日子里将经幡悬挂在神山圣湖、山岩佛塔、寺院石堆、村寨民居，更会有纷纷扬扬、缤纷绚丽的风马纸飞于高原上空。在牧区任意山峰的垭口、湖畔都会看到这样的景象，人们将风马纸抛向天空、抛向山涧，口中高呼"索，索，索"。（藏语"神佑我胜利"）

风马随风飘荡，去向远方。

这是对山神的敬畏，是对大自然的祈福，也是对自己行为的约束。

不知一位异乡人，一位远道而来的人，是否听得懂古老的故事。但只要听了就好，来了就好。

草原的风又吹过了几万年，曼达的承诺一直被群山注目，被绿水传唱。

是暗自喜欢上了坐在对面的这位韩国青年，还是因为他随身携带的书本上只重重地标记着青海湖。

或者，喜欢这个词并不准确。打算换一个词。所以挖空心思，脑子里倒是冒出了许多词，轮流用过之后，还是觉得这个词恰当，最能表达我的感觉。

二

到达西宁后的第二天，接到了他的电话。这是预料中的电话。听到他磕磕巴巴的汉语，心里一阵阵欢喜。但是电话的内容却令人沮丧，多少还有些尴尬——他的钱包、背包被贼偷了。

案发现场就在昨天下午，我们暂时道别后火车站附近的宾馆。而这会儿，他已经购好了返回北京的火车票。买票的钱是当晚借青海师范大学韩国留学生的。他说，借了他们的钱，回韩国后会方便直接还给他们的家人。

他的声音很轻微，像被什么东西挤压着，有倾诉感，有遗憾感，更多的是失望。几乎有一点责怪他自己的感觉，好像犯了这个错误的是他。过两小时他就要离开西宁。他想再见我一面。

我的手心像被针刺了一下。放下电话听筒，我毫不犹豫地奔他而去。我要急切地赶到他身边。好像犯了那个错误的人是我，好像要去当面向他郑重道歉，好像要挽留他，更好像他已陷入绝境，我要去拯救他。

站在他的面前时，我气喘吁吁，两腿发软，面庞火红，才觉得也许注定了，我们只能在火车站台上相见。

他正孤孤单单地在火车前焦急地张望。他的脸色苍白，眼神复杂。他没有忘记对自己的承诺对我的承诺——去青海湖。

但现在已无法兑现。

可至少我们应该一起去一趟青海湖。这是他此番的目的，是他心驰神往的事。

我心里难过，还有些恼恨。这种感觉真真切切。但道歉和解释无济于事。因为，因为还有一种叫作羞愧的东西突然生了心尖上，我不敢看他的眼睛。为什么偏偏会是这样？为什么被偷的一定是他？我的心以及全身都在隐隐作痛。

他是那么强烈地想去看看在他心中很重很沉很美的那片湖水，哪怕就看一眼。

生活在青海湖畔的人们逐水草而居，依赖草场绿地，仰仗山泉溪水，珍爱着眷顾他们的湖水。牧人们从小就坐在老人的怀中聆听教诲，做一个诚实善良的人。他们绝对不会弄脏帐房前的溪水，因为下游的人们和牲畜还要饮用；他们绝对不会轻易互相伤害，因为在缺氧的高原生活实属不易。

丢人显眼的事已然是事实。他绝对不会带着这种心情完成他心中的梦想和渴望，只能折途返回。

我不无痛苦地感觉着他对我所居住的城市和这座城市里的人产生的极度失望，他竟然不再愿意看一眼他心中、他不远万里来此一睹芳容的那片湖水。难道他心底里如春风般荡漾清泉般涟漪的那份眷恋、那份深情就这样飘走了，飘走了……

然而，我能够抱怨什么呢。

我该说什么呢。该做什么呢。

人类的本能像石头一样坚硬，像流水一样温柔，像带着籽的青草。一切为自然打开，为生命打开，为幸福打开，只拒绝丑恶。虽然无法预料这世界上的一切将怎样延续，但是我已经万分肯定我和他的关系从此不会中断。就是一男一女两个青年。就是在火车上的一段邂逅。就是在几页小纸片上简单的对话。就是看着他那样精细地吃过面包。就是记得他给我的苹果的香甜味道。就是忘不了。

想想，也许他可以不打那个电话。我也可以不期待什么。但是他打来的那个电话代表着对我的信任。而天地人间却总有那么一种说不清的、没有名字的、不用说清也无法言说的东西存在着。摸不着、看不见。像曼达，像风马，就是这种东西把这样一种人和那样一种人连在一起。斧头砍它也砍不断，刀子割它也割不了。它叫什么呢，也许它什么也不叫，什么也不是，它只是证明我、你、他，证明人，证明人的美好。

来到月台，分别的时候终于到了。

可能也是为了这个缘故吧。

一想到过一会儿就再也不能相见……永远也见不到了……

四目湿润。为离别而伤心。他紧紧地搂住我。温存的、伤感的、留恋的拥抱让我泪流满面。

这是一个感慨无比的拥抱。至纯至善的亲密接触让我们忘却了人间的忧伤，只剩下祝福、期望、记忆与不舍。

那时候，我还并不非常知道男女之间除了爱情，还有一种割舍不下的刻骨铭心的互相尊重和互相理解的感情。我还并不非常知道人与人之间还有一种扯人心肺悲欢离合的告别。我只知道爱上一个人有多么不容易。

哦。我的一只手还留在他的温暖的掌心里。

他用生硬的汉语说出了自己的名字——金焌奭。

列车缓缓开动。我含着眼泪在站台上久久伫立，目送他乘坐的列车渐渐远去。

我记得他上车后回过头的微笑。固执、勉强、温柔。

十九岁的我从他身上第一次体会到了人的真挚与纯粹、平和与高贵。这种体会不怕被千山万水阻隔，也无法被沧桑岁月阻挡。当然还要感谢偶遇、感谢邂逅、感谢纯粹。明知今生今世永远不会再相见的那一份不期待的重逢。也没有任何特殊的约定。只是想，时间长了，回忆起来也不会有太多的痛苦感。还想过：让丑陋的龌龊的狭隘的恶心的带有偏见的东西见鬼去吧！

那时候正在上大学。回到学校后，收到他寄来的一张明信片，上面写着："青海湖成了一生一世无法企及的梦想，雕刻在心上。"

三

我站在湖边，一点也不觉得孤单，仿佛那个叫金焌爽的韩国青年就在我的身边。我用他的眼睛眺望着湖面，我用他的呼吸而呼吸，用他的双唇吻着清爽的空气。

面对着即将开湖的青海湖，我怎么能不记得对他的承诺。替他来一趟青海湖。

湖的世界，冰雪的世界。远离喧嚣，远离尘世。只有宁静，令人心悸的宁静。天空白雾迷漫，湖面烟云缭绕、淼淼茫茫。湖北边的群山神秘莫测，仙境般遥远。湖南岸的荒草仍然萧索，看不到一点点春的迹象。

雪停了。太阳出来了。

白雪中的青海湖拨开云雾，露出了晶莹闪烁的本来面貌。

这是众鸟还没有光临的季节。这是野花还没有盛开的季节。但是，站在湖岸的我，忽然发现，那地平线上，那璀璨的冰雪间，竟朦朦胧胧地出现了一大片闪闪发光通透明亮的湖水。

我用力地揉了揉眼睛，兴奋地向前跑去。

风就在耳边起舞。我看清楚了——看清楚了：漫漫冰雪间如美人笑靥般绽开的湖面，已是碧波荡漾。是雪山上融化的那条河流，奔向青海湖的那条河流，穿透冰层冲开冰湖刻下的那道裂缝，在昨夜的风雪中开裂。

这就是青海湖的开湖。

有时候，它静谧无声。一夜风雪之后，白雪覆盖着的大湖，沉睡了一个冬天的大湖，在清晨静悄悄地变成了眼前这片幽蓝透绿的湖水。仿佛这片水从来就没有凝固过。有时候，它雷霆万钧、排山倒海、气势汹涌。那是由于清明前后的某一天夜里，数千平方公里，冰封如凝脂般瓷实的湖面，会在大风中迅速升温，促使冰块体积缩小；河流穿透的缝隙突然扩大，促使冰盖在瞬间炸裂。最终促使冰块相互挤压、相互碰撞、相互击碎，随后被吹散、分离、漂移，露出清澈的湖水。这种方式超乎一般人的想象，被人们称作武开。

而此时，不是想象，也不是幻觉。开湖的景象，就在眼前。事实上，开湖最终源于雪山融化后流下来的那条水流，也许是数条那样的水流。没有那些让厚厚冰层裂开缝隙的水流，仅仅依靠狂风的作用，在短时间内再巨大的力量也奈何不了厚厚的冰层。

武开的声音似乎就在耳边。但相比之下，我更钟情于文开。那是一种舒缓的、执着的、亲切的、从容的、雅致的、理解的、爱怜的，靠水流轻轻穿透，在静默中缓缓展开的仪式。像牵牛花在夜间悄然绽放，像夜来香轻轻呼唤黎明，像绵长、隽永、细腻的幸福，深邃、悠远，充满内在之力。

又仿佛听见了他的声音，看到了他的身影。眼神里既有信任、憧憬又显迷茫，矛盾而忧郁。

他在沉默中等待。等待也是一种力量……

动荡的湖面愈加浩大。湖水瓦蓝瓦蓝浸透了我的心。

湖当然不是海，也许没有大海那么伟大，她只是安静地躺在那里，固守着自己，等着你去发现、欣赏，然后再呆呆地默想。她没有大海那样广阔的胸怀、气度，也没有大海的无私、宽厚、忍让。但她的纯美、她的清洁、她的优雅、她的近乎拒人于千里之外的冷酷的面容，有时候，会更加让人心仪。

久久的凝视中，突然分不清那躺着的是湖还是天了，地球上的生命都是循环往复无限延伸的。在大自然面前人是多么的渺小啊。心中所有的痛楚寂寞怀念，在它面前又是多么的不堪一击。我能够替远方的他弥补那份深深的遗憾吗？个人的孤苦无依与怅惘、欲望及落寞，有时候是多么的不足挂齿。

阳光愈发明丽起来。冰雪的映衬下，明净的湖面光洁如玉柔软如锦灿烂如霞。春雪下的土地，也正有无数强大的生命，挺直身子努力向上，让我的心渐渐融化。

30年是一段很长时间。有时候，与韩国青年相遇这件事究竟有没有发生过，都有些恍惚。但是，这个恍惚非常美妙，非常受用，非常耐人寻味，是甜滋滋、略微带一些苦涩味道的那种。它能滋养我、丰富我、萦绕我，让我产生想象。

春天的一天，我又一次面对湖水。湖水的声音，果然不惊天动地，果然温文尔雅、从容不迫、文质彬彬，随着层层浪花渐渐地扩大，渐渐地延伸，渐渐地弥漫，直到把一片宝蓝青蓝靛蓝的颜色交付给欣赏她的所有人。

不是么：任何结局都是一种开始的象征。

恶意不值一提，善念永存心间。

登上南山，湖水闪烁犹如孔雀羽毛。

面对天空，我用力用力抛洒风马，许久许久。

风马随风飘荡，去向远方……

海心山

三月的青海湖畔，冷气逼人，元者码头，只剩下史正基一户人家。炊烟还没有升起，我已经盘腿坐在了热炕上。我要和史正基去海心山。

奶茶烧开了，滚烫的奶皮贴在嘴唇上，一股暖流涌了上来。

史正基叮嘱，必须至少喝两碗，这样身子才能热透。

太阳在毫无遮蔽的荒原上照着。晶莹的冰雪剔透，闪着银光。风吹时，茂密的黄草扭动腰肢，仿佛在笑，在说话。我无法与它们交流，但确信它们和我一样有情感。

史正基谙熟青海湖。他从小在湖边长大，靠湖生活。夏天，驾着小船为海心山送去给养，腊月至春节前后，开着三轮摩托，接送虔诚的修行者和莲花庵的住持、管家，或者按照吩咐，独自把青稞、蔬菜、小麦，殿堂里供奉、祭祀用的日常物品送到山上。

这个时候，过了正月十五，冰层下的湖水已经按捺不住性情，在缓缓涌动，按常规，不能再上湖。可是，既然我都不怕，他还有什么说的。

两碗奶茶喝下去，我的脸上热乎乎的。史正基准备妥当，开出了他的三轮摩托。

青海湖的冬天漫长，从头一年10月草木渐黄，到来年春天冰雪开化，少说也得半年。最冷时，湖面温度能降到零下36度。

摩托车在冰面上匀速前行，开始还好受些，才一会儿工夫，身上的防寒服就不顶事了，脚更是冻得生疼生疼。好在史正基十分熟悉冰面上的情况，驾驶技术又好，及时避开了已经开裂的江河，不至于让我掉下去。

江河是青海湖人对冰层裂缝的称呼。青海湖人很有意思，一条细微的裂纹也会被他们视为江河。

但谁能知道，看似平展、一望无际的冰面会如此坎坷不平，这超出了我的想象。特别是遇到湖面上凸起的冰凌时，身子被摩托颠得完全弹了起来，又迅速落下。

天空清澈如洗，没有一丝云彩。天堂与冰湖之间仿佛一线之隔，腾飞中离得那么近，又那么远。我的脸裹在围巾帽子里，发出一声声尖厉的叫声，史正基的背影则纹丝不动，头都不转一下。两个多小时后，海心山终于由远及近，进入视野。我无法忍受颠簸之痛，连滚带爬下了摩托，向着传说中被众神一直护佑着的神秘岛屿飞奔而去。

冰山被佛光照耀，天色纯洁无瑕，怦怦直跳的心脏如琴弦在拨动。

海心山只是茫茫天地中，一个单薄孤寂的小岛。夏天被浪花拍击，冬天由冰雪环绕。可是这狭小世界，与世隔绝的一方净土，却是一个用心而不是用脚步丈量的地方。

早在汉时，便有僧人于冰合时，出海取一年之粮入居海心山，在岛上修行。后藏传佛教名僧，夏嘎巴活佛尊五世达赖喇嘛也到过海心山苦修。从此，沙陀寺僧众纷纷仿效夏嘎巴活佛于海心山修炼道行，甚至长达几个月闭关。此后，僧人有约，在海心山修行一天，相当于尘世修行七天。

10世纪前，诸多药水泉、矿泉、温泉注入湖水。草原上的潺潺溪流，让绿色的草地肥沃，湖水丰盈，让高山峡谷中森林茂密，花草悠然，鸟兽自得。英国人托马斯有言："碧玉般的湖区，柳叶碧绿似美玉，翠绿鸟儿纵横舞，黄鸭似玉游湖面。"如今，虽再无柳树成荫的日子，但环湖周围山峦叠嶂，盛夏草木葳蕤，珍禽飞驰过往，冬季尚有裸鲤慢慢游荡在冰层下，涵养着西部大地，也算幸事。只是，据气象专家预测，青海湖终究逃脱不了干枯的命运、消亡的命运。这悲观的说法，令我难以接受，悲痛难忍，但仔细想想却也不为过，身边不就有这样的例子吗？而且最痛心疾首的是，人们还在不断地变着法子加快她消亡的速度。比如与青海湖仅一山之隔的青土湖。

眼下，被冰雪覆盖的青海湖，4500多平方千米的湖水，望也望不到边……只是，能陪伴我们多久呢？

被藏族人称为玛哈德哇岛的海心山，是静修圣地，龙王菩萨居住过的地方。来海心山修行的人，只有一个心愿，期望苦修、守斋与祷告，能让青海湖浩浩荡荡，让普天下蒙受精神苦难的人，脱离苦海，保持心地明净，成为幸福的人。

但，幸福在哪里呢？

青海湖会永远这样恣肆汪洋、浩瀚无垠吗？

接近中午，从摩托车上爬下来的我，翻过一层层隆起的冰堆，跌过几个大跟头后，踏上了海心山结实的泥土地。

以为就在眼前，可走起来哪有那么容易。看着只有一步之遥却要走上半天的海心山，我的心里直叫苦。哦，这世道啊，总不像我预料的那么简单。这会儿，海心山却又像一艘西高东低、随时向远方航行的木船，停泊在湖面。不跑快一点，怕是要扬帆起航。

正午，阳光有了暖意，仰望中，高大的莲花生大师，面目和善、神态安详，通身散发着慑人的光芒。这座佛像用100吨水泥、10吨钢筋修建而成，所有材料都是塔尔寺艺人利用夏季短促时间，借助小船运上来的。去年整个夏天，史正基就忙了这一件事。今年大年三十，他是带着全家人在山上和阿尼们一起过的。

除了这座佛像，再也没有十分成规模的建筑，几座简陋的庙堂也是近些年不断修缮，阿尼们住的房子大都低矮，和山的颜色一样。尽管如此，但见晨钟暮鼓之中，峭崖上的五色经幡随风飘动，白色的古刹白塔隐存其间，依然一派法相尊严。窗户微启，一位和善的阿尼出来，领我们去了最大的斋堂。我恭敬地跨过门槛，拜过正中坐着的一位年长师父。师父连忙起身微笑相迎，并不说话。不一会儿，左边的大炕桌上，摆上了这里最好的食物，馍馍、酥油和奶茶。这是招待客人的，平日里，她们舍不得吃。

我渴望与她们交谈，但是今天，会讲汉语的住持和管家不在，只有来自海南同德县的侃卓青措，勉强可以用汉语说话，她在当地的藏文中学读到了初中。

山上有13位尼姑，最大的50多岁，最小的只有7岁，大部分来自青海贵德、都兰、贵南县的藏族村落。除了7岁的卓玛青措和10岁的智美青措没有受戒，其余都是比丘尼。

侃卓青措目不转睛地望着我，让我觉得和她很亲。她来海心山修行8年，30岁，身体健康，面色红润，性格温和，有一双漂亮的大眼睛。

我拉着侃卓青措的手来到山坡上。

山上异常清静，传来久违的草香。侃卓青措的手有些粗糙，但是很温暖，我们像姐妹一样拉着手，顺着坡地往湖边跑。

山上的生活很简单。日出而起，日落而息。念经、打坐，从不间断。一天只有两餐，素食，只有年龄大的阿尼和两位小尼可以吃三顿饭。除了住持和管家，其余人一年只能回一次家，一次只能待几天。回到家里，侃卓青措的妈妈会为她准备好一年穿的鞋子、保暖的新衣。刚来时，侃卓青措非常想家，偷偷地哭过，可现在已经习惯了。她身边还有两位小尼做伴，她不再觉得孤单。

湖边到了，金黄草浪泛着微波。

坐在茫茫冰湖中央。突然觉得，我和侃卓青措完全是活在两个世界里的人。我无法理解她，正如她无法了解我。只能静静地坐着沉思默想，为大自然赐予人的无限美意，为属于海心山的这份苍凉与寂静。

侃卓青措的手上磨出了老茧。除了念经、打坐、默诵，她还承担着背水的任务。海心山没有电，没有燃料，没有粮食，饮用水要到山下的泉眼里去取。取水、背水是山上最累的活。泉水从乱石中渗出，水量很小。夏天，咸咸的湖水会涌到里面，冬天，会结成厚厚的冰，要用力砸开。每个阿尼都有背水的义务，年龄大的一天背两趟，小的背一趟。

侃卓青措说，既然是出家人就不应该想家，也不应该觉得苦。望着侃卓青措年轻的面容，我心里有些难受。可她安慰我，并不觉得苦啊，比起磕着等身长头，走了三年才到拉萨的住持吉宗旺姆，我做的太少啦。今生能在海心山这样的清幽之地一心向佛，不被外界干扰，是我最大的幸运。在这里，可以任由我的心随意而行，顺其自然，可以倾听米拉日巴大师修行的故事，并以万分诚意敬仰他，希望自己也能够为他人祝福，修成正果，功德圆满。

莲花庵前，明亮的光线照进主殿莲花庵的佛堂。

和世界上所有的神庙一样，这座后弘期的藏传佛教寺院莲花庵，也建在背倚崖壁、面朝湖水的地方。许多年前，这里仅仅有几间破旧的石屋、简朴的寺庙、几个苦行僧。这几年在住持和管家的努力下，添了一些简单的设施和宿舍，海神金刚殿、观世音菩萨殿看上去也有了一些样子。

侃卓青措照顾的小尼智美青措才 10 岁，来自化隆，不知因何，小小的年龄就懂得了修行之道。穿着袈裟的她，面相极其动人，眉宇间流露出的神色也不像 10 岁的孩子。举手投足，十分老练，像一位成熟的师父。

16 岁的卓玛提了一壶热水，缓缓走进殿堂，依次清洗着佛堂用来点灯的铜器，洗完了，就坐在殿前的台阶上用一块干净的软布擦拭。一会儿工夫，一件件铜器在她的手里变得又黄又亮，照得卓玛清秀的面容充满了光辉。这是年龄最小的智美青措和卓玛每天下午必做的事。

冬天的海心山，虽不如夏天美丽、迷人，有五颜六色的野花。但是，我的心，依旧被草木的清香、殿堂的温馨与宁静打动。

过去，海心山还是产龙驹的地方。史籍中记载："青海周围千余里，海内有小山，冬冰合后，以良马置此山，至来年收之，马皆有孕，所生得驹，号为龙种，比多骏异……日行千里，史传，青海骏者是也。"

现在，山上无骏马。只有几头黑色牦牛，在款款移步。阿尼们虽不刻意去喂养它们，只管让它们漫山地寻草觅食，但也为牦牛盖了遮风避雨的棚子。平常的日子里，她们挤一点牦牛奶补充食用，可以用牦牛粪做燃料，还会因为每天清晨，能够听见牦牛哞哞的叫声，减去不少寂寞。所以一头牦牛的寿终正寝，或是得了病死去的日子，是她们最无奈、伤心的时候。

谁都有自己的心事，即便是牦牛这样一个看起来卑微的生命。阿尼们为它难过、为它落泪，寄托着想象、情感，或是对于生死之谜的感触和理解。为此，我深感不安。想想生活在城里的人，一心追逐名利、贪图享受，怎么还有面目，假托着好听的名义，到这圣洁的地方，窥探她们的秘密。岂不知，只有我们这些外表光鲜、心灵空虚的人，才会有各种各样的秘密藏在心里，怕别人知道。而实际上，生活在没有电、没有信息的清苦之地，竭毕生之力追求心灵归宿的她们，内心才会永远亮着一盏熄不灭的灯，照着自己、照着我们。

当年，藏传佛教名僧夏嘎巴大师在海心山修行多年，获得非凡功力，有一天，竟脚踏波浪从水面径直走到湖对岸的江西沟。此情此景，被一位牧人亲眼看见，万分惊讶，一时在草原上传颂，夏嘎巴大师也被视为神人，成了海心山最有成就的修行者。据说，在海心山修成正果的人，能在青海湖上看见莲花生大师。

我问侃卓青措，想不想看到莲花生大师脚踏湖水的身影。她说，当然想了，可来到山上后，并没有想过这些事。她说，她不会因为海心山的清苦、寂寞而离开这里，也不会因为能否修成正果而感到苦恼、遗憾。

回到斋堂，侃卓青措附在炕上，在我的采访本上写下了藏文"青海湖"，又用汉文写下了"同德县藏文中学"。她说，很久没有写过汉字了，今天想试一试。我把本子给了她，她就贴着我，在炕沿上，一笔一画地写着。

酥油的味道飘了过来，锅盔看上去又香又甜，我的肚子咕咕直叫。但是，我不忍心吃。山上缺粮食缺水，更谈不到蔬菜水果。风平浪静的时候，冬天结冰的时候，管家才会出去置办食品，遇到恶劣天气就很难保证了。如果冬天没有交通工具，走到岸上需要 7 个小时。再说，寺院里并没有固定的经济来源，衣食用度主要依靠各位阿尼家里的供养和大家的接济。平时，住持吉宗旺姆得四处奔走化缘，筹措维修和扩建寺院的钱与物。

要离开了。我登上山顶，远望接近黄昏的湖面。古代有诗云：一片白银浮白雪，无人知是海心山。又有多少人知道，这茫茫冰湖中，年轻美貌的姑娘在为世人祈祷。

随身带的食品留了下来，真后悔没有带更多的东西。侃卓青措和两位小尼送我到山下，她们对城里人一再说过的还要来看望她们的话，依然深信不疑。我走下山坡，摸摸口袋，又跑上去把一包餐巾纸塞到侃卓青措手里。

不敢看她的眼睛，我的泪已经掉了下来。

风从冰面上徐徐吹来，傍晚的阳光炽红夺目，尼姑的宿舍、殿宇的屋顶，渐渐模糊，隐约看见山的高处，随风飘动的经幡。该是做晚课的时候了，阿尼们又要回到殿堂静默沉思，继续她们的修行之路。

没来的时候，海心山是心中遥远、神圣、虚幻的梦。现在，竟成了让我深感惆怅的怀想，深藏内心，挥之不去。

再上海心山

　　渔鸥无声地划过，一艘客船在海拔 3200 米的高原湖泊上顶着寒风，吞吐着白色浪花。

　　雪后的青海湖冬天般寒冷，我裹着厚厚的羽绒衣站在甲板上。七年前的三月，从元者码头出发，乘坐摩托车，在即将开湖的冰面上冒险颠簸 4 个小时，到达海心山的情景仿佛就在昨日。七年了，不知在海心山静修度日的侃卓青措和阿尼们怎么样了？知道能去海心山的消息后，我前一天就赶到二郎剑，准备好辣酱、红糖、卫生用品。都是年轻的女人，想起她们在山上寂寞无助的样子，心常常被扯得生疼。

　　黎明之时，船员在码头等候，除了带我上山的朋友，还有一对正在往船上搬运东西的夫妻。

　　很快，行船驶离了码头。青海湖烟波浩渺，水天一色，刚刚融化的湖面绸缎般柔软细腻。此次能上海心山，是借了常年负责湖面清洁、航运安全的朋友，远航检验船舶的机会。朋友是有经验的老水手、老船长，多年来，用行动履行着自己的责任。与我同行的夫妻二人信仰藏传佛教，特别是那位妇人，手执佛珠念念有词，一直望着窗外景色。

我坐在她对面，对她怀有深深的敬意。她告诉我，她一心向佛，曾经去过川西色达县喇荣寺五明佛学院，为浓郁的宗教气氛感染，真想留在那里，再也不回来。可丈夫死活不依，就连这次上海心山，也是紧随其后，生怕她一去不复返。夫人长着椭圆形的脸，肤色黝黑，大眼睛，像藏族却又不是藏族。说完这话，她又扭头看着窗外。我也看，湖面荡起微波，没有尽头，和天空一样无止无尽。

突然，一股浪花猛然腾起，拍打着船舷。朋友立即起身去了驾驶舱，我也站起来，摇摇晃晃地跟了进去。

船舶随浪涛起伏动荡，站在驾驶台前亲自掌舵的船长，两眼紧盯着湖面。

"扶好，风浪若不停，我们就返航！"

"什么，返航？"我脑子里嗡的一声。极度的失望，让我几乎哽咽。

"好容易有了这样的机会，我等了七年！"

"那也不能冒险！"

顷刻间，湖水黯淡，波浪翻滚，阴沉的天快要掉下来砸在我的头上。我胸闷气短，头晕目眩，恶心得只想吐。这是我第一次在湖上长时间航行，难道这突如其来的风浪，会击碎郁结在我心头的愿望？侃卓青措，我是多么想见到你！这一次错失良机，此生，还能再见到你吗？

七年前，我们曾手拉手，坐在湖岸边，遥望远方，心贴得那样近……

就在我感到绝望的时候，想不到，风浪渐渐平缓。半小时后，天空透亮，湖面恢复平静，碎银子般的光泽在湖面闪烁。

朋友回头："你的诚心打动了老天爷，没事了，咱们继续前进！"他松开手，把方向盘交给船员，拉着我来到甲板上。

冷风吹着我的长发，我的心里翻滚起温暖的涟漪。

不管风吹浪打、艳阳酷雪，朋友日日守护在青海湖，不为别的，只为这一湖水的安宁，只为这一湖水不要过早地离开我们。

"你不知道。"他为刚才的话解释，"在湖上航行，会遇到想象不到的危险。青海湖气候多变，尤其是多风季节。看似平静的湖面，不知道会发生什么险情，更何况刚刚经历过一夜风雪。"

"明白了！"我感激地点点头。

"你想见的那位阿尼还在山上吗？"

"我不知道，没法知道，但愿她还在。"

"前两年，一位阿尼得了重病，在山上坚持了一星期后，不见好转，生命垂危，是我们花费 7 个小时，把她从山上接下来，又送到医院抢救。后来，听说她离开了海心山。"

"是吗，"我的心一紧，"您是否记得她的名字？"

"哪里顾得上问。那是四月初，湖水正在融化，狂风怒吼，巨大的冰块随风漂移，相互碰撞，航行非常危险。天还没亮，我们就接到了海南州民宗委的求援电话。当时，也没敢多想，准备好氧气袋、担架等简单的医疗设备后，带上医生就出发了。"

"风浪比今天还大？"

"大得多，还有浮冰，危险难以预料！"

他沉吟片刻，目视前方："可当时，我们必须冒险。她们在我们管辖的水域内生活，是鲜活的生命，无论如何，必须救助。奇怪的是，航行中，一只白色的渔鸥一直跟在船后，不停地鸣叫、鸣叫，直到我们靠岸，下了船，它才依依不舍地离开！"

"是吗？"我内心一阵悸动，这天地之间，竟有如此境界的悲悯之情……

我侧过脸看他，他的脸冷峻严肃，无一丝笑容。

海心山，是青海湖之心，湖中之岛，千千万万僧人倾心向往的静修圣地。山上有座莲花庵，莲花庵里有十几位尼姑，过着持律念佛的清苦生活。她们日出而起、日落而息，念经、打坐，从不间断。山上一天有两餐素食，只有年龄大的阿尼和两位小阿尼可以享用三餐。一年中，除了住持和管家，其余人只能回一次家，一次只能待几天。所以，即使得病的是侃卓青措，即使痊愈之后离开海心山的是侃卓青措，也不失为一件好事吧！我暗自想着，心胸渐渐开阔，浓浓的雨雾也仿佛随了我的心境缓缓散开。

早春的天、早春的湖、早春的空气干净得令人窒息。

终于，船头响起一声汽笛。微波中，海螺般安详的海心山，像七年前静卧，又似一枚树叶在湖面上轻轻漂浮。不同的是，上一次在三月的冰雪中惊现；这一次，犹如西王母的青鸟，在四月的万顷碧波中款款下凡。

船慢慢靠近，几点朱红色的身影越来越清晰，越来越明亮，我兴奋地挥动围巾，向她们致意。

靠岸了，船员们帮着那对夫妻搬运东西，箱子里装满了蔬菜和水果。朋友独自留在船上。船长，离不开他的船。

我为他不能和我们一起上山感到惋惜。

"没什么，能送你们上去是最好！"他温和地对我说。

阿尼们招呼着船上下来的人，我提着一大包东西，不顾一切地寻找着："侃卓青措！侃卓青措！有你吗，你在吗？"慌乱中，不知是谁拍了我一下。"侃卓青措，她在，她在这！"我一回头，蓝天映衬，佛光普照。七年前，那个面色红润、神情端庄的侃卓青措就在我的眼前。我激动地扔下手中的袋子，一下子抱住了她。"太好了！你还在，你还在啊！认得我吗？记得我吗？我说过一定会再来，来看望你。你看看，这是我给你带来的辣酱，你最想吃的。"

侃卓青措松开手，看了我一会儿。"认得认得！没有忘。"说着，我们俩又紧紧地拥抱在一起。

这时，几位山脚下修行的僧侣过来了，其中一位高大魁梧，眼睛眯成了一条缝，还留着长长的胡子。我不敢跟他说话，提着袋子，急忙跟在侃卓青措身后。

山上安静极了，听不见浪花的声音。侃卓青措脚步轻盈，似乎知道和我同船来的那对夫妻来海心山的目的，带着他们径直向莲花庵走去。我一心想跟侃卓青措说说话，却跟不上他们的步子，索性放慢脚步欣赏着山上的景致，为海心山上的变化惊叹不已。

草未泛绿，紫花针茅金色的草尖，使枯黄的草滩变得生动可爱。仅有的几只黑牦牛，睁着一双黝黑深沉的眼睛，一边反刍昨夜的青草，一边定定地望着我。

春风吹青草，草在风中荡。天上的云落不到湖上，挂不到山上，只有印着经文的五色经幡迎着太阳，哗哗作响。这似乎是人类与神明之间最为亲近的纽带，可供人亲眼目睹，寄托自己思绪情感的经幡随风飘动，传达诉求。

除了经幡，莲花生大师光芒四射的金身塑像，海心山又多了一尊佛塔、几个风铃，层层叠叠的素色玛尼、精心镌刻的藏语经文娟秀而淡雅。我伸出双手，伏在玛尼堆上，以滚热的额头碰触经文，默默祈祷。七年前，我来到没有电、没有水、没有燃料、没有粮食的海心山。看到年轻健康、面色红润的侃卓青措手上磨出的老茧，阿尼们除了整日念经、打坐、默诵，还要从山下唯一的泉眼中取水、背水。过着日复一日枯燥寂寞的生活，心里虽无限伤悲，却也洞悉了哪里有经幡、哪里就有吉祥，哪里有经文、哪里就有信仰的道理。可海心山给予我的，又何止是善良吉祥。

莲花庵到了，我脱去鞋子进得殿堂，仰望胸怀大志、遍知一切的莲花生大师佛像，匍匐在地，深深地埋下头。顿时，天地万物置于身外，莲花山大师在眼前。对大自然、对造物主、对生命的感激之情，对能够同此刻正站在我身后、让我牵挂了七年之久的侃卓青措重逢的喜悦，让我百感交集。

生命如此美好，而美感纯粹是个人的感觉、意象世界，在与世隔绝的静修之地、尊贵的圣湖中心，再次见到为众生祈福、普度众生的侃卓青措和各位阿尼，是我此生的幸福。我恭敬地站起身，慢慢后退，后退。出了大殿，眼见，一束温暖的阳光正洒在侃卓青措的脸上，她有些憔悴，有些消瘦，脸庞已不似七年前丰满圆润，和我一样有了细密的皱纹。我很想和她说些私话，想念着她的话。可是她一直被那对夫妻围着，在本子上记着什么。我记得她不大会用汉文，凑过去看时，本子上一长串竖排的汉文名字后，已密密地写下了藏文，并且还在继续。妇人说一句汉语，她便用藏文写下一行。

写完了，妇人从包里拿出一沓钱："你数一下，这是大家让我带来的 2000 元，我们还一起买了蔬菜水果。"

侃卓青措接过钱，揣进怀里。妇人又恳切地望着侃卓青措："请按照这上面的名字，为他们念经、祈福。"

我有些吃惊，有些不知所措。随后，站在一旁的人也都拿出 100 元钱给了她，让她记上了名字。我心中内疚，感到自己做得太少，也马上拿出 100 元钱给了她。但，我马上就后悔了，感到这并非我此行的目的，更不愿意写上我的名字，让她费心费力为我念经。在这个世界上，我自然有希冀我万分疼爱的儿子健康成长的强烈愿望，也有需要呵护保佑的父母。可是，怎么能让本就寂寞清苦、吃斋念佛的阿尼，再为我分担生活的艰辛与不易。这或许是我不懂宗教要义、胡思乱想的表现。但此刻，我就是这样想的。七年前，侃卓青措分明告诉我，出家来到海心山的她，只有一个心愿，期盼自己的苦修、守斋与祷告，让青海湖永远浩浩荡荡，让普天下蒙受精神苦难的人脱离烦恼，保持心地明净，成为幸福的人。而我，作为俗人，只能站在岸边远远瞩目，以一颗无比敬仰的心珍惜她的这份慧心，不得有半点虚假践踏。七年前，她刚满 30 岁，她是多么渴望，在与世隔绝、纯洁安宁的静修圣地、龙王菩萨居住过的海心山修成正果，亲眼见到拯救众生、弘扬佛法的莲花生大师脚踏湖水、逐浪前行的尊容。

离开莲花庵，步履沉重地我走向住持吉宗旺姆的斋堂。一路上，破旧低矮、同土地颜色一样的僧房依旧如故，没有任何改善。斋堂也和七年前一样，朱红色的板壁上挂着佛像，窗下放着水罐、背水的木桶。右边炕上摆着方桌、茶壶；左边炕上，三人一排相对而坐的六位阿尼正默诵经文，并没有因为我们的到来，停止用功。

我拉着侃卓青措，把我带来的东西一件一件拿给她看，还没等她细看，又被那对夫妻拉到外面。看起来，她已身不由己，不像以前那般清静。

坐了一会儿，想起船长的嘱咐，不敢多耽搁，便匆匆忙忙地，在各位阿尼转过身定睛看着我们的一瞬离开了。不知为何，我的心在微微颤抖，似有春光长逝不归、生命无常的感触，好在下山的路上，侃卓青措手里领着比她小很多的阿尼卓玛，一起往山下走。

还是金黄的草，金黄的花，似麦浪翻滚发出草香。侃卓青措和小卓玛穿红呢袈裟、戴红呢帽子的身影，在微光中像一幅美丽的油画。我为她们拍了照片，她们从镜头中看了，不禁笑出了声。

"你过得好吗，侃卓青措？"我拉着她的手，凝视着她的眼睛，"七年，过得很快，我们都老了。"她沉默不语，抬头看着天空。天空布满灰紫色的云朵，什么也回答不了我。

"你啥时再来，再来时住些日子吧！"她终于静下神来，定定地看着我。可是，这一次，我不敢答应，就像我无法预料我前面的路，就像我没有足够的勇气和她一起，停留在这座古朴苍凉、万有自在、只被茫茫湖水环绕的孤岛上，度过没有尽头的白天和夜晚。

我脱下身上佩戴的星月菩提，轻轻拉过她的手，一圈一圈绕在她的手腕上。开始她还推辞，随后便由我慢慢给她戴上，一句话也不说。

湖水幽深，人类的遭遇稍纵即逝，虚幻得恍若从未发生，我接过小阿尼卓玛的背包挎在肩上，牵着她的小手，走向岸边。眼前是浩浩荡荡的青海湖，与湖水相接的茫茫苍穹，我终将回到属于我的生活、我的家，什么也做不了，只把进入心里的一切，作为精神修炼的过程，细细体味。卓玛是湟中县人，小时候生病，用了过量的青霉素，看上去还是个七八岁的孩子。其实，也已30多岁，她要乘我们的船，去江西沟找她们的师父吉宗旺姆。

上了船，回过头，侃卓青措红色的身影已到半山腰。她没有回头，一直缘山而上。或许，离别的场面，她见得太多。或许，她已经没有了与人分别时的忧伤。我却有些怅然若失，总觉得，海心山上发生过什么，或是有什么人来过这里，让海心山，变得和从前不大一样了！

风平浪静，船在柔和的光线下行驶，小阿尼卓玛坐在船上，安静得一点声音也没有。她长着鼓鼓的脸蛋，长长的睫毛。无论我怎样表示，她都不愿跟我说话。会说藏语的大副递给她一瓶酸奶，她也只是用手轻轻握着，侧脸望着窗外。

年轻的船员开始整理船舱。那对夫妻，特别是那位妇人，已顾不得念经，张着嘴露着满足的笑。船长看我忧郁的样子，似乎已经猜到了我的心思。"上去看看，你的心就放下了吧！"我点点头："是的，看到她，知道她很好，我就放心了！"

船长默默地看着我："真正的信仰是无私的，不求任何回报，左手做的事，绝不会让右手知道。"我不由一阵心酸，泪眼朦胧。

窗外的湖水，蓝莹莹的湖水，潋滟而柔美。只有一只渔鸥舞动翅膀飞临船舷，仿佛冥冥之中的神明，安抚着不安的灵魂。他又说："宗教的意义在于大悲之心，祈愿众生幸福、当世宁静！是无边无涯无尽的心灵宇宙，无须多言！"

落日照湖，白浪泛银，侃卓青措和阿尼们的面容，幻化成一汪淡淡的、无色的湖水，渐渐远去。

别了。七年前，我们生活在两个世界里。七年后，我们还是在两个世界里。好似萍水相逢，好似多了几分难以释怀的情感，却又无法相互理解、彼此温暖的姊妹。但，这一次的分别，也许就是永别，各自走向不知情的归宿，不再牵挂……

曾经的草原帝国

史书上，许多文字把青海描写成"边鄙蛮荒之地"，但是散布在这片土地上的每一处历史遗迹，都在深情地告诉你，正是这片所谓"蛮荒"之地，曾经养育过古人类鲜活灿烂的生命，创造过质朴隽永的文化，那些遥远年代的神秘历史，那些令我们追思冥想的往事，永远值得回味。

在青海，小柴旦湖、拉乙亥等旧石器、中石器遗址的发掘，翻开了两万年至七八千年前人类在青藏高原生活过的足迹；民和阴洼坡、阳山、马牌、同德宗日等新石器时代仰韶文化庙地沟类型、马家窑文化和宗日文化墓地的发掘，展现出6000—4000年前我们的先民与自然和谐相处的生活景象；齐家文化、卡约文化、辛店文化遗址和墓地的揭秘，能使人们清晰地看到4000—2000年前的先民们生产、生活的状况，而环青海湖流域热水墓地、铁卜加古城的发掘，则揭示了一个神秘的王国——吐谷浑王国的兴衰。

1960年，中国科学院地理研究所的方永先生在青海湖西北15公里的地方发现了一座古城。古城距海南藏族自治州共和县石乃亥乡政府 2 公里多，俗称"铁卜加古城"。城墙保存完好，东西长 220 米、宽 200 米。城墙残高 6 米、基宽 17 米。城内遍布碎瓦片和少量的碎陶片，未见砖石及其他遗物。城外有一座规模更大的外廓围墙，墙基由河砾石垒砌而成，稍高于地面。后来，经方永先生与黄盛璋先生共同研究，认为它是吐谷浑古都伏俟城。

一千多年前，今天的辽宁彰武、铁岭一带，生活着中国古代民族鲜卑族的慕容部落，吐谷浑是慕容部落首领涉归的庶长子，统率着 1700 户部众。但嫡出的、年仅 16 岁的弟弟慕容廆身份高贵，于公元 284 年继承可汗之位。不久，慕容廆和吐谷浑两部在草场上马斗，兄弟俩发生了争执，一气之下，吐谷浑率部众向西远徙，一个新民族、新国家的历史传奇般展开。

吐谷浑人西迁长达 30 年。艰苦卓绝、漫漫旅程。从富饶的辽东老家出发，一路向西，穿过今天的辽宁北部、内蒙古草原南部边缘，在呼和浩特以西、阴山以南的河套平原停住了脚步。

此时，这一带势力最强的拓跋鲜卑部落发生内乱，自顾不暇，吐谷浑人得以在此站住脚，游牧生活 20 年。约十多年后，拓跋鲜卑强大起来，对吐谷浑构成了威胁。到了公元 312 年，年老体衰的吐谷浑不愿臣服于拓跋，再次率族人向西迁徙。这一次，他们朝青藏高原进发，其迁徙路线大致由阴山往西南，逾陇山，又西渡洮水。但是，这一带土地肥沃，已被同是鲜卑人的河西鲜卑、陇西鲜卑捷足先登，吐谷浑部难以与之抗衡。只好继续西行，来到了现在的甘肃、青海一带。

一路劳顿的吐谷浑人来到这里，美丽的草原、碧蓝的天空接纳了他们，世代居住在这里的羌人也接受了他们。最早生活在西北的羌人，素有"西戎牧羊人"之称。这个古老的对中国历史产生过重大影响的民族，驯养野生动物方面的能力，已然超过了世界上其他任何民族，青藏高原上的野牦牛、藏细羊、藏马都是他们驯养的成果。而吐谷浑人的到来，又把自己丰富的游牧经验和养马、养驼技术带到了羌人中间，使得他们得以在恶劣的自然环境中生存下来。

公元 317 年，一生都在颠沛流离、为部落寻找繁衍生息之地的吐谷浑，完成了民族迁徙的历史使命，离开了人世，享年 72 岁。作为一个伟大民族和王国的开创者，吐谷浑本人不仅有着崇高的威望，也受到了后人的无限敬仰。公元329 年，为了纪念吐谷浑，他的孙子叶延，以祖父之名命名了王族姓氏，立国号为"吐谷浑"，并正式建立了国家政权。从此，人们开始用"吐谷浑"之名，称呼慕容鲜卑这只部落以及他们在西北建立起的草原王国。

在长达半个世纪的时期内，吐谷浑人给自己营造了一个相对和平稳的环境。与北魏、南朝的交往极大地促进了吐谷浑政治、经济、文化的发展。不仅如此，吐谷浑王国还成了丝绸南道的中转站。因为，吐谷浑人不仅是无比剽悍，挥舞战刀、马鞭，驰骋疆场的马背民族，还十分善于经商。他们积极地同来自中亚、西亚的胡商进行中转贸易，将大量的丝绸、棉布、瓷器、铁器、茶叶、纸张由中国南方运到吐谷浑国内，然后再辗转销往西域各国。同时，将西域的金银制品、玻璃器皿、香料及珍禽异兽贩运到国内各地。

丝绸之路是一条文化之路，也是一条黄金之路，给吐谷浑王国带来了巨大财富，也引来了灭顶之灾。

公元 553 年，西魏凉州刺史史宁截获了吐谷浑人带领的贸易使团，团中有胡商 240 人、骆驼 600 头、杂彩丝绸数以万计。三年后，尝到甜头的史宁又联合好战的突厥木杆可汗，兵分两路，攻陷了位于青海省共和县年曲沟乡吐谷浑旧都敦城、石乃亥乡，抢劫了无数奇珍异宝，使这两座繁华的贸易城市变成了一片废墟。

其后，吐谷浑人虽一如既往地经营着丝绸之路南道，为中西方经济、文化交流穿针引线，但劫难使他们元气大伤，艰难重重。

随着中国大一统时代的到来，吐谷浑王国走到了尽头。公元 609 年 4 月，隋炀帝率大军西征吐谷浑，在青海门源县西北永安河谷一带，布下 900 余里的包围圈。吐谷浑大败，青海广大的牧区被正式纳入中央王朝版图。

隋朝灭亡后，逃往党项（现今青海果洛）的吐谷浑后裔伏允可汗，虽立即率部众返回故园，重建吐谷浑王国，然伏允可汗的头脑已不如往昔，战力也非比往日，与唐王朝不明智的抗衡给他招来了杀身之祸。公元 634 年，唐行军大总管李靖奉唐太宗之命讨伐吐谷浑。伏允可汗走投无路，在今新疆且末与和田交界的大沙漠自杀身亡，导致吐谷浑王国再一次灭亡。

为了以德治国，唐太宗扶持伏允可汗之子慕容顺继任可汗。但，十天后即被部下所杀。唐太宗又立其子诺曷钵为可汗，吐谷浑王国就此成为大唐属国。公元 663 年，吐蕃大论（丞相）禄东赞率众攻击，走向末路的吐谷浑王国，自然远不是正在兴起中的吐蕃王朝的对手，竟一败涂地。诺曷钵被迫逃到凉州，依附于大唐。吐谷浑王国的河山落在吐蕃人手里，在万般无奈中结束了 350 多年的立国历史。

一度堪称草原帝国的吐谷浑，最强盛时，地域数千里。最盛时，疆域扩至新疆维吾尔自治区若羌县、且末县，与祁连山、河西走廊毗邻，国力强大繁盛。同时，因四世纪起，河西走廊一带群雄割据，战事连绵，交通梗阻，东西方来往的商队大多改走"青海道"，吐谷浑控制的偌大地区，曾担负过沟通中西交通的重要使命。但，由于史书对吐谷浑记载很少，几乎没有发现吐谷浑亡国前的具体遗物，甚至连一般遗址中经常见到的陶器碎片，都少得可怜，似乎不像是大规模、长时期存在过。可是，都兰热水墓地，南北朝时期出土的大量丝织品和金银制品，再一次确凿无疑地肯定了南北朝时期也就是吐谷浑统治青海大部分地区的历史阶段，青海西部地区商业贸易曾经有过的繁华盛貌。

秋天的一个下午，我来到距离青海湖15公里的铁卜加城，寻找吐谷浑的踪迹。铁卜加城是吐谷浑王国后期的政治中心，存在时间非常有限，充其量不过是使用过几次的夏宫。然，遗址完全没有想象的那么宏大，只有一段浅浅的残墙，几棵围绕在土墙周围的枯草在轻轻摇晃。残墙内没有任何建筑遗迹，也没有一点能够说明1300多年前，吐谷浑人在此生活过的痕迹。然，古城，即过去的伏俟城。

可有一年春天，我却在海北州海晏县甘子河流域，发现了一段断垣残壁下东西朝向的土沟。据当地牧人讲，这是当年吐谷浑城前的一条护城河。除此，这座在历史上曾声名显赫的煌煌古城，似乎像呼啸而过的风一样消失得无影无踪，只有在凉州南山阳辉谷的一座座坟茔、一扇扇向南打开的墓门，固执地、痴痴地守望着它们曾经的家园。

那是背井离乡，在唐王朝境内度过了25年流亡岁月的吐谷浑王国最后的首领诺曷钵可汗，一家人渴望回归的眼睛。

哈拉库图的宿命

　　一只不知名的小鸟从低空划过，落在一面历经沧桑的城墙上。城墙残破，二尺多厚，七八十米长。小鸟在上面显得很弱小，但不因为弱小就放弃自己的尊严，它桀骜不驯的小脑袋挺立着，绝没有半点怯懦。

　　沿唐蕃古道一路向西，翻过拉脊山。日月山下，深黑色的群山一座连着一座，草原开阔平坦。一般来说，这样的草原上，必定有一条或者两条清澈见底的河流，河流纤细而漫长、温柔而平静地流淌在清香无比的草丛中，发出悦耳的响声。比如湟源峡谷以南的本坑草原，就有这样一条深不可测的河流，这条河流的名字叫药水河。你可能在资料中找不到它的名字，但是，这并不影响它的存在，它在这片宽广的草原上给予人无数恩惠和遐想，并和其他几条相似的河流一样成为湟水河不可缺少的支流。

　　一夜秋雨，草原上带着淡青色露水的草尖惹人爱怜，静谧中传来了药水河欢畅的歌声。本坑草原在藏语中被称为"十万佛子"，这里的人们一边种植青稞、燕麦，一边放牧牛羊。半农半牧的生活让他们心满意足。

河两岸有马莲。这个季节，无蓝花点缀、柔韧宽厚的叶子是安逸的。在我仔细端详一只在河岸低头食草的牦牛时，一座峻峭的山峰，突然在跌宕起伏的群山中映现，这是湟源有名的华石山——牧人心中的神山。

同行的人说，湟源一位中学老师，因为得了无法治愈的重病，独自一人走进了神山，再也没有出来。遥望时，阴雨中的这位老师无踪迹的灵魂，让华石山的山影沉重忧郁。

本坑草原的深处是哈拉库图古城，城里有一座旧城墙。村庄静谧无声，但汇聚百年悲哀、千年苦痛的哈拉库图，住在哈拉库图的人是无愧于子民、无愧于历史的。出土的汉代五铢钱和唐朝开元年间的通宝钱证明，自汉代起，日月山下的哈拉库图城就是古代守卫西部边关的重镇、军事要地。盛唐时靠古城发展的"茶马互市"颇为繁荣，是丝绸南路、唐蕃古道的必经之地。清中后期商业繁盛之时，中原与草原大商户的来往皆在于此，并设有洋行、驿站。

哈拉库图城坐西朝东，在尕壤、日月山和通往湟源县城的三岔路口，湟水、药水河和白水河流经的三川谷地。哈拉库图蒙古语为"哈儿库特勒"，意思是"黑色的垭豁"。城址墙体、壕沟、角楼、瓮城保存尚好。乾隆三年，成为清绿营西宁镇所辖分守的营区，有驻守备一员、把总一员、马步兵各100名。筑城一座，设东西二门，城周长228丈、高2丈2尺、根宽1丈8尺。委归丹葛尔营（今湟源县城）参将兼辖，隶于西宁镇总兵管。乾隆五年，筑土城一座，以为营地，布有马步兵 200 多。乾隆五十年设马步兵 143 名。光绪年间布马步守兵 78 名，防区内有日月山塘、窝卜兔卡汛。

沿坡而上，城墙就在眼前。昔日，用米汤夯实的土墙依旧坚硬如铁，仿佛能抵挡千军万马。站在城墙上纵目西望，云雾之中的日月山起伏动荡，野牛沟神秘幽远，视野极为开阔，是军事瞭望哨所理想的制高点。身后，菱形的城内房屋密集，屋顶错落有致。周围有山，山上青稞、燕麦黄绿相间，成熟了的，已被扎成捆一个挨一个地整齐排放，其余地方，铺着云朵一样的地衣、金黄色的小蘑菇。

关帝庙在城墙的南面，那里也曾是开阔的平地，不仅有关帝庙，还有玉皇庙、土地庙、山神庙。

守庙的老人告诉我们，以前这个地方来往的人很多，庙前有两棵茂盛的松树，庙内的塑像高大威猛。可我现在看到的关帝庙，只剩下一张失却了颜色的关老爷画像，陈旧简陋。

毁了这些庙的是古城里的人，如今，供奉关帝庙的还是城里的人。

守庙的老人有些感慨。

萱麻草在微风中轻轻摇动，我摘下一朵小蘑菇闻了闻，老人见了，喊了一声："蘑菇不能吃啊，会闹死人的。"我回头，朝他笑笑，摆摆手。

老人就住在山下。城里的人，一部分是过去往来于茶马互市的商人后裔，一部分是退役了的边城军人留下来的后代，还有一些人是"藏客"，专为西藏运送货物的人的后人。老人属于哪种人的后代呢，已无法分辨。

几百年前，这里来了很多人。有的是战士，披挂整齐浴血奋战；有的是商人，连接中原文化与草原文化之间相互交织的文明；有的是妻子，为自己的男人抛洒清泪……

当然，远距离的抒情苍白无力，难以描绘当年长城脚下血肉横飞、战马嘶鸣、剑戟相向，融着浓稠鲜血和热泪的场景。

哈拉库图绝不是一个能轻易被遗忘的角落。它曾一度控制着西起日月山、北至湟源县的整个药水河流域，阻挡着一次又一次血雨腥风。服从与责任、坚韧与自由的挣扎，永远像一面镜子照着人的内心。

不论何地，不论何时，用鲜血和生命筑造起来的城墙，实际的命意与八达岭的万里长城一样。黄昏临近，雄伟、高大、神圣的哈拉库图被一种更加庄严的颜色覆盖，泛出血一般的红晕。天空下，灰白色的燕麦草似海洋般波动，紫色的秦艽花掩住了往日战马的蹄印。但是，半闭半合的窗棂里还是探出了一双军人后裔的眼睛，眼神里俨然有火、伤痛、战马的身影。

史书记载，隋唐以来，石堡城下发生过数次惊心动魄的战斗。其中最残酷、最激烈的莫过于唐代天宝年间的唐蕃之战。

　　这场战争发生在离哈拉库图城不远的石堡城。但是，和我同去的人并不知道石堡城在什么地方，我只能站在山坡上遥望四野，遥望看不透的天空，想象当年的肃杀之景。

　　来年冬天，又一次来到哈拉库图。

　　阳光洒在房前屋后的麦草上，土地的颜色和凝重的长城在没有一丝云彩的蓝天下苍凉古朴。

　　哈拉库图以南是通向拉脊山、前往贵德的路。以西是野牛山。抵御吐蕃入侵的要道只能是东北方，这两座城墙离得不是太远，应该遥相呼应，如果朝东走就一定能找到那座城堡。

　　果然，走了不到一公里，便看见了一座陡峭的山顶。山顶之上，依山而筑的方形土墙，竟像一个凌空展翅的巨鹰一样敞着胸怀。村口有十几个老人正安闲地坐在草垛上，热情地告诉我，那就是我要寻找的石堡城。城上曾经住过一个清王，清王的部队就在山下，沿河岸屯军驻守。

　　我有些冲动，急欲登上山顶。但老人们说，必须明天一早来登，还要让我们带路，不然你是走不到的。

　　我望天空，天空无语。没有办法，只好又一次登高远望。

　　不过这次，我清楚地看到了石堡城沉重而又威严的雄姿。它背靠华石山，面临药水河，坐落在一段褐红色的悬崖峭壁之上。东离湟源县城 20 多公里，西距日月山 10 多公里，是青海古代历史上，一个十分重要的战略要塞。相传石堡城乃隋文帝时修建，由于地处交通要冲，地势险要，成为当时设置屯兵的重要军事据点。隋代名将、长安诗人史万岁曾专门写过一首《石城山》诗："石城门峻谁开辟，更鼓误闻风落石。界天白岭胜金汤，镇压西南天半壁。"听老人讲，石堡城原来是一个三角形方台，正面长约百余米，两侧宽约 90 米，面积约 5 千多平方米，堡内可容纳上千人驻守。城堡沿三面断崖依形就势垒建而成，城墙则用长条形巨石堆砌，坚固异常。离大方台不远的地方，还有一小方台，中间也是一条山脊小径，称之为"万人台""万人坑"。

唐代天宝年间，唐朝军队为了抢回被吐蕃扼守的石堡城，数万人死于城下。但是，石堡城始终未能攻克。后由陇右节度使哥舒翰采取深夜偷袭的办法，将它攻了下来。哥舒翰因此威名大震。《新唐书·玄宗本纪》中有"天宝八年，陇右节度使哥舒翰攻吐蕃石堡城，拔之"的记载。为了表彰哥舒翰，唐王朝封他为"西平郡王"。边塞诗人高适等人还写过不少吟"哥大夫"的诗篇，称赞他为唐王朝立下的功劳。其中有一首乃唐人西鄙人所作，诗曰："北斗七星高，哥舒夜带刀。至今窥牧马，不敢过临洮。"不过，诗人李白却对哥舒翰夜袭石堡、大肆屠杀、换取紫袍的行为有些不以为然。他在《答王十二寒夜独酌有怀》中吟道："君不能学哥舒，横行青海夜带刀，西屠石堡取紫袍。"以此表示对他的轻蔑。

20 多年前，诗人昌耀曾经在日月山下牧羊。1989 年 10

月9日，他从牧地归来，在又一个清冷寂寞的夜晚，写下了著名的长诗《哈拉库图》。

> 城堡，宿命永恒不变的感伤主题／光荣的面具已随武士的呐喊西沉／如同蜂蜡般炫目，而终软化，粉尘一般流失／无论利剑，无论铜矢，无论先人的骨笛……但是哈拉库图城堡有过鲜活的人生／我确信没有一个古人的眼泪比今日更少／也没有一个古人的欢乐比今人更多／那时古人称颂技勇超群而摧锋陷阵者皆曰好汉／那时称颂海量无敌而一醉方休的酒徒皆是壮士／我正是从哈拉库图城的残编读到如下章句：……哈拉库图城堡为行商往来之要区／古昔有兵一旅自西门出征殁于阵无一生还者／哀壮士不归从西门雍闭不开仅辟东门……

听当地的老人讲，离哈拉库图最近的一条小河叫香水河。大唐文成公主进藏路过此地时，喝过这里的水。

喝了香水河水的公主，成了香气缭绕的女人……

古长城的来龙去脉，不是三言两语能说清楚的。但，如果没有这座长城，就不会有昔日中国腹地的安宁，不会有今日生活的甜美，也不会给现代人留下无边的追思。

壮士一去不复返。守城的后人，还留在这里守望，守望。

声声泣血，嘉峪关

从小在青海高原长大，见惯了苍凉的景色，也知道西域、边关、长城在历史上承载的重量。"西出嘉峪关，两眼泪不干。"离别故土的忧伤、与亲人分离的痛苦，成了这座雄踞嘉峪的关口最为沉痛的心结。

也许往事终究会随风飘散，但是，留下的伤痛和记忆，永难抹去。

我同意美国历史学家、中国问题学者亚瑟·沃尔德隆在《长城：从历史到神话》中的宣称："长城只不过是一些破碎、凌乱、彼此断开、错位、平行并列、在时间上叠加的军事建筑物的总称。"

不是吗？从东海岸的燕山至莽莽祁连、河西走廊，山海关与嘉峪关连接起的，不就是由不同形态的土壤与硅酸盐混合物组成，拥有独自名称和作用的墙体吗？在古代，它被一条隆起的地理线衔接起来，达到了抗衡、抵御的作用，更重要的是，它在人们心中筑起了一道有形的精神防线，有着跨越时空的文化意义。它是那么地渴望和平、正义，同时，又像猛兽，张着血盆大口吞噬着人们的肉体与希冀。

假如我是一位学建筑设计的人，我定会惊叹、痴迷于嘉峪关这座古代建筑的雄伟、奇妙，以及用黏土或灰石层层夯实的砖墙内暗含的所有密码。但我是一位普通的女性，尤其是一个方向感、使命感较之于男性孱弱的人。所谓城中有城的缜密结构，边墙、界壕、塞垣等等，在我看来抽象、冰冷，唯有烽火台上燃起的阵阵狼烟，才让我对过去的争战有了强烈的感性认识。

在嘉峪关，我进一步明确了，狼烟不是狼粪燃烧物的概念。狼不是羊，它是草原上疾行的猛兽。且不说，人类无法搜集大量的狼粪，即便有了，也难以使仅存动物毛发纤维的狼粪，产生报警的浓烟。

狼是草原上的强者，消化能力极强，经过狼胃酸腐化后的排泄物，没有一点骨头残渣，燃烧时颜色呈浅棕色，无法青云直上达到传递消息的目的。所谓狼烟其实是芦苇、红柳、枯叶、杂草在燃烧中产生的浓烟。

在权威词典中，狼烟被解释为"用狼粪烧出来的烟"。草原民族以狼为图腾，匈奴、鲜卑、突厥也一直喜欢以狼自比。所以，汉族把草原民族入侵、进攻的信号视为狼烟，情有可原。宋陆佃《埤雅》曰："夜举火，叫烽；举烟，叫燧。故烽火用狼粪，取其烟直而聚，虽风吹之不斜。"可见，宋代时，对狼烟已经有了这样的解读。西汉时期，关于烽火有严格的规定，各边郡结合本防区的实际情况，也都有自己的详细规定。烽为白昼使用的信号，有布烽和草烽两种。布烽以缯布、布或绢帛制作。草烽用草编成一笼形物作为烽号。两种烽为赤、白两色，布烽不可燃，草烽可燃，置于烽架之上，遇有警报则举布烽或燃草烽。

关联军情的烽火要求快捷、准确，难以传递信号的阴雨天，还需遣驿驰告来补救，但无论怎样的烽火，都预示着同样庄严的牺牲，血肉的交锋，随后是无止无尽的哀伤。所以，面对山海关、嘉峪关，或者是今年初春在四川广元见到的剑门关，我都有一种莫名的恐惧感。坦率地讲，我不喜欢任何一座关隘，或者是山门一类的建筑。尽管，嘉峪关内城东门之上的光华楼，面向东方，以灿烂辉煌的中原文化教化、感化着边疆地区的少数民族，以柔软温和的表情表达着王朝对边疆的怀柔情绪、宽阔胸怀。

但，边关就是边关，长城就是长城，无须过多虚伪的粉饰。在此，我更敬重勇士的忠诚、母亲的伟大、妻子的坚韧。

出得城门，不远处有一顶牵驼人搭的草棚，孤单地在荒漠中独立。不知是用于休息，还是送别亲人的最后一站。那是看一眼就想流泪的地方，也是至今干涩的土地上，不知埋葬了多少枯骨和情感，唯一被泪水泡软的地方。离去的人，不忍回首；留下的人，像被刀剜了一般，流着浓浓的黑血。

作为一座庞大的军事防御体系，嘉峪关堪称伟丽壮观；作为历史的一面镜子，嘉峪关忠实地记录着冷兵器时代"风头如刀面如割"的不堪岁月。但，它还不是西部边关的终止，走出嘉峪关，残阳般凄楚的日子才刚刚开始。

一路往西，河西走廊的南边是祁连山，北边是野麻湾。祁连山上有雪，野麻湾已失却了曾经水草密集的水分，成了腾格里沙漠与巴丹吉林沙漠联手的边缘，然而，这样的洪荒还未延伸到世界尽头。

再往西，胭脂山下，山丹牧场战马嘶鸣、牧草连天。想当年，匈奴单于率猎猎骑兵，进迫河西武威、张掖、酒泉。汉武帝决心以强有力的骑兵部队，打通西域道路，解除长安侧翼威胁。令霍去病为骠骑将军，与大汉将军卫青一起，率一万骑兵，喋血沙场。霍去病率军穿乌鞘岭，跨狐奴河，一路猛冲猛杀，越过胭脂山千余里，杀死匈奴卢胡王、折兰王，俘虏浑邪王子及相国、都尉，歼敌近万人，独留下单于喟叹之声不绝如缕。

失我胭脂山，使我妇女无颜色。

为了扩大战果，汉武帝决心继续作战，彻底消灭河西匈奴军。公元前121年夏，汉武帝再次派遣年轻的将军霍去病，并增以公孙敖，率骑兵数万由北地，今甘肃环县东南出发，向河西进攻；另以张骞、李广率骑兵万余，从右北平出发，进攻匈奴左贤王。

奉命的霍去病按预定计划继续前进。根据匈奴军飘忽不定、进锐退速的特点，他避开敌军正面，迅速楔入西北，绕至敌军侧翼，经内蒙古额济纳旗东，向东南突击，在祁连山麓与浑邪王、休屠王展开激战，获得大胜，俘虏王子、相国、将军、都尉等百余人，歼敌3万余人，以惊人的胆略，在无后方支援和其他部队配合的情况下，发挥骑兵作战特点，突飞猛进，灵活机动，深入匈奴军侧，于祁连山麓消灭匈奴军，取得了河西之战的重大胜利，留下了我国古代骑兵作战的典型战例。

霍去病献身军旅，舍生忘死，从不以家为念。一次，汉武帝为他建造了一所漂亮的住宅，请他前往观看。他回答说："匈奴未灭，无以家为也。"公元前117年，霍去病病逝，年仅24岁。

我曾有幸阅小平羌、大平羌沟之花海绝景，在胭脂山下徘徊良久，感念霍去病这位年轻勇士誓死的决心和魄力，也慨叹战争的残酷。离开莽莽苍苍的胭脂山，行至霍城。霍城是霍去病征战时驻帐之地，可惜已无任何可以追思的古迹，就连路边的小杨树也渐渐逝去，消隐在边草之中。

扁都口是甘肃进入祁连的山口，地位可想而知，假如那时候，匈奴之铁骑翻过胭脂山，踏入扁都口，中华历史又当如何书写呢？历史总让身在现实的人思虑万千、感慨万千。嘉峪关的传说悠长绵延，充满了抵御者的崇高寓意、英雄情怀。而最深沉的悲哀与情感，是人们为了和平与安宁，奋力拼杀，土墙般粗粝、凝重的坚韧与顽强。

听说，嘉峪关城内东北和西北的拐角处，击出石子时，能听到十分悦耳的燕鸣声。我走过去，屏息静听，可怎么也听不到传说中春天的讯息。只闻得一对被狂风吹散的燕子，在紧闭的城墙内外发出的悲苦叹声。

美是自然的，不以任何意念改变固有属性。嘉峪关的美，不是因历史上，草原民族与农耕民族的矛盾建立起的煌煌屏障，而是戍边将士英勇御敌、慷慨悲壮、思念妻儿的阵阵心腹之声。

静 房

如果不是因为一次美丽的邂逅，不会知道静房。如果没有静房寺，不会知道香巴，不知道香巴，便不知距离塔尔寺不远的地方，有个宁静安逸的小村子。

静房在湟水中游，村子里有一条不知通向何方的小路。秋天，小路两旁的白杨树，披着焦黄的颜色，树的两边是平坦的田野，田野的尽头是山，山上依旧是田野，是金黄、淡黄交织的田野。风慢慢吹，杨树的叶子在轻轻抖动间，把山下庄户人家错落有致的院落、山坡上黄绿相间的庄稼地，紧紧地揽在了怀里。

紧挨着静房寺的山岩上有个天然石洞，极为僻静，是僧人慕名前来闭关修行的清静之地。其中一个石洞，是宗喀巴的老师曲吉·顿珠仁钦法王长年清修之地。

曲吉·顿珠仁钦法王预言，这里将诞生伟大的活佛。

一天，宗喀巴的家中丢失了一只牛，母亲循迹而去，一直走到鲁沙尔镇大金瓦寺前，才找到那头牛。怀孕的母亲，受了劳累，在寺前育下一个男孩，这个男孩，就是现今名扬四方的黄教创始人宗喀巴活佛。而母亲流下的胎血在大金瓦寺前长成的那棵丰茂的菩提树，也成了母亲长久的思念。由此，这个地方，成了宗喀巴大师的诞生之地——塔尔寺。

藏传佛教创始人宗喀巴，在塔尔寺被抚养到3岁，后随母亲回到离塔尔寺9公里处的静房寺，与启蒙老师曲吉·顿珠仁钦法王在石洞里闭关修行。4年期间，宗喀巴在静房洞中修行，石洞突然坍塌，法力无边的老师曲吉·顿珠仁钦气沉丹田，用双手支撑住了顷刻间下坠的巨石。宗喀巴安然无恙，法王手掌深深陷进洞顶留下的手印，至今清晰可辨。7岁时，宗喀巴被送到青海化隆查甫乡夏琼寺，师从该寺高僧端智仁钦，受沙弥戒，取法名罗桑扎巴贝，意为"善慧"。

有了这个典故，静房自然成了一座极为安详的藏传佛教寺院。

吃过中饭的农人，正毫无顾忌地躺在自家的地里晒太阳。伸展四肢，慵懒无忌，实在让人羡慕。一位壮实的汉子，是要赶着回去吃晌午饭吧，光着脊梁头也不抬地在地里忙乎。还有一对忠厚的中年夫妇，肩靠肩地站在田埂上，微笑着目送我，从他们家晾晒的油菜籽里穿过，走上去静房寺的路。

半山腰上的静房寺，依山而建，自然沉静。站在寺前的平台上，尽可以远望秋日阳光下徐徐展开的村庄。村庄宁静怡人，山坡上黄绿交织的颜色积聚着生命气息，如梦如烟。山下，麦田里竖有一座白塔，是十世班禅大师夜宿过的地方。白塔周围，浅浅的河水晶莹闪烁，河水里是青青的石子。河水的近旁长满了黑色的沙棘树，刺林的间隙里是尚未完全变黄的草地。草地上，两只白色的乳牛，正不慌不忙地啃着青草。再往上，又是阡陌纵横、黄绿参差的田野，与天相接，而田野之上，让我激动不已的是久违了的、许久没有认真注视过的、收割成捆的油菜和麦垛。

杏黄色的树叶挂在树梢上，鲜红的树叶比玫瑰还要鲜艳。农人忙于收割、打场，开过花的小河边草木馨香。

人心易变，随世俗环境变化起伏。生命短促，何必徒自伤悲。人就是在被欺骗当中不断反省，心胸像奔涌的大河宽阔明亮，像眼前这小小的村庄，长着单瓣闰穗梅的小小院落，透着麦秆的清香、牲口的味道。

夏天，林木蓊郁青翠，黄花耀眼，麦浪翻滚，可以想见静房的光景有多么迷人。一边想象着，却又似乎觉得，静房的秋天还是最让我心动。

领我来到石洞的，是来自四川阿坝的喇嘛香巴。香巴28岁，眉清目秀，身材瘦削，修长柔美的手指，让他的双手如兰花细腻、灵动。香巴在此闭关修行一年有余，今年冬天就到了日子。余后的一生，香巴将在塔尔寺度过，村子里的一位兄长早已提前在寺中等候。找到他时，香巴正在准备自己的中饭，只是把几片青菜叶子和几块土豆放进清水里煮，不放油，不用盐。

从洞中回来，与香巴在榻上相对而坐，一声不响地看着他用一双素净的手翻动经文，吟诵出声。香巴的汉语不十分流利，但足够让我们彼此交流。香巴修行的地方，同样是一个天然的石洞。除了睡觉的床榻，其余地方，供着佛龛、点着油灯，置放着厚厚的经文。虽然简陋，却不见灰尘。洞内清凉、宁静，隔开了世间烦扰。优美、庄重的祈祷仪式，每天便在这简陋的石洞里进行，有着给生者和逝者带来吉祥好运的意义。直觉告诉我，香巴是一个干净、体面、纯粹的修行者。他是家中的长子，很小时，由父母把他送进寺院。出家是香巴自愿的，他从小具备佛性，拥有了这份慧心。

油灯的微光照在香巴的脸上。香巴说，点灯是为了让自己的眼睛更明亮，看清前面的路。修行是为了让自己脱离凡尘的苦恼，过上幸福生活，求得来世的尊严。可一个人独自在山上闭关修行，年轻的香巴不觉得寂寞吗？即使胸中装着无量的佛，即使心里怀着普度众生的信念。但是，28 岁的香巴，并不觉得苦，相反，却异常恬静与满足。平时，除了每日按时诵经打坐，香巴还学习英语和汉语。他拿出小桌下英、汉、藏对照的课本，一字一句念给我听，念完一页便停下来，用一双天真的眼睛看着我。

人生的境界，究竟在何时、何种状态下得到证悟？

我幻想着，渴望着，但更多的时候，却又难以言说，无法表达自己的愿望，以往向善的内心，虽平和、稳定，但同时，又是多么的困惑、不安。为什么做好事的人，得不到预想的结果，为什么信誓旦旦的诺言这么难以捉摸。此时，香

巴的神态以及举止，实在令我倾心。他的轻言细语，他平静
而虔诚的心，竟像佛龛上烛光吐露的芳香，化作阵阵清风拂
去了我心上的雾霭，随风远去。这种感觉，似乎是第一次，
又像是冥冥之中曾经有过……

黄昏渐近，心如止水的年轻僧人香巴，送我走下陡峭的
石阶，他双手合十，淡淡地笑着，与我道别。

寺院门外，是缓缓的坡地，靠近山岩的地方，彩色的经
幡在缓缓飘荡。右边挨着山的地方，粉色、白色的野菊一直
腼腆地开放着，仿佛是为了迎送往来朝觐的僧人和仰慕者，
又像是带领人们走向通向幸福之路的向导。

这让原本就迷人的村庄，显得更加清秀、明丽、脱俗。

潮湿的泥土馥郁浓香，心变得像天空一般纯净澄明。周
身滚动着从未体验过的、难以自禁的感情，就连孤独无依的
身体，仿佛也有了依靠。

了却了来静房的心愿，留下的是对这小小的村庄，充满
留恋的思念。

在收获的麦田里，坐一会儿吧！

天色变成了深蓝。夜光洒在脸上，不知有多舒服。与其
一味成为白色污染世界的居民，不如死后变成一只鸟，随心
所欲地飞翔在田野，或一棵河边的小草，在蓝天下轻轻摇
曳。头枕在麦垛上，眼睛直勾勾地望着黄昏中的天色，已经
不再年轻的我，生出这样的想法一点也不过分吧。

就这样，一直沉默地坐着，在麦田里坐着，什么也不想

地坐着，直到对面的山上，抹上了一层橘色的红晕。

童年时，和小伙伴提着篮子拾麦穗的情景，就在眼前。为什么往事总比眼前更真切，为什么想起幼年的生活，会觉得温馨，又有些伤感。那时候，没有这么多好吃的，也没有这么方便的条件，口袋里经常拿不出一分钱，可又总是让人那么怀念。丰厚的物质享受和现代化，不能填补内心的空虚，也不可能成为灵魂最终的皈依。

静房寺和香巴，土地和田野。暗色中的村庄寂静无声。暮色苍茫，星星闪现。悲善之心、宽容之怀。寻求当世净土的渴望，让我记住了香巴，记住了静房寺。

再来的日子还会有吗？幻想中的爱，是荒唐的梦。

西天残留的一抹霞光，终于退去，心里涌起了无限哀愁。

花朵开放，承受着天地恩赐。泥土坦荡，容得下万千丘壑。这样清静的地方、明媚的地方、不朽的地方，还能够维持多久呢？

即使再来，香巴也不在了，他清修圆满，不见踪影。

城 堡

娜仁草原上，藏着一座神秘的城堡，住在城堡里的老人和孩子、女人和武士由一位首领管辖。

这听上去让人容易产生古老的感觉。但城堡的确存在，而且，还容纳着一个华丽的世界。

当地的牧人，称这个地方为通大海。

蜿蜒曲折的小河，发着银光。这条河像一条泥泞的弯曲小路，深藏在草原深处，有着通往大海的强烈愿望。尽管不断隆起的祁连山脉，做出了要挡住它的去路的样子，但那连绵不绝的水流却像古人制陶使用的结绳一样，坚韧得不容许受任何人摆布，就连当地的牛羊也从不靠近、饮用河里的水。

孤耸海拔 4000 米。

让人望而却步的偏远和高度，自然地回避了一些人为干扰的因素，也就在事实上婉拒了无端的造访者，使它更好地保持了天然的美。

它简单，它朴素，它甚至有点儿贫苦。而喜不喜欢它，当然取决于你对大自然的态度。

放眼望去，牧场辽阔，远山浩渺无垠。湛蓝的天空下，碧绿的青草厚重而富有弹性，犹如加工过的藏式地毯。随着光线的变化，又像一朵一朵疏散开来的蘑菇云，紧紧贴在土地上，云朵下面则是丰盈的地下水。正是这水孕育了这条河，使整个天然牧场呈现出无与伦比的美。这种美简约、坦荡、雅致、安静，富有宗教般的神秘和张力，不但没有孤独的恐惧，反而能听到牧人心里流淌出的无词的歌谣。虽然简朴得几乎有些许的笨拙，但灵气十足。因此，喜欢这里的人，如果有机会与它对话，这种话一定是情话。

和我同行的人是南加。

南加是场长。他很强壮，很勇敢。他天生像奔马一样自由，从小在草原上驰骋不止，他为牧人们呐喊练就的响亮的嗓门，为牧人生计的奔波成就的武士般的体魄，让他像一个英雄护卫着自己的家园和百姓。自然，他还是一个充满血性与古道热肠的藏族男人。

这会儿，南加领着我缓缓前行，向上看，连着天边的地方虽然空旷，但似乎并不寂寥。诧异的是，走了不一会儿，就出现了一块一块形状大小各不相同的石块。这些石块越来越多，越来越密集，一堆连着一堆，像成群的牛羊一般散落在松软的草地上。而再退后些距离看，它们又像一座一座的城堡，既团团相连在一起，又各自独立。打眼望去，一会儿如埃及金字塔的形状，一会儿像城市里的摩天大楼。再仔细端详，它们却是光洁温润的鹅卵石，有的像海豚，有的像犀牛，有的像鹰，还有的似鱼似蛙似龟，似恐龙蛋，或者似金元宝的模样。

难道这是一种有生命的尤物？它们的思想、感情和追求又是什么？它们命定的意义究竟与什么发生着某种关联？

如此的猜想，来自于它们面朝的一个方向。

那是东方。是太阳升起来的地方，是温暖的源头，是光明的象征，是人类的希望所在。如若不是每一块石头都有眼睛，它们又怎么会像人一样把自己的生命交付给东方的太阳。

不能因为一般人听不见、看不见就否认这座城堡的存在，就无视这座城堡的首领以及子民们复杂的情绪。当然，大多数人无法深刻理解，但它的确提供了足以让人们欣赏的场面，那场面宏大、壮阔。然而，假如人们的智慧能从中看出这些子民时而优雅、时而从容、时而嗔怒的表情，是否有可能体会到城堡里的子民虔诚而强大的力量。此时，青藏高原的太阳在微微颤抖，阳光灼烈。大自然的威力时而狂暴，时而温柔，但同样触及人的灵魂。

一片精美的牧场。一片充满诗意的牧场。一个未知的值得探求的世界。

隐约中，被南加慌乱紧张的眼神所诱惑的景象，是四面八方莲花座一般雍容华贵的植被，绵密而厚实，透露着不同凡响的威仪和尊严。而身边的石头们仍然一群一群地集体出现，翻过一堆，还有一堆。究竟是天外来客，还是亿万年前喜马拉雅山造山运动致使山地隆起、海水退去，留下了遗物。有幸经过这里的人，有谁不惊奇，在这如此柔软的地方，竟会冒出这么大量硬朗的石头。这根本不是一个奇石收藏家，抑或是一个石头爱好者所能够想象的。它们身上所具有的令人敬畏的霸气，连同它们深沉的气质，无法复制，也必将永恒。

不觉得孤单。恍若与城堡的子民们在一起行走，不多时，我已经站在了一个悬在空中、由三四块庞大的石头垒筑起来的石洞前，南加有些激动。他一边急促地呼吸，一边连攀带爬，绕过一块大石壁，钻进了一个洞。当然，严格地说，这只是由若干个大石头搭起来能够遮风避雨的空地，里面只有一块光滑的、可以落座的石头。颤巍巍地站直身子后，一股清凉、通透、潮湿的气息透入心脾。刹那间，眼前出现了一种奇异美妙的画面……一面掏空了心一样形同蛋壳般润滑的石壁上，一排指尖向上、色调深红、娟秀细致的手印清晰可辨，而且，手印的旁边，还有像古战场上箭镞一样红色的符号，同样一律朝上，仿佛在召唤什么，又宛似被某种力量牵引着一起努力向上，手印下，似乎还有一对模模糊糊的男女像。

长时间热烈的注视，让这迷人、奇特的画面产生了极强的吸引力，它告诉人们，这是一处曾经有人生活过的地方。可会是谁呢？是修行者，是逃亡者，还是浪迹天涯的民间艺人？是哪个朝代被禁锢在这里的囚犯，经受烈火焚烧般的痛苦时留下的印记？那些作为印记的图案会不会是闭关修行的僧人所绘？但又是怎样把它们一一烙在石壁上的呢？还有一种可能，它就是大自然的某种暗示。能让人一下子想到火，想到力量，乃至宗教中那神圣的、不可被妄加猜测、具备不可思议的凝聚力和无限慈悲的女神——空心母。

确实也有过关于青海湖流域常有名僧在此苦修的传说。比如像莲花生大师。比如夏嘎巴活佛。他们在草原上、在牧人的心目中是至高无上的。到现在还有一些僧人仍在青海湖湖心的海心山上闭关修行。

这是圣湖的北岸。四下里是茫茫草原，到处能触摸到被掩映的历史悲剧的碎片。它和起伏流畅的地貌及令人心醉痴迷的草地一样，带给人的是无限的彷徨和追思。当然，除了彷徨和追思剩下的就是希望。草原上少女春梦的色彩，牧子笛声的悠扬，老人们手持念珠放射出的光芒，都在艰难的劳作中变成了实实在在的日子。孩子的梦想，像天上的星星一样明亮。

哦，终于钻出洞口，又一度远望苍天近看眼前。

沉静片刻，突然发现这个洞竟然与山脚下闪闪烁烁的通大海遥遥相对。阔大的视野中，通大海清晰、深邃。不远处有牛羊在悠闲地啃食青草，还有一间红色的小房子若隐若现。这样看来，神灵与人类的生存、与自然的命脉离得并不遥远，甚至同呼吸、共命运。

海心山 / 辛茜

继续向上，登上山顶，连绵不绝的祁连山在金色的霞光中，越发显得生动挺拔。山下，绿色的草原、黄色的野花、晶亮的小河以及白色帐房里飘出的炊烟，如一幅美丽的油彩长卷印在了天边。山顶上，一座五人合抱不住、顶端酷似莲花瓣的石柱，神一样矗立。

不知何时，南加的眼里盈满了泪水，眼神谦恭，双手合十。他嘴里念念有词。他躬下身向后退去。难道石柱的顶端还有更加神奇的秘密？我只好鼓足气力，攀上石柱，附在顶端。按捺住急促的心跳静心观看，不禁大惊失色，惊讶地叫出声来。石柱顶端，赤红色的自然纹路，如雕琢般凸起。不仅如此，更要紧的是，凸起的、沟壑般曲折的线条居然和山脚下通大海的地形地貌异常相近，甚至那些沟壑四周、凸起的纹路，和挡在通大海面前的山——祁连山的走向一模一样。显然，这是公开的秘密，但如果不靠近它、不抵达它、不亲近它，不敬畏它，就永远不可能获知这个秘密，也不可能得到它的护佑。

天蓝得水一样明净清澈，棉花般轻柔的云朵在轻轻浮动。山下的一切尽收眼底，可以清晰地看出，每一块石头，都像一群一群部落里的子民，服从同一个命令，为同一个目标，匍匐朝上，向着山顶上如祭坛般神圣的至高点顶礼膜拜。

能够亲眼目睹这一切，是多么大的幸运。这究竟是在考验人类的悟性，还是要让人类感知，神灵祈福、护佑苍生的声声呼唤呢?

其实,苍白的语言已经无法描绘眼前的奇迹。天地之间,大美无限,自然神力无处不在,人类的智慧和创造力始终延伸着它的造化。青海湖流域历经沧桑变迁,其中蕴藏着的历史文化、民族文化之精髓,不但养育着人们,塑造着人们从容的人生态度、豁达仁慈的修为性格,提炼着人的精神品质,同时也使青海湖周围这片浩荡的土地,产生了古老、隽永的魅力。

站在山上,纵目远眺,通大海以及由通大海延伸开的万千景象,层层展开。天空透明、天空干净,象征着宇宙的浩渺、博大。草地富丽、草地明媚,预示着天堂的不朽与美丽。黑色的牦牛、白色的群羊回归时缠绵悱恻,一声又一声温柔的叫声,像抒情曲一般悠扬、动人。这一切都向着太阳的光辉、智慧的源头⋯⋯

历史总说着同样的话,总重复着激越而汹涌的震响,淌过一程又一程后,逐渐化成的雄浑的低吟,在耳边回响。这种声音,是质朴细腻的文字、鲜活感性的神力留下的古老痕迹,在体验的同时,怎么能不叫人终生受益。其实,人的形貌与天地之形是一样的,人的喜怒哀乐和天地之性情也是相同的,但草木凋零有春天,人的一生脆弱而无奈,只有与天地相契合的思想才能万古流芳。所以,人不能盲目地自恃清高,更不能妄自菲薄、虚度年华。

当然也有惆怅。伴着西下的一缕斜阳,人类的惆怅洒了一路。

面对这片草原，面对神祇、天地创造的万般美景、千般多姿，以及无须靠张扬来维持的城堡与城堡的子民，人类还能再设想什么？还能够再贪图什么呢？每一个时代的美都是，而且也是为那一时代而存在的。虽然会随着时间的流逝显得弥足珍贵，然，更重要的，是能为现代人打开一扇通向精神高度的窗户。

但，人类又有什么资格强行惊扰这里的平静呢？

低矮的湿地上，一只褐色的小鸟一动不动，停在一块白色的石头上。相机里已经留下了它一张又一张可爱的面容，可它依旧站在那里，没有丝毫忌惮地站在那里，似乎很想与我交流、攀谈。

恋恋不舍，一再回头。

它的眼珠又黑又亮，直视前方，神情极其乖巧，甚至面含微笑。

它是在等它的妈妈……谁都会相信我的话。

戈壁上的花

去过柴达木盆地的人，不会轻易忘记遇见的一切。哪怕是盐碱地上的一丛梭梭草，偶然跃入视野的一小片淡水湖。有时候，会有一群不知名的鸟飞过。看得出，鸟并不留恋这个地方，唯一的想法是逃离、逃离，离开这个荒芜寂寥的地方。

1

下雨的日子，我试图穿越浩瀚苍茫的柴达木盆地，但是，没有成功。我没有足够的勇气和毅力完成这项使命，只在必须经过的花土沟、英东、昆北，蜻蜓点水般地晃悠了一下。

大面积的阴影迅速移动。雨中，七月的草木、远山、野花不动声色。伟岸的当金山将城市的嘈杂和舒适挡在身后。

走出山口，有两条路，一条通向格尔木，一条通向花土沟，清晰可辨。青海油田的人一年四季奔波在这两条路上。

对于青海油田的人来说，最难熬的不是海拔、风沙、寂寞，而是不能终日相守的小夫妻一年到头的分离。油田公司实行轮休制，双方都在油田工作的小夫妻有了孩子后，必须互相交替轮休，便于在家照顾孩子。这就使当金山，这座绵长而深邃山脉的出口，成了一对对小夫妻遥遥相望的地方。去油田工地的车和去生活基地敦煌的车，相遇在此，小两口可以趴在车窗上看对方一眼，不管是风中、雨中还是雪中。这一眼不过是一闪而过的事，可这瞬间的对视，常常让年轻的妻子泪流满面，让高大粗壮的丈夫黯然神伤，让同车的人跟着伤心落泪。有时候，坐在两辆车里的小两口擦肩而过，遥遥相对，连停下来打个招呼的机会都没有，只恨当金山无情，挡住了他们的视线。

也有受不了这种折磨的，很快就又分了手。

2

寂静的旷野是可以聆听的，因为内心的声音，无须风的传送。

英东油田是孕育在柴达木盆地、诞生在英雄岭的又一个亿吨级储量大油田，除了像李洪涛、乔咏青、巢成志、马建海、孙工程师等富有经验、甘于奉献的老石油人坚守岗位，还有王可朝、田树东、纪雨辰、才华这样一批不畏困难险阻的年轻人驻守。

让我不解的是，完全可以在内地工作的音乐学院毕业生纪雨辰，干了采油工。外语学院毕业的姑娘才华，成了井上的一名调度员。他们都是青海油田职工的子弟，也就是说，他们的父母都是进入柴达木盆地的第一批油田建设者，深知青海油田工人的苦，可还是愿意把子女安置在油田工作。对他们来说，这比让孩子们在外闯荡踏实。他们认为，自己的根、自己的家、自己的生活、自己的未来，就应该在青海油田，他们对青海油田的前景充满信心。他们不知道，离开油田，他们还能去哪里。更何况，现在的条件，比起他们刚来那时候，不知强多少倍。

穿上石油工人的工作制服，蹬上棉皮鞋，再戴上安全帽，俨然一位生气勃勃的女石油工。多年前去山东东营，在白花花的棉花地头、红红的柳林旁见过一大片整齐的井架。可柴达木盆地英雄岭上的井架，却在山上，随地势的增高依次出现。

前方终于出现了一座高高大大的井架，颜色红黄相间，醒目地屹立在一个高坡上。

井架周围有护栏，不能太往前靠。一位20岁刚过的年轻人独自在井边守着，年轻人是刚分来的大学生，稚嫩的脸上有一双细长聪慧的眼睛。他的父母亲都是青海油田的职工，还没等他毕业呢，就已经替他做了主，到油田工作。

我觉得年轻人年纪太小，还应该在家撒娇，却已经来到了英雄岭上。按规定，头一年不许回家，要在作业区甘受寂寞。这让我这个一向娇惯孩子的母亲，有些受不了，替他的父母心痛。

搂着他留了影。可这有什么用，反倒让年轻人难过，更想家。

柴达木，寸草不生，生命罕至，原本是一个既无人又无名的生命禁区。不知什么人在什么时候说过，谁能翻过这座岭谁就是英雄。自此，这座岭有了自己的名字——英雄岭。

又见到了几排红色的井架，这让我激动。这些井架，一刻不停地汲取着地下几千米深处的石油，创造着价值，同时，也构建着人性中的善与爱、悲与情。

英雄岭上，红色的抽油机像风帆、像火焰，在蓝天下矗立。为了早日实现千万吨高原油气田上产的目标，英东油田的每一位职工都在舍出命大干。

英东现场在高海拔的山上，徒步不但费劲，还需要用去大量时间，效率太低。英东油田的管理者，去现场工作，都得自己驾驶皮卡车。于是，满山跑的皮卡车成了英东油田生产现场的一道风景。

终于坐在了副经理王可朝亲自驾驶的皮卡车上。

皮卡车有些破旧，在山上却灵活耐用，实用性很强。我兴奋地坐在他身边，一个劲地问这问那，王可朝耐心地向我一一解释。

为了新井投产，一个班组七个采油工，连续干一天一夜，才能休息半天，如果其中一名采油工上不了井，班长就得顶上。英东油田的工作强度非常大，开发初期，有很多人，在海拔4000米的英雄岭上，一待就是几个月。没有路，自己用推土机铲出一条山路；没有人给做饭送饭，就自带干粮和水；每天在岭上放线、巡线、打井……足迹踏遍了英雄岭上的角角落落。

野外作业睡帐篷，白天热得让人晕眩，夜晚冷得无法让人入眠。这里环境恶劣、气候多变，沙尘、狂风、暴雪屡见不鲜，强烈的暴风雪可以使气温从10摄氏度一下降到零下20摄氏度，霎时间就能把人推向死亡的边缘。

刚来的时候，觉得这里真苦，时间长了就习惯了，而且还能让自己在重点项目的工作实践中加强锻炼，得到进步。王可朝很自信。

纪雨辰说，山上的工作很艰苦，但我们大家能在一起工作、友好相处，感觉很开心。我们有30多人的合唱团，有自己的乐队，再苦再累，都要找时间排练，和英雄岭上的抽油机一起，歌唱《我为祖国献石油》。当然，也要为爱情、生活歌唱。

3

聆听，是会被感动的。只要你愿意，石头也会发出细微的铿锵之声。作为一名匆匆过客，我能体会到的很少，很少。只能聆听。有时候，连聆听都做不到。时隔多年后，有一天，会突然悟出点什么，但也仅仅是感动而已，那种石破天惊、让上苍为之动容的东西，离现在的人越来越远。

可今天，当我真的有机会凝神谛听时，年长的老石油人和年轻的石油人又都沉默了。无数个白天和黑夜，无数个加班加点工作的日子里，付出的劳动、心血成了渐渐模糊的往事。他们大多不愿意再提这些事，他们认为这都是自己分内的事，既然做了，就得做好。他们更愿意花时间想念远方的父母，思念在基地期盼团聚的妻子或丈夫。

王可朝没有太多的时间陪我说话，他要开着皮卡车，漫山遍野地跑。有一个油井在漏电，电光四射，异常耀眼。他一个急刹车，没头没脑地冲下陡峭的大土坎，查看详情，接着打电话、急救。和我同来的李启香也一骨碌跳下土坎，结果，脚垫在一个大石头上崴了。还好，卡子上值班的巢成志师傅接待了我，跟我说了会儿话。

巢师傅 50 出头，是老石油人，开发英东油田时，来到这里，在卡子上承担着检查出入车辆，监督质量、安全的重任。每天晚上 12 点睡觉，一大早五六点钟起床，长时间的高海拔工作，使他落下了一身病，和同龄人比起来，看上去显得疲惫、苍老。

一辈子就这么过来了，他笑笑。吃过的苦说也说不完，但是也值。

送我出门后，我发现值班室后面，有一小片平整过的地，开着红色的花朵。巢师傅走过去，笑眯眯地说，明年，我准备再多种一点，让来到英雄岭的人，一眼就能看到花。

花朵点点滴滴，不甚丰饶，但我知道，这是巢师傅精心培育的花，倾注了他的幽思与情怀。我摘下了一根草茎，放到嘴里细细地咀嚼，有山野的味儿，也清香，也苦涩，仿佛悬挂在戈壁，一直牵引着我，不断地回想，回想它在荒漠里盛开的模样。

有些地方就是这样，尽可以荒凉、缺氧、寒冷，但却永远不让你感到孤独。

4

繁茂而密集的花卉，甚至南方的花卉扑面而来，这是花土沟的大温室，有充足的氧气，油田花了大力气、大价钱。下班后，工人们可以来这里谈天、散步、下棋。有一朵花开得很大，是我喜欢的蓝色，我在这朵花旁边拍了一张照片。和花相比，人显得憔悴。人不能老待在温室里，人需要到处乱跑，但氧气不均衡，这是在海拔近4000米的花土沟。

其实，花土沟原来没有花，也没有人，只有一条靠雪水融化的小河穿过，只有茫茫戈壁与无边无际的大漠黄沙。因地质构造层截面五颜六色，第一批闯进这里的勘探队员，给这片连茇茇草也不能生长的地方，取了一个诱人的名字花土沟。

从此，来自天南地北的一代又一代青海石油人住在了这里。从此，花土沟成了一个小镇，变成了一个有厂房、烟囱、街道、市场、酒吧，有生气、有灵魂、有情，集勘探开发、原油生产第一线于一体的现代化石油基地。

李启香的爱人在花土沟工作。晚上，他爱人叫了两位负责井下业务的朋友和我们一起吃晚饭，其中一位叫陶春，是修井队的指导员。

陶春性格直爽，开朗地大笑着，看样子要退休到花土沟了。

刚上班的时候，只有一个理想，当一名采油工，可直到现在愣是没当上。

为什么愿意当采油工呢？我好奇地问。

采油工快乐啊，还轻松。

油田公司都知道，狼不吃的是采油工，累不死的是修井工，打不死的是钻井工。

为什么打不死啊？

钻井工力气最大。

狼又为什么不吃采油工呢？

大家笑了，没人打算告诉我这个秘密。

我问他，想不想家呀？

他大大咧咧地一乐，想什么想，老夫老妻，早习惯了。不像小李，人家小两口正是恩恩爱爱的时候呢！

李启香的爱人红了脸，我们算什么，花土沟有一句话，"远学邓志刚，深院宅男；近学郭学良，视频聊天"。意思是，邓志刚只要轮休回到家里，就大门不出、二门不迈，一心在家伺候孩子媳妇，谁叫都不出去玩；而郭学良和媳妇视频时的聊天记录，让很多年轻人惊讶，少说也得三四个小时。

哪来那么多话呀，我们说多了还吵架！陶春一副不以为然的样子。

晚上，听说了夜里巡井的事，精神大振，睡意全无。叫他联系，和巡井的班组一道去作业区，体验石油人的夜间工作。

李启香拿来了自己崭新的棉袄、大头皮鞋、安全帽。吃过晚饭后，我等待着。可等到9点，依然没有联系好。最后，小李带来了消息。雨下得很大，今晚巡井取消，井上作业的工人回宿舍休息了。

我有些沮丧，因为一直想象着和班长在夜里巡井的情景，以至于激动得无法安宁，总觉得虚度了今晚的光阴。

陶春给了我一瓶时代氧源，抵抗缺氧的药，我已经连续2个晚上失眠，高海拔让我的大脑一直处于兴奋状态，无法入睡。

我对他说，今天晚上你也可以早点休息了。

陶春说，你有所不知，虽然下雨，工作却不能停。井上需要安排人值班。更要紧的是，下雨天，反而是管电的人提心吊胆的时刻。如果因为下雨断了电，油田的损失可就大了。所以，你安心睡吧，我要去值班了。

陶春走了，我心里直嘀咕，许多人都要在雨夜值班，为什么会单单取消了巡井这个环节。

有机会再来，我一定要补上这一课。

5

离开花土沟回格尔木，一路上，有雨有风有太阳。最后一站是甘森站。

甘森是蒙古语，苦水的意思。甘森站是继花土沟、大乌丝输油站后的第三个输油站，要把经花土沟联合站处理后的油，输往格尔木炼油厂。甘森站前不着村后不着店，四周荒芜寂寥，冬天冻死人，夏天的蚊子大得能咬死人。

站上基本是年轻人，工作任务繁重。为了顺利安全地把石油输往炼油厂，要做到 24 小时值班，通过远程观测参数。每过一个小时沿线巡查一次，解决漏油、偷油事故。每 2 个小时要向上级部门汇报一次，保障输油管道正常运行。巡线时，一走就是 100 多公里，有时开着皮卡车，有时得徒步。输油管道埋在地下，每个职工都得具备根据地貌判断地下管道是否发生异常的本事。

甘森站附近有一条河叫娜林格勒河，娜林格勒河经过的地方依旧是空旷的荒野、冷漠的远山、干燥的盐碱地。分配到站上的一位年轻女职工告诉我，刚来的时候，心里苦闷，想家想父母，站长李超就带着她去逛夜市。沿着站前的这条路走了很久，还是这条路。到了一个三岔路口，站长停下，指着像是在半空中掉下来的一线亮光，这就是我们的夜市，心烦了，你可以到这儿来逛逛。年轻的姑娘睁大眼睛仔细一看，闪烁灯光的地方只是荒野戈壁中一个很小很小的加油站。

姑娘无言，悄悄抹去了眼角的泪水。

从此以后，三岔路口的加油站，成了这个姑娘晚饭后经常去散步的夜市，在心灵与天地广阔的空间里，消除寂寞，化解忧愁。

甘森站有漂亮的活动室，干净整洁，也能吃到可口的饭菜，但难以忍受的寂寞和长达 45 天与家人的离别很难熬。

宣传栏上贴着站上每一位职工的全家福，照片下是妻子、孩子、丈夫写给职工的一段段话。

> 你要好好工作，我和孩子在家等你。
> 我们支持你，你要加油哦……

在苍凉冷酷的大漠上，每一句话都那么动人、那么温馨、那么甜蜜。是亲人的爱，是对幸福生活的渴望，才让他们能够在如此艰苦的环境下安心工作。

这个世界上还有什么比爱更强大的力量呢？

缅桂花

仲夏之夜，住在祁连山隧道工程施工驻地的板房里。

床上的被褥厚实温暖，是工程处的同志准备好的。

窗外寂静无声，恍若天外驻地。没有一丝杂音。

但是，心里总被一种难抑的感伤和不能熄灭的情愫困扰，久久不能入睡。

一件青中透绿、拙朴自然的佩物，贴在我的胸口。

早知祁连有玉，墨绿，纹路如绵延山麓，又似潺潺流水。这一块，虽不是名玉雕琢，却比任何金银珠宝还要令我疼惜。

中午，沿大通河进入祁连山。

翻过道道山梁后，一道狭窄的山沟渐渐开阔。

这条沟叫硫磺沟。藏着硫黄，藏着金子，但最多的是石头。

细雨中，青蓝色云雾缠绕山间，嵩草的气息、野蘑菇的味道四处弥漫。河两边，深绿色的草甸吐着黄色的小花一直延伸到山脚下。

硫磺沟，像花瓣一样开在草山上。一条简易的便道似花中抽出的一根红蕊，通向高高的冷龙岭，通向海拔近4000米，连接甘肃、青海两省高铁隧道的工地。

五年了。这条沟，不知走过了多少车辆、多少人，流下了多少汗水和泪水。

再往前，走过简易的桥面，工地渐渐清晰，山谷里荡起了一阵轻柔的风，刺破云隙的光线照在已经竣工的隧道口，青色的拱顶之上。我抬起头，仰望着这座与祁连山同样深邃、伟岸、高耸、强大、健美的钢铁之躯，猛然间似有一股热血流遍了全身，人的伟力、智慧、艰难、隐忍，袭上心头，无法用言语尽述。

晚饭时，与住在山上二度采访隧道工程的著名军旅作家徐剑相遇。同桌的有二十局的几位老铁道兵。

桌上是四川泡菜、山上的野蘑菇。

阴雨的夜晚，穿着厚厚的棉衣还在瑟瑟发抖。

作家徐剑是云南板桥人，想不到与我们坐在一起的其中两位老兵也是云南人，且与我的朋友二十局新闻站站长昌尧同乡，来自镇雄县雨河镇。

老兵有些拘谨，但因为徐剑是老乡，话渐渐多起来。

同乡，自然有说不完的话。何况少小离家、身为军人的徐剑早已被这些铁兵壮士为贯通隧道蛰伏雪山五载的勇气和豪情所感动。聊着家乡的事，说着工地上的生活，动情处，无不动容。

云南老兵杨绍文，为我们讲起了他的妻子。

杨绍文 1978 年入伍，1984 年集体转业到地方，是一名铁道兵战士，也是一名筑路工人。修路的地方，大多环境恶劣，条件艰苦。"但是，农民的儿子，有什么活不能干，又有什么苦是不能吃的呢。"杨绍文说，这几年，他年龄大了，身体又有病，领导安排他在工地管材料。他又把一颗心扑在了工地上。只要他在工地，哪个领导都觉得放心，安全、施工、进度、车辆都会有保障。有时候为了图方便，节省时间，他干脆卷着铺盖住在又潮湿又不透气的隧道里，一住就是一月、半月，最冷的时候，隧道里的气温能降到零下30度。

"杨绍文还是一位心灵手巧的细心人呢！"徐剑来过一次，知道杨绍文的故事，"杨绍文在山上给妻子雕了一件佩物，非常漂亮。就戴在他身上。"

云南老兵杨绍文，把戴在脖子上的那件佩物，拿了下来。我伸手接住，认真欣赏。一件素朴清秀的佩物，捧在我的手心里，像观音菩萨的纤纤玉手。定睛凝视，又仿佛盛开在云南山间的一朵缅桂花。

这是杨绍文用祁连山上的石头手工磨制出来、送给妻子的礼物。

等隧道打通了，回到家乡，妻子看到这件带着丈夫体温的佩物该有多幸福啊！

我用双手捧着，还给杨绍文。可这时，杨绍文却突然站起来对我、对大家说："这件佩物就送给你吧！她已经用不着了。"我深感意外，睁大了眼睛，"为什么呢，为什么要送给我？"我看看徐剑，看看大家，大家都低下了头。

"妻子已经过世了！"杨绍文勉强一笑。

"哦，原来是这样。"

"绳子有些脏，也不大结实了。"他一边憨憨地笑着，一边把细细红线穿起来的佩物，又一次放在我的手心里。

我心里一阵颤抖，眼里涌出了泪花。看得出，他是舍不得的。

可拒绝他，又怕伤了他的心。

不敢正视他的眼睛，那双眼睛明亮又真诚。

来之前，不止一次听昌尧叙述，这两座位于祁连山深处的隧道，是兰新高铁海拔最高、最不易控制、施工难度最大、最复杂的隧道。也讲过，这五年，中铁二十局经历的困难、挫折，吃过的苦头。这件佩物，包含着筑路人太多的苦衷、无奈与辛酸。

可是我，又有什么资格领受这如此珍贵的礼物？

云朵在慢慢地飘，青草染上了傍晚的霞光。恍惚中，早春的云贵高原，氤氲中的雨河镇，像清澈的水一样流进我的梦。

那是一片被群山依托着的高原，山花尽染，绿波荡漾，清澈的河水映着蓝天。小河上有座桥，显出黑色纹理的那种木桥。木桥上靠着一位孤寂、沉默的中年女人。

海心山 / 辛茜

女人，是杨绍文的妻子。她不是在桥上等人，也无暇欣赏木桥的美丽。她明知远方的丈夫不能回来，只是在傍晚，在想念着丈夫的时候，从地里经过，伏在桥栏上，向西北方遥望。

她不到20岁便嫁给了同村的青年杨绍文。杨绍文是参了军的。这在当年，让村子里的姑娘羡慕了很久。

她很年轻，很漂亮。那时候，她一点也不清楚，驻扎在西部高原的铁道兵，一年到头，在外面的时间有多久，有多长。回家的日子怎么会那么少，那么短。他们有了两个女儿、一个儿子，还有需要操心的四位老人，她不得不终日在田野里忙碌，在山道上奔波，种玉米、种土豆，伺候老人、抚养孩子。

高原的风，很快把她吹皱了，吹干了，吹老了。不再年轻的身子，不再漂亮的她，一心支撑着这个家。如果仅仅是这样也就罢了，高原上的女人，不怕苦。可是谁又会料到，还未等孩子们长大，自己却生了重病，什么活也干不了，躺在了床上。躺在床上的她想了很多很多。治病需要一大笔钱，可在外干活的丈夫，挣钱不容易。她年轻时，去丈夫工地待过，铁道兵吃的苦她看在眼里。早几年收入低，杨绍文一分钱也舍不得花地往家里寄，家里还是捉襟见肘，如果再把钱都用在看病上，这个家该怎么办！

她拒绝治疗、拒绝看病吃药打针，固执得像一个巨大的磨盘，谁也推不动。

大女儿哭着打电话告诉父亲。杨绍文急得直冒火。他在电话里劝自己的妻子，可是妻子仍然执拗地按自己的意思做。

没有办法，杨绍文不得不扔下工地上的事，赶回去给妻子做工作。妻子当面答应了，他一离开，还是照旧躺在床上挨着，哪也不去。

杨绍文知道，他不能在家照顾妻子。这时候，他更需要工作。

祁连山的冬天风雪弥漫，隧道里的风像刀子割在杨绍文又黑又瘦的脸上。晚上，借着微弱的灯光，他一点一点地雕琢着隧道里落下来的一块青绿色石头。都说祁连山上有名玉，杨绍文想为自己重病的妻子找一块，却没有时间找。手中的石头干干净净，温温润润，和玉一样纯美，和玉一样光滑，散发着清香，闪动着光泽，握在手中像拥着妻子温暖的身子。杨绍文一阵伤感，泪水滴在石头上，石头慢慢变成了一朵缅桂花，静静地开放，绚丽地开放，变成了一块玉，高贵的玉。就像世界上有许多人，不是因为名气大而高贵；就像许多平凡的人，不会因为没有名气，就不高贵。

白雪沉沉地、沉沉地压在陡峭的山头上。冬天还没过去，缅桂花还没有完全打磨好呢，妻子就离开了人世。

他赶回家料理妻子的后事。谁知更大的悲哀和痛楚，等着这位不轻易流泪的男人。妻子竟然在临终前，忍受着病痛折磨、内心的煎熬，给自己找下了一位新妻子。

　　女儿告诉杨绍文，妈妈在身心最痛苦的时候，宁可忍受剧痛，也不舍得花一分钱为自己减轻病痛。她说，"你们的爸爸挣钱不容易，即使把钱给我花完了，让妈妈多活上几天又有什么意思呢。"她还说，"妈妈这一辈子能嫁给你们的爸爸，一个老实巴交的人已经知足了。"她一再嘱咐女儿，"妈妈走后，一定要让爸爸把妈妈选定的人娶进门，替妈妈照顾这个家，替妈妈照顾你们的爸爸。"

　　不记得有多少个日日夜夜，杨绍文能感觉得到，妻子的生命不会维持太久。不幸，是预料中的。可是，他怎么也没有想到，自己的妻子竟然善良到叫人无法接受的地步。

　　天底下的母亲没有不爱自己孩子的，也没有女人不为自己家人着想的。可是为了孩子，为了这个家，这个女人付出的何止是爱，又何止是牺牲。

　　高原的雪冰冷无情，却又干净得透明清澈。杨绍文听从了妻子最后的安排，怀着对妻子深深的感念与愧疚回到了工地。

　　祁连山的夜晚这样美。一座一座起伏的山峰沉睡在月光下。杨绍文敞开衣领，感受着夜的清凉，思念着妻子。再过一阵，春天即将来临，隧道也要打通了。前妻走后，进了门的新妻子和孩子们的妈妈一样实在，任劳任怨，操持家务，忙着地里的活。而穷人的孩子又总是这样的懂事。大女儿已经出嫁，儿子考取了兰州交通大学，日子好过多了，妻子也可以瞑目了。

祁连山的头顶只有星星，地上只有一个伤心的丈夫。摸摸胸前的缅桂花，杨绍文眼前再次浮现出妻子年轻的模样。生动的笑容，温和的眼睛，一朵米黄色的缅桂花戴在黑色的鬓发上。那张秀丽的面庞、那双黑黑的明眸从来没有因为分离、痛苦、思念，没有因为田间的劳作、生活的艰难，有过一点点抱怨，哪怕是一声轻轻的叹息、一丝幽幽的彷徨。

夜里，我似睡非睡。一直在梦里，又好像一直醒着。下山后我要先给缅桂花换根漂亮结实的绳子，不是嫌现在的这根脏，不好看，是怕细细的绳子断了。因为，因为从此以后，这朵美丽纯洁的缅桂花会一直戴在我身上，开在我心头。它比世界上任何璀璨晶莹的名玉绚丽，比任何金银镶嵌的珠宝弥足珍贵。也或许它就是祁连玉的前世今生，是祁连山千年万年养育出的无比尊贵的玉。

就这样，胡思乱想着。

隧道贯通后，就要通高铁了。会有很多人乘兰新高铁，来往于新疆、青海、甘肃，旅游、探亲、做生意。穿越16公里的祁连山隧道群只需5分钟。但是，为了这5分钟的路，中铁二十局的建设者在祁连山苦战了整整5年……

还有多少像杨绍文这样的筑路者，还有多少缅桂花一样缠绵悱恻的故事啊。多想告诉身边的人，这个世界上还有一群似乎与现代社会不太合拍、协调的人。他们看上去有点笨、有点傻，一边承受着与亲人分离的痛苦，一边默默奉献着自己的青春、才华。这样的年代，这种人稀缺，但毕竟存在。

还想告诉那个在天国里的女人。你是幸福的，你的丈夫虽然不英俊，不潇洒，不会说甜言蜜语，但他是一个好男人，一个好丈夫，一个诚实的，与众多筑路工人一样品德高尚的人。他会永远怀念你，以你为荣。

第二天清晨，天放晴了。阳光洒在青翠的山坡上，一任光晕流泻，成群的、被牧人打上红色记号的羊群在绿色的群山间缓缓移动。

蓝天清澈如水，我的心也亮了。

是这朵缅桂花一直让杨绍文的心隐隐作痛；还是这朵为前妻雕琢的花，不知该托付于谁？是远逝的她，还是三年没有见面了的新妻子？思虑中，杨绍文下决心把它给了我，一个毫不相干的，一个远离他生活，却能够体会他苦衷，并记住他妻子的女人。他知道，命运无法抗拒，生活又是这样的不易，活着的人还得继续活着……

也许是作家徐剑，早就感到了这复杂而又让人难以释怀的情感，如若不然，为何在杨绍文把缅桂花交给我时，情不自禁地流下了热泪。

眺望祁连山，祁连山巍峨屹立，天空宁静安详。

心系祁连山的人，天上的她和地上的她，此时，会在晨光中微笑吧……

一个人的卓乃湖

黄昏，坐在卓乃湖岸的旦正扎西，喘着粗气。

这是他喜欢的地方，虽终年寒冷，缺氧严重，海拔高达4751米。但，短暂的盛夏，依旧阳光明媚，繁花盛开。

作为一名野牦牛队的老队员，可可西里的守护者，他情愿在这样的夏日，离开基地格尔木，离开自己的妻儿，面对绸缎般华丽的卓乃湖，遥望银色雪山，守护在母藏羚羊身边，等待它们分娩育幼，为它们驱赶捕食小藏羚羊的飞禽，严防盗猎，直到每一只母羊带着小羊羔安全离开。

可此时，他眼里，蔚蓝的水域缥缈不定，忽而在天上，忽而在地上，连鹰隼的翅膀，在空中轻轻划过，都像是黑影在眼前闪烁。

半个月前，他和队员们按常规来到卓乃湖保护站。几天后，潜伏在山里的盗猎团伙开始疯狂作案，其他队员被紧急调去配合巡山主力作战，卓乃湖只剩下他一个人。

一个人的日子很静，静到了极点。时光似乎停止，只有心脏在微微颤动。旦正扎西在玉树长大，是草原的儿子。大自然养育了他，他终究也要回到大自然，变成一朵花、一棵草或者一只羊、一头牛。对草原上生活的人来说，这是再平常不过的事。

为此，他心怀感恩，常常心无旁骛地对着太阳歌唱，对着月亮微笑。但是，队员们走后，连天大雨让可可西里变成了沼泽地，运送给养的车辆进不来，他已经有5天没吃东西。

杳无人迹的可可西里越来越恐怖，越来越寂寞。白天和黑夜，湖水和草坡阴郁潮湿，像旦正扎西的心一样荒凉。没有人能够体会他绝望的心情，那种抓不住一丝生命气息的恐惧。

雨中，镰形棘豆紫色的花，开得更润、更美，如紫色迷雾、紫色河流，无限伸展，看不到尽头。他无力地躺在沙砾上，摘下一片花瓣塞进嘴里，揪下一根野葱含在嘴里。但植物的味道，让他的心空空荡荡，胃里像有把大笤帚，扫来扫去，难耐饥饿。

前几年，盗猎藏羚羊最疯狂的时候，憨厚的旦正扎西在巡山途中，经常会看到被盗猎分子猎杀、剥皮后的藏羚羊，看到懵懂无知、含着死去的母亲鲜血淋漓的乳头使劲吮吸的小藏羚羊。每当这时，他的心会揪成一团。他不理解，为什么会有那么多人，为金钱残杀无辜生灵。从小生活在玉树草原的旦正扎西，憨厚、质朴，甚至不会说一句汉话，与生俱来的对大自然的情感，使他对野生动物充满了怜悯之心。

多年前，一个酷寒之夜。西部工委书记杰桑·索南达杰遭盗猎分子暗算，孤身一人殊死搏斗，献出了宝贵的生命。之后，悲愤的玉树州人大法制委员会原副主任奇卡·扎巴多杰，遵照索南达杰遗愿，前往可可西里重建西部工委，组织了中国第一支武装反盗猎队伍——"野牦牛队"，与疯狂的盗猎分子作顽强的斗争。旦正扎西主动参加，成了野牦牛队中的一员。

后来，可可西里自然保护区管理局成立，野牦牛队并入。以森林公安局可可西里管理局分局为主体的全体队员，在4.5万平方公里的无人区，开始了更具规模的禁采封育，严厉打击盗猎分子的残暴行为。

这样的日子，血雨腥风的日子，一天天过去。常年在高寒地带奔波的队员们，疾病缠身，付出了常人难以想象的代价。

可是，小藏羚羊那双波光流转、含情脉脉的眼睛美极了。直到现在，旦正扎西没后悔过自己的选择。在保护站时，旦正扎西最喜欢做的事，就是盯着小藏羚羊的眼睛看。当然，小藏羚羊也会目不转睛地望着他，像孩子一样围着他转来转去。那几年，他和战友才仁桑周，在巡山路途中，经常会碰见失去母亲的小藏羚羊。他们就把它们抱回来，嘴对嘴地喂食，用奶瓶喂羊奶。有时候，小藏羚羊还会钻进他们的被窝，和他们一起睡觉。

被救助的小藏羚羊很聪明，知道谁对它亲，谁对它好。

从早到晚跟在他们身后，像孩子一样顽皮。养好伤、长大了的小藏羚羊，适应了保护站的生活，听惯了旦正扎西刺耳的口哨声、才仁桑周模仿它们的叫声，不愿意再回到草原。他和才仁桑周只好开车把它们载到很远的地方，将它们放归草原，恢复野性。

想到这里，旦正扎西禁不住笑了。

即使自己的孩子，也从没这么用心照顾过啊！

就在这时，一只孤独的野牦牛出现在山梁上。这是平日里，队员们最担心的事。正常情况下，野牦牛、狼、棕熊绝不会轻易伤害人，只要你不去侵犯。但独处的野牦牛是性斗中被淘汰、被驱赶的失败者，落寞、狂躁、凶悍。一旦招惹，后果不堪设想。有一次，队员赵新录惹恼了一只迎面而来的野牦牛，暴怒中，把队员们乘坐的越野车给顶翻了。

可是，这会儿，饥饿中的旦正扎西不这样想。他的眼睛突然亮了，拿起身边的长枪，慢慢爬了过去。湖水的流线，从他的身体上滑过，风中波动着遥远的和声。有母亲的呼唤、姐姐的呢喃、妻子的嗟叹、队员们的歌声，也有藏羚羊在迁徙的路上，留下的艰难足迹。朝阳，映红了布喀达坂山的皑皑白雪。卓乃湖畔年复一年积聚热量的产房，尚留有一丝温暖的气息。卓乃湖，这片繁衍生命的热土，是祖先传下来的产仔之地、藏羚羊记忆中的天堂。

此刻，他意识到自己的衰弱。他知道，前方等待他的将是一场殊死搏斗。他渴望，这场残酷的战斗，足以让自己死得体面、悲壮。

旦正扎西在泥泞中前行，像一位赴死的壮士。湖面平静，似铜镜闪亮。湖面波动，像他胸中抖动的心脏。他做好了战斗的准备，做好了死的准备。征服它，或者被它征服，被它撕成碎片，酣畅淋漓。但遗憾的是，荒野中，每一处细微的动静都会引起动物的警觉，敏感的野牦牛仿佛预感到来人的疯狂，头也不回地消失在旷野里……

失望至极的旦正扎西，无助地发出了一声长叹。

从未有过的虚弱……

湖水倒映着他的面孔，同泥水搅拌在一起的五官，变得丑陋不堪，变得模糊不清。

"我得活下去！活下去！我的大限还没有到啊。"他扯着嗓子用尽力气狂喊一声，栽倒在地。

天黑了。拖起沉重的长枪，他慢慢地，爬到山坡下，把枪藏在旱獭洞里。此时，他已无力带长枪返回。随后，他抬起头，艰难地望着远方，站起来，踉跄着回到驻地，爬进帐篷。

夜半时分，他惊醒了，不仅仅因为恐惧，更因为习惯。巡山的经验，让他明白一个人独处帐篷的危险。避开公路偷偷潜入保护区的盗猎者、违法采金人员，一旦发现他孤身睡在帐篷里，会毫不犹豫地把他干掉。无奈，他又强撑起身子，爬到采金人留下的壕沟里，躺下来，瞪着眼睛等待天亮。

翌日，大雨变成小雪。朦胧中，耳边传来几声渔鸥凄厉的叫声。

旦正扎西挣扎着爬出来，掏出队友留给他的一把小口径步枪。

许是和他一样。被饥饿冲昏头脑的渔鸥，忽而在湖水上空盘旋，忽而在小河上漂浮，疏忽了他的存在。

步履艰难的旦正扎西，沿着河流走了几个来回，屏住呼吸瞄准渔鸥。

一声枪响，渔鸥在离他1公里的地方落了下来。

他内心一阵狂喜，连滚带爬，一个多小时后，才爬到跟前，把猎物带回帐篷，又花费了一个多小时，用高压锅勉强煮熟。忍着饥饿带来的阵阵腹痛，连毛带肉，吞了几口。想了一下，又控制住欲望，留下一些以备后来的日子。

五天后，气温骤降，雨变成了雪。过了两天，雪住了，荒野被大雪层层覆盖，他又盯上了一只有气无力的高原鼠兔。

这一次，往日的经验有所复苏。他用泥巴裹住这只可怜的鼠兔，扔进烧红的石头窝里。烧熟的鼠兔很容易脱离了皮毛，旦正扎西靠着它又挨过了几天。

之后，积雪厚重，天地茫茫，没有任何踪迹，什么也见不到了。连盗猎分子也不愿在这样恶劣的环境下光顾卓乃湖。

躺在土沟里的旦正扎西，奄奄一息，望着蓝天。

遥远的卓乃湖，蓝色的卓乃湖，宁静的卓乃湖。你那么美，那么骄傲，那么纯洁。我，堂堂男子汉，怎么能这么窝囊，饿死在你面前……

一只鹰飞来了，如果这只鹰能飞到故乡玉树，给我的母亲捎句话多好！我只有一个母亲，一个姐姐，死后就再也见不到她们了；一朵云飘过来了，如果能变成仙，踏着白云飞到格尔木，见到战友多好。

可是，鹰飞了，云走散了，旦正扎西还是躺着，哪也去不了。死亡的阴影、孤独的恐惧，像一群蚂蚁，啃噬着他的肉体，他的骨骼，他的心脏。

"我死了没关系，尸首可以交给这里的野生动物。从小在草原上长大的我，靠牛羊生活，本来就属于大自然。"队员尕玛土旦遭遇车祸，头皮被揭开，血流如注时，最强烈的渴望，就是一片青草，一片可以让自己安心地离开人世、泛着绿意、飘着花香的青草地。

队员拉龙才仁说，草原上生活的人，就是草原上的食物链。生存来源于牛羊，最终又归于草原。如此，在死亡面前，每一位巡山队员都能够做到坦然面对。

可我的领导怎么办，怎么向我的母亲交代，我的母亲又会怎么想。一个活生生的大男人，没让盗猎分子打死，却饿死在卓乃湖。

两行苦涩的泪水，曲曲弯弯地流了下来，旦正扎西哭了。他牢牢记着索南达杰交给自己的使命，可是，英雄真的不好当，他太害怕，太寂寞了！自己原本完全可以成为安安稳稳的草原人，无忧无虑的牧羊人，眼睛里含着晨曦的霞光放牧、远游、黄昏，在烧滚了奶茶的帐篷里，等待妻子双手端来的热饭……

又过了三天，局里的救援车终于开进来了。

那一天，汽车的声音，由远及近。他挣扎了一下，晕了过去。

被战友抬到帐篷后，他美美地吃了一顿，睡了两天两夜。

可是，醒来后的旦正扎西，惊恐万状。万万想不到，领导竟然做出了一个对他来说极其残忍的决定——旦正扎西继续留守卓乃湖。

这一次，旦正扎西吓坏了，几近崩溃。他像疯子一样，跟在领导身后苦苦央求："不要把我一个人留下，千万不要把我一个人留下，车上坐不下，我就跟在车后跑……"

但是，能有什么办法，卓乃湖必须有人坚守。这个季节，来自青海三江源、西藏羌塘、新疆阿尔金山地区的雌藏羚，正在卓乃湖生产，还有一些尚在迁徙的路上，随时都有可能被盗猎分子袭击、枪杀。更严峻的状况是，据可靠消息，一股凶恶的盗猎分子正潜伏在可可西里腹地，伺机作案，身体衰弱的旦正扎西，没法跟上追捕盗猎分子的队伍。

局里的车开走了，旦正扎西留了下来。

从7月进山到9月离开卓乃湖，从青草发芽到青草变黄，旦正扎西在荒凉的可可西里腹地卓乃湖，独自守候了整整 66 天，断粮 20 多天。

驻站结束后，习惯孤独的他，很长时间不愿开口，成了一个沉默寡言的人。

童话般明亮

天刚破晓，李英华已在他巡查了不知多少次的地方待了很久。

空气潮湿清冷，直逼心腹，但早春的风如此体贴，不等雪山之水完全消融，已漫过金色蒿草，温暖了鸟岛供候鸟安心筑巢的地方。

天鹅还在此逗留，来自东南亚的斑头雁、棕头鸥、渔鸥、鸬鹚、灰雁、赤麻鸭已迫不及待地相继飞来，像花朵，像情窦初开的少女，追逐起舞，轻松地对话。

李英华走走停停，细细观察。他不用拿望远镜，也不用拿什么仪器，只需眯起眼，用手遮住光线，就能够判断出，一飞而过的鸟群有多少只，是雌是雄，可以凭声音，感觉鸟的欢乐与悲伤。

冰湖未开，泥土在封冻中显得冷漠。但候鸟不在乎，离开数月，长途迁徙后的候鸟，需平复心率，重新适应高原气候，熟悉家园。在它们眼里，天纯净开阔，沼泽闪着亮光。草籽还是原来的草籽，浮游生物和蠕虫，依旧让它们喜欢。

它们在呢喃中私语，重温友情。在奔跑中相互扑打、触摸双翅、表达喜悦。

太阳升起来了，照着李英华身上和天空一样颜色的衣服，也照着他因为看见迎面飞来的鸟儿时，喜形于色的脸。几只斑头雁嘀嘀咕咕，在离他一米多远的地方停下，眨动眼睛，左顾右盼，却并不恐惧。让他欣慰的是，它们早已把他当作了自己的亲人。

他走着，用脚步，丈量着每一寸土地。用心，感悟着草原。

鸟岛的白天和黑夜，咸水和淡水，三块石、海西皮、蛋岛的角角落落，甚至海心山上的草木、牛羊都是他关注的对象，他就是要通过这个地方细微的变化，观察候鸟的繁殖习性，数量变化。他在岛上守了 32 年。32 年来，他的欢喜、忧愁与候鸟紧密相连。他的生命无限扩展，随着鸟的迁徙、交配、孵卵，再到破壳的小鸟钻出脑袋，下水、飞翔、离开。从地上到天上，从鸟岛到印度洋、孟加拉湾……

1985 年冬天，18 岁的李英华被分到鸟岛保护站。那时的鸟岛荒芜寂寥，条件艰苦。遍地黄草之上，只有沙陀寺和水文站几间平房，渔政的一顶帐篷和鸟岛保护处的一间小屋子。李英华和他的 7 个同事，就吃住在这间小屋子里。没有电，没有水，没有蔬菜水果。因为缺氧，睡不了一个安稳觉。白天，还可以在草原上走走，晒晒太阳，欣赏冰封的湖面在阳光下的面容。晚上，长夜漫漫，墙面上结满了冰，寒风像刀子扎人，像野兽彻夜怒号。他们只能蜷缩在烧红的火炉旁，钻进被子取暖。

那是春天的黎明，李英华挑着担子去岛上寻水。

紫雾茫茫，山峰被大雪覆盖。他吸了口冰凉的空气，揉揉干涩的双眼，涌动起无尽的惆怅。他多么希望尽早离开这个地方。

4月初，岛上陆陆续续飞来了数不清的鸟儿，不到20天，鸟岛就变成了鸟的乐园，鸟的王国。

他感到茫然，他不停地行走，走出一片草地，再走出一片草地。发现，那清越的鸟的鸣啭，如同美妙颤音，划破天空，唤醒了草原，融化了湖水，而鸟的倩影，竟成了岛上仙女，草原月光，抚摸着荒凉的小岛。

李英华的心动了。原来这里是谜一样的仙境，童话般明亮。

白云在蓝天上飘，湖水在微微地动。山峦起伏，令生命复苏的琼浆玉液，在草原上慢慢流淌。

他站立良久，久久凝视。他飞快地跑回站里，拿出保护处唯一的望远镜。

雪花飘落，落在孵卵的雌鸟身上。可倔强的鸟儿，任风雪吹打，轻轻卧在蛋上，不肯挪动分毫，生怕身体稍微一动，便会降低鸟蛋温度，影响孵化。他有些心疼，有些感动，还有些不忍。特别不愿看到，刚刚出世的小斑头雁，不等适应外面的环境，就遭遇厄运，被突然蹿出来的狐狸、野狼，骤然降下的老鹰叼走；不愿听到，猝不及防的鸟妈妈，失去孩子发出的阵阵哀鸣。

很快，李英华便陷入了这个精美而生动的童话世界。

清晨，他在岛上四处巡查，驱赶飞禽，和鸟爸爸一起保护孵卵的亲鸟；黄昏，他守在保护处围起的铁丝网边，小心提防狐狸、野狼来犯。再后来，他学会了观察，学会了记录候鸟从游荡期到繁殖期、育雏期、迁飞期的动态变化，成了一名土专家。

过了几年，和他一起来到岛上的人，先后离开了这个远离城市、远离现代化生活的地方。可他，越来越舍不得离开。他没有办法使自己忘却，也无法让自己不去想念岛上的生活、岛上的鸟。每到候鸟繁殖期，雌鸟们在巢中孵鸟，雄鸟们在一旁站岗，还有很多尚不到交配年龄，或是年老体弱的雄鸟，也加入到保护雌鸟的队伍，彻夜不眠地守在雌鸟身边。一旦发现狐狸、獾猪、老鹰、偷蛋的人，就会一拥而上、振动双翅、爆发出激烈的鸟鸣。这场景深深感动着李英华，他觉得，候鸟的生存和人类一样，需相互扶持、相互温暖。就决定在蛋岛河口处，支起一顶只能安放一个钢丝床的简易帐篷，每天晚上住在帐篷里。夜里，听到异样的鸟鸣，就迅速抄起家伙，冲出帐篷扑打、喊叫，赶走偷袭的飞禽、狐狸、獾猪和野狼。四五月份，鸟岛的夜晚寒风刺骨，他只能点起蜡烛照明、生着小火炉驱寒。但是，他从不抱怨，从不感到委屈。他觉得，能为候鸟做一点力所能及的事，很值得。每年，他还把那些失去父母、嗷嗷待哺的幼鸟，受到惊吓、和妈妈走散的小斑头雁捡回来，集中喂养，让它们在自己身边长大，学会独立生活，对那些生了病、胆小谨慎、孤苦伶仃的小斑头雁更是呵护备至。以致每年春天，都有一队小斑头雁如依恋母亲般，排列成行，跟随在他身后。

5月，是国外鸟类专家，生物界学者、研究者，来自全国各地的游人，国内外的摄影家来鸟岛研究、考察、观光的日子。他们为青海湖的艳美痴迷、惊叹，同时为李英华清苦、简单的护鸟生活感叹。有许多人成了他的朋友，热情地向他传授知识、讲授护鸟经验。

据专家考察、研究，青海湖鸟岛保护区是重要的湿地生态系统，发挥着调蓄洪水、涵养水源的作用，对周边环境有着巨大的调节功能，而野生动物的数量和生存环境则是衡量一个地区生态环境优劣的重要因素。

对此，李英华和候鸟都处之泰然，并不感到惊奇。因为这是他和候鸟早就明白的事。鸟岛是天地所赐，候鸟栖息繁殖的理想之地，也是大自然不可或缺的食物链。他们同样明白，天地万物循环往复与宇宙本身终必归于一体的自然法则。李英华深知，他脚下的土地丰腴辽阔，他视野中的湖水富有深邃。他的付出与辛劳，是为这方净土，迁徙的天使，更为伟大的自然，拥有蓬勃生机。

幸运的是，李英华有一位理解他、爱他，和他一样喜欢鸟儿的妻子。对他们来说，没有什么比为天真的鸟儿担忧、牵挂，并与它们朝夕相处更幸福、更干净、更纯粹的事。

他沉醉其中，沉浸在无垠透明的天地。

他心无旁骛，冷静得像一粒草籽、一块鹅卵石。

2005年"五一"长假，李英华和平时一样，在岛上巡查。前三天，和往常一样。4日中午，他感觉有些异样，岛上有些成窝的鸟蛋竟然无亲鸟孵化，这可是从未有过的事。紧接着，他又发现了3只死亡的斑头雁。他心里一惊，立即向上级汇报，将3只死去的斑头雁送省兽医部门检测。5日清晨，巢区外围105只斑头雁死亡，当日上午又发现了5只。8时起，青海湖国家级自然保护区管理局紧急启动《野生鸟类疫源疫病监测防控应急预案》，李英华和同事们马上关闭疫点，采取隔离措施，进行大面积消毒，严禁与鸟类的任何接触。15日，经农业部禽流感参考实验室确诊，送检样本为H5N1亚型禽流感病毒。

一时，岛上布满死亡气息，衰弱无辜的候鸟，瘫在沙砾上，失去了往日的活力。它们没法选择、没法回避、无力飞翔。李英华焦虑万分、心急如焚，他眼中的童话世界突然变成了可怕的世界。

那段时间，人们对H5N1亚型禽流感病毒知之甚少，非常恐惧。李英华同样深感绝望。他不明白，像孩子一样单纯的候鸟，为何会遭此劫难。他手足无措，力不从心，心疼万分，眼睁睁看着无辜的鸟儿一批批倒下。只能忍着悲痛，和同事们一眼不眨地值守在鸟岛防控现场，不分昼夜地巡查、检测。到了后期，因劳累过度，李英华感冒发烧，被单独隔离，接受省疾控中心医务人员观察。在无奈、孤独、烦躁中坚持到 6 月 3 日，禽流感疫情得到初步控制。

发生在青海湖鸟岛的野生鸟类禽流感疫情属全球首例，引起了世界各地鸟类专家的高度重视。当时，真是多亏常年坚持巡查、检测的李英华，及时发现、提供准确报告，才使管理局做出快速反应，避免了一场无法预测的灾难。

2007 年，李英华担任了鸟岛保护站北站站长，负责鸟岛、甘子河、湖东种羊场的野生动物保护工作。生活和工作条件得到了改善，更重要的是，管理局引进的一批观测仪器，可以让他和同事们，在电脑上清晰地观测鸟类迁徙、交配、孵化过程，准确识别候鸟的迁徙路线。

但是，2005 年发生在鸟岛的 H5N1 亚型禽流感病毒，一直让李英华心有余悸。更重要的是，根据他的细心观察，每年 5 月上、中旬是候鸟孵化的关键阶段，亲鸟精神高度紧张，对环境的变化极其敏感，无论是人，还是狼，对它们构成的威胁同样严重。可是，"五一"长假期间，旅游人数陡然增加，致使亲鸟不敢外出觅食，体质虚弱，抵抗力下降，非常容易引发病毒感染。特别是，近年来，他发现栖息在鸟岛的候鸟因受过度惊扰，已经出现大规模迁移的趋势。

为杜绝禽流感再度发生，确保亲鸟顺利孵化，恢复鸟岛生机，他多次建议，候鸟孵化期间，严格控制游客容量，关停鸟岛观鸟台，严禁对鸟的干扰，加快青海湖野生动物疫情监测点的建设。

多年来，几乎与鸟相依为命的生活，和鸟儿一样承受生命之甘醇和辛酸，让李英华也变成了一只候鸟。3月底随候鸟上岛，10月底随候鸟迁徙回家，只有在这仅有0.27平方公里的小岛上，才能让他尽情释放他对这片湖水、对这片草原深沉的爱。

32年过去了，作为中年人的李英华，竟然还保留着一丝孩子般天真的微笑，这也许是他常年同无邪的鸟儿相处的缘故。与鸟相处的日子，是鸟的幸事，也使李英华悟到了生物界内在的联系、生命的奥妙，变得愈发自信、执着。

这是一个童话世界，也是一个潜藏危机的物质世界。

然而，荒野的静寂是这样的优美，人类的慈悲，含义深远。2017年8月29日，根据中央环境保护督查组的意见，鸟岛正式关停。李英华32年的守护，意义非凡。

后 记

当人们蜗居一隅谨小慎微，当人们为了生存奔波，厌倦、疲惫不堪，当昔日的微风不再轻灵，河水不再歌唱，野花不再娇艳，唯有放飞心灵的文学之旅，还在翱翔。

一切尽入心腑，群山、草原、戈壁、湖泊、野花、群鸟；一切让人动情，山水的主人、草原的母亲、荒野的守护者、种植青稞的人、孤独的牧羊人。即使参悟死亡，也不要让体内的生命之火慢慢变得微弱。无非是美与丑、善与恶，无非是大自然中与人类息息相关、亲密无间的植物和动物。感受成了记忆，天空和白云换成了文字，远比丢失、无处释放强一百倍。为的是像河流那样一直往前走；像雪山那样清高而独立；像野花那样做着清丽的梦；像一只鸟那样唤醒人间的荒凉。

几乎没有使命，所有的光彩、所有的语言、所有的感伤均属于现实生活，它护佑着我，成为不变的我，并且让人性中英雄的种子站立，再把平凡变成永恒。

读书是最好的事，如果不能够读书，生活会变得更糟。

写好散文是一件困难的事，而且会越来越难。如何从美丽的幻想中清醒过来面对自己、面对真实，与读者共享体验感知，做到震撼人心尤为艰难，但努力是幸福的。

感谢散文家、散文创作的研究者、这套丛书的主编古耜老师，对我一贯的关注和鼓励，感谢中国言实出版社，让拙著同读者顺利见面，感谢有缘读到这些文字的所有的人。就像遇到了知己，就像遇到了一片火烧云、一条小溪、一处薄薄的青苔，不会让自己的日子过得太苍白。

辛茜

2020 年 10 月 19 日晚